义无反顾爱上你

水何采采 著

中国书籍出版社

图书在版编目（CIP）数据

义无反顾爱上你/水何采采著.—北京：中国书籍出版社，2014.3
ISBN 978-7-5068-3953-2

Ⅰ.①义… Ⅱ.①水… Ⅲ.①长篇小说—中国—当代 Ⅳ.①I247.5

中国版本图书馆 CIP 数据核字（2013）第 305351 号

义无反顾爱上你

水何采采 著

图书策划	崔付建
责任编辑	李国永
责任印制	孙马飞　马　芝
出版发行	中国书籍出版社
地　　址	北京市丰台区三路居路 97 号（邮编：100073）
电　　话	（010）52257143（总编室）（010）52257153（发行部）
电子邮箱	chinabp@vip.sina.com
经　　销	全国新华书店
印　　刷	天津兴湘印务有限公司
开　　本	710 毫米 × 960 毫米　1/16
字　　数	145 千字
印　　张	16.5
版　　次	2014 年 7 月第 1 版　2019 年 1 月第 2 次印刷
书　　号	ISBN 978-7-5068-3953-2
定　　价	48.00 元

版权所有　翻印必究

楔　子

　　胜男用润湿的棉棒在他的唇上轻轻点染。
　　一次，两次，待这人的唇丰泽红润了，她便开始仔细端详这人的睡容：修长的浓眉平齐，高鼻梁，唇角的弧度微翘，脸苍白，呼吸尚且有些弱，眼角的鱼尾纹勾勒出沧桑的儒雅气，整体看上去，却像个沉睡的天使。
　　胜男头一次如此安静地端详这个男人的睡容。
　　"呃。"
　　一声呻吟，梁少游性感的薄唇微启。
　　"你醒了！"
　　梁少游双眼微睁，吃力地说："我现在能出院么？我睡了多久？"
　　"要出院做什么，你刚做完手术呢！"胜男急嗖地站起身阻止，然而，麻醉剂的药效尚未消除，他努力起身，却半点力都用不上。
　　他不甘地躺着，悠悠记起昨晚发生的一切。

目 录

第一章　医院风云
001 ◀

第二章　记者招待会
018 ◀

第三章　40.3 度的体温
030 ◀

第四章　昔日的灌篮高手
046 ◀

第五章　记忆中的画卷
060 ◀

第六章　梧桐树下的美景
074 ◀

第七章　冰山与涅槃蝴蝶
090 ◀

第八章　众里寻他
101 ◀

第九章　和狗狗的约定
112 ◀

目录

第十章　遇见小淘气
▶ 125

第十一章　生命的裂缝
▶ 135

第十二章　真爱至上
▶ 156

第十三章　义无反顾爱上你
▶ 172

第十四章　漫长的婚约
▶ 187

第十五章　请允许我尘埃落定
▶ 203

第十六章　你是我的桃花源
▶ 213

第十七章　岁月的童话
▶ 226

第十八章　新生
▶ 238

番外：梦初见
▶ 250

第一章 医院风云

一阵，再一阵。

烈火灼烧般的胃疼让梁少游满额是汗。

这痛，从昨晚就开始了，一直维持到现在。

饶是梁少游在所有人面前神色如常，启唇时的一笑让所有女孩子面红心跳，无人时候，他却再也笑不出来。

为什么会这么痛？像是麻辣火锅里的沸油炖煮着心脏，又像是将胃放在炭火上翻来覆去烤着，烤出一阵烤鱼的腥香味，还洒了一层黑糊糊的孜然。

梁少游垂下头，煞白的脸紧贴着方向盘，一手紧捂住自己正兴风作浪的上腹，一手插入自己微湿的短发，咬咬唇，脑海里的那灵动的一双大眼睛却越来越清晰，清晰到，睫毛也根根分明。

他不知道，为什么从不生病的自己突然就胃疼得不行，也不知道为什么自己越疼就越想她。他甚至不知道，自己想的究竟是她，还是有同样眸子的另一人。

梁少游的上牙开始不停地问候下牙。

将俯在方向盘上的额头吃力地抬起，透过车玻璃窗望一眼楼上，她的灯亮着，梁少游将捂着胃的大手又收紧了些，忽然，眼前灵光一现，用另一只手推开车门，唇角30°的迷人弧度重绽。

跟跟跄跄出现在她门前时候，梁少游只觉得，疼痛已窸窸窣窣转移至小腹，伴着一阵阵恶心的感觉。

轻轻按门铃，梁少游发现她门上的猫眼闪过一团黑影，然后，门大开。

她揉着她蓬松而黑亮的短发，一脸的惊喜："你是来……找我的吗？"

梁少游将捂着胃处的手挪开，尽量以一个潇洒的姿态插兜，努力浅笑："是啊，不请我进来坐么？"

他端详着那双明亮的眸子，心下由衷地感慨，你越来越像你姐姐了，动动嘴角，没有说出口。

丫头似乎猜出了几分，脸刷得涨成绯色，双目也微微躲闪着，眼神单纯得一如她扎两条小羊角辫的时候。

她都这么高了。

差不多一米七的个头，比她姐姐生前还要高三公分。

梁少游盯着丫头脸上那两团红粉绯绯的桃花，心里咯噔一下，胃也跟着狠狠地咯噔了几下。

"你好像脸色不好啊？姐夫，你怎么了？"

她盯着梁少游煞白的唇，上前一步，不避嫌地挽起他的胳膊。

梁少游一愣，指指自己的上腹，苦笑道："胃疼，丫头，你不是学医的么，给看看吧。"

她急忙挽着梁少游的胳膊，几步将他拽到一张棕色的旧沙发上，急匆匆地说："快坐。疼得要紧么！我给你找药！"

梁少游捂着胃坐下，见丫头冲到茶几前倒一杯热水递到他手里，然后将黄色的小箱一呼啦打开，哗一声倒了一地，从中拣出一盒，按出一颗胶囊在手心。

梁少游刚抿一口热水时，一只淡粉色手掌已近在他唇边。

"吃下去！"丫头一双眸子紧盯着梁少游发白的唇。

第一章 医院风云

梁少游张口，一颗粘粘的东西粘在唇上，有些甜，她的手掌有些湿热，一小口水送下，甜味和热气依旧在口腔粘连着，只是，肚脐和右下腹已煅烧成了火焰山。

"是胃痉挛吧？"

丫头在梁少游的肩膀上使劲一按："快在沙发上躺会儿。"

梁少游咬着唇的白牙已染了红，男人的尊严让他死撑着摇头抗议："不用。"

丫头片子双臂齐下，像日本相扑似的一举将梁少游按倒。

"丫头，你想劫色么？你姐姐泉下有知会阻止你的……"

梁少游捂着小腹，一边无力地调侃着，只觉得脸也开始发烫，脑子晕晕乎乎，像是在云层里了。

"才不要劫你呢！大叔！"她见他手位转移，急忙抽开梁少游的手，将自己的手放上去施加了三分力度："这里疼么？这里呢？这里？"

"刚才疼，现在不疼，疼。"

梁少游吃力地挤出一句话。

她的手像个小热宝贴在他的肚皮上，不像昔日她姐姐的纤细小手，她的大手过之处，留下的是一阵香气和湿漉漉的凉。

她将自己的手贴在梁少游的滚烫的额头上，大叫一声："糟了，该不是急性阑尾炎吧，快去医院！"

说完，一把拽住梁少游的手。那个总是风度翩翩的人，如今却面条似的软塌塌地躺在那里，双目微闭："没事，我休息会儿就好。"

她双臂一用力，竟将一米八四的梁少游庞大的身躯拖起来，迅速将他的猿臂搭到自己的肩膀上，梁少游骤然清醒了些，一把将手臂抽出："别！我自己走。"

手臂一抽，梁少游整个人腿一软，险些跌倒在地上，她急忙靠上去，梁少游的一只胳膊又搭在她骨头硬到咯人的削肩上。

梁少游却固执地用另一只胳膊紧紧把住墙壁，吃力前行，墙皮在他汗涔涔的手中开始脱落，他自身的重量也因此减轻了近半，这次，一米七的丫头不是背他，而是搀着了。

丫头望一眼他微抖的唇，没有出声。

两个人挪到电梯口的时候，他的衬衫背后已湿透。

"怎么不亮了！"

她不停地按着电梯的按钮，大骂起来："大爷的！没看这里有病人吗！"

梁少游看一眼丝毫没有反应的电梯，咬牙道："没事，胜男，咱们……走下去。"

"你行么！"胜男有些惊惶了。

"No problem。不行这词可不能问男人。"

梁少游虚弱地轻笑，用一只手臂吃力地把住墙。两人踉跄下楼，一步一步地挪下去，梁少游口腔里的热息一次次呵在她的脖子上，她胳膊上的汗水和他的汗水热乎乎地交融在一起，梁少游闻得到那种咸涩和她衣服上淡淡的洗衣粉清香……

半小时后，胜男在手术室的门口，忽而插蜡烛一样直挺挺地站着，望着手术室的门发呆，忽而来回徘徊，她手里攥着梁少游的手机，一遍又一遍翻着姐夫的联系人目录。

她不想联系梁少游外地的父母，毕竟阑尾炎不是大病；她不想联系梁少游的姐姐，她依稀记得，当年她的姐姐和姐夫结婚时，姐夫的姐姐是从南方赶来的，更何况，她并不知道他姐姐的名字。

他有女朋友么？

胜男回想起两个月前，自己刚到北京时这位大自己十四岁的姐夫请自己吃羊蝎子时候的场景。

"你有女朋友了吗？"胜男用油乎乎的透明薄手套捧着一块羊骨头，含糊不清地问。

梁少游淡淡一笑，眼神悠远，飘渺，几秒钟之后，他点起一支香烟，长吐一口烟雾，侧脸望一眼窗外熙熙攘攘的车流，轻轻地说："有啊，我的女性朋友很多呢。"

坐在梁少游对面的胜男嗖地从座位上站起来，扔下羊骨头，一把从梁少游的口中抽出香烟："我说真的呢！"

梁少游浅笑："斯嘉丽约翰逊、莫妮卡贝鲁奇……"

照这样看来，他大约是没有女朋友的。

胜男回忆着，不易察觉地启齿微笑，却又瞬间皱眉。

第一次见到梁少游的时候，他不过二十出头，白T恤，牛仔裤，一头健康的黑发，在午后的骄阳下笑得意气风发……

"吱呀——"，手术室的门开了，胜男快速奔上前去……

胜男用润湿的棉棒在他的唇上轻轻点染。

一次，两次，待这人的唇丰泽红润了，她便开始仔细端详这人的睡容：修长的浓眉平齐，高鼻梁，唇角的弧度微翘，脸苍白，呼吸尚且有些弱，眼角的鱼尾纹勾勒出沧桑的儒雅气，整体看上去，却像个沉睡的天使。

胜男头一次如此安静地端详这个男人的睡容。

从她十一岁时起，每年的大年初三，这个男人都会拎着大包小包的东西陪姐姐美琳回娘家。午睡的时候，胜男的主要任务则是往这个男人的鼻孔里塞各种各样的东西：花生皮、虾条、喔喔奶糖、果冻、巧克力棒……这些东西大都是他带回来给她吃的。这个男人非常奇怪地摸摸胜男的小脸蛋："男男为什么和我的鼻子过不去啊？"

"因为你的鼻子长得好玩啊！"

十一岁的胜男望着刚刚被弄醒的那个男人，那个人一脸朦胧倦意，却又笑得满是包容。

后来，美琳去世后，那个男人每年的正月初三依旧不缺席，独自一人，依旧是大包小包，每每下车的时候，转身的背影伴着袅袅烟雾，看得二老叹息、胜男眼圈发红。

成年之后，胜男再也没见过比这个男人更挺翘俊秀的中国人的鼻梁，她才清晰意识到，为什么当初对他的鼻子兴趣那么浓。

"呃。"

一声呻吟，梁少游性感的薄唇微启。

"你醒了！"

梁少游双眼微睁，吃力地说："我现在能出院么？我睡了多久？"

"要出院做什么，你刚做完手术呢！"胜男急嗖地站起身阻止，然而，麻醉剂的药效尚未消除，他努力起身，却半点力都用不上。

"不行，我有重要的事……"他的眼皮越来越沉，却俊眉紧敛，努力不让自己睡着："丫头，帮我打个电话，给沈清斌。"

沈清斌！好耳熟。

胜男没时间去想，摸出他的手机，搜到号码时，刚拨过去，发现梁少游已呼吸均匀，昏睡过去。

"喂——谁找我？"

电话那边传来一个四十多岁中年男子的声音。

"喂，您好！"胜男只得回答。

"有事么？没事挂了。"电话那头一派不耐烦。

"沈老师，我是——我是梁少游的妹妹，梁少游他……"

"现在的年轻人真是没谱。"

对方一句话说完，便成了忙音，胜男于是知道事情办砸了。

看一眼昏睡过去的男人，胜男没有开口，慢慢坐回到病床旁边的位子上，将他额头的汗珠轻轻拭去，少女时代的一些记忆碎片涌上心头。

那时胜男十六岁，初中毕业的时候，来北京美琳家住了几天，一个周末的午后，胜男午觉醒来，去洗手间的时候路过两人的房间，房门虚掩着，只听门内——

"老婆，我来给你朗诵诗歌，采莲南塘州——"二十多岁时候的姐夫眉飞色舞地将一只大手已探入美琳的睡衣；

"莲花过人头——"姐夫的头已经埋在了美琳的锁骨上；

"低头弄莲子——"他的声音变得十分柔滑，滑得像一条游鱼。

"啊！"胜男一声尖叫。

"老婆，你没关门么？"

梁少游英俊的脸上红一道白一道，粗声喘息着，故作一脸淡定。

"你们继续！"胜男仓皇逃走。

那是一种怎么样的肉与灵？是一种什么样的鬼魅魔力？胜男直到现在都无法体会。想着想着，她的脸刷得一红，一面打量着雪白的被子里线条起伏的躯体，这个男人的腿很长，三十七岁的人了，怎么身上就没有多少赘肉呢。

两瓶点滴终于结束，胜男终于不胜疲乏，趴在床头混沌睡去，醒来时，发现自己的一只手臂正树獭攀树枝似的挂在他的肩膀上。

再眨眼，胜男觉得自己的另一只手臂竟热乎乎地握着什么东西，抬抬胳膊，发现那只手竟伸进了他的被窝里，与他的手指环环相扣！

胜男吓得急忙抽手，抽手时，环环相扣的指头收紧了些，坚定到铿锵。

胜男被握着的手忽地冒出一摊热汗，黏得糨糊似的，猛一抽，终于得以解脱。

再看看躺着的那人，浓眉下的睫毛正微微翘动，似乎也已被那股猛劲惹醒。

"胜男，几点了？"梁少游的声音依旧慵懒而乏力。

"下午三点十五分。"胜男看一眼手机。

梁少游迅速睁开双目，口气不容拒绝："我要出院。"

说完，晃着麻醉药仍旧未消失的身子摇摇起身，被胜男牢牢按住："你站都站不稳，哪都不能去！"

梁少游动弹不得，苦笑一声："坐轮椅也要去。"

胜男圆瞪了大眼睛，不解道："你不要命了？现在出去，伤口会感染的！"

梁少游一愣，片刻之后，十分奇怪地说："咦？丫头，今天是周四，你不要上班么？"

胜男这才想起，自己居然将请假一事忘得一干二净。

可是——

"我这就请假！可是，到底什么事那么重要？"胜男意识到了问题的严重性。

梁少游没有直接回答，停顿了几秒钟之后，以长辈的语气叮嘱道："大人的事，与你无关。快打个电话给公司，说你叔叔生病了，你照顾了一上午，然后回公司吧。"

"你什么时候长了一辈？那你怎么办？"

胜男还未说完，梁少游面无表情地重复了一次："打电话。"

胜男拨通了公司的电话，刚接入，便听到一声震耳欲聋的狂吼："你去哪里了！一上午不出现，连个屁都不放一声！"

胜男忙将手机挪离耳畔。

"对不起主任，我我姐夫病了……"出于惊吓，梁少游之前的谎言竟没有派上用处。

"姐夫？你姐夫病了管你鸟事！你以后不要来了！"电话被狠狠挂断。

"快回去吧，不然你会很惨。"梁少游睁开眼睛："还有，把我的手机给我。"

"奥，对了，你让我打电话，接电话的人说了没几句就挂断了。"

胜男将手机递给软绵绵躺在病床上的病人，病人缓缓伸出贴了胶带的胳膊，接过手机的时候，手无力地一垂。胜男看一眼梁少游，面色依旧有些苍白，因为麻醉药的关系，神情依旧疲惫。听到"挂断"两字的时候，那张素日里云淡风轻的脸神色大变。

记忆中，胜男从未见过这人有这种神情。即便美琳去世时，胜男也只见他凄然微笑，深不见底的眸子里全是黯然，笑得周围人心碎了一地。

胜男心下一抽，上前一步，一双大眼睛眼巴巴地俯瞰着梁少游："你怎么了？我不走了。"

梁少游一愣："OK，不走就帮我换下衣服。"

在医院附近拦出租，并不是一件难事，顺利上车，走了几步，两人才发现，这个下午的交通竟出奇的堵。

出租车像只蜗牛，时而停顿，时而缓速前行，红灯不断。

梁少游的脸色亦是苍白的，双眼若秋水般平静，背后的汗珠子却如雨下。

许是麻醉剂的药效渐渐消失，梁少游起初还看似散漫地抱着双臂，后来，干脆一只手捂住小腹的右侧，胜男望着他捂在小腹间微颤的长手指，咬咬嘴唇："要不要回医院啊？究竟是什么事那么重要！"

梁少游摇摇头，一颗晶亮的汗珠从太阳穴处滑下。

胜男抬眼望前方，红灯依旧亮着，似乎要亮到明天早上一样。

"马上就上高架桥了，上桥之后就不堵了。"胜男安慰道，心下的那份好奇心却像迎着大风的口袋似的，迅速膨胀起来。

"来得及。"梁少游依旧保持着中年人特有的沉着。

"是为你爱上的女孩子么？"胜男忍不住问道。

梁少游捂着小腹，开始细细地端详胜男的年轻的面容：和美琳如出一辙的瓜子脸，白皮肤，明润的大眼睛让人每看一次都神清气爽，两人的感觉确实截然不同——一个眉纤如柳叶，一头黑发像傍晚时吟哦在口间的宋词，另一个却像矛盾笔下挺拔的正午白杨。

"当然不是。"梁少游只觉得伤口处阵阵的钝痛让他呼吸都费力，他只得摇摇地往后坐靠上去，却见胜男自告奋勇地凑上前来："我借你肩膀！"

"不用。"梁少游微微闭目。

终于抵达首都机场时，整个机场在下午的日光照耀下，招摇得像块巨大的水晶，接站的这班飞机已慢慢划入廊桥，想着廊桥两个字，胜男突然就想起一个电影《廊桥遗梦》。她忽然觉得，这里似乎有个梦，是关乎姐夫爱如生命之物。

接机人并不多，时间也是紧迫，胜男无暇去看那些中式的亭台轩榭和仿造的像张衡地震仪之类的东西，推着梁少游在接站处，脖子长得像一只鸵鸟。

高个子的年轻女生和坐轮椅的英俊男人这个组合迎来了50%以上的回头率，自然，迎接的那个人很快就找到了接站人。

"假小子？"

来人在看到疲惫的梁少游前，居然走到胜男的对面，先是惊喜，伴着他脸上笑容的消失，他喃喃轻唤。

"你是？"

胜男努力搜索着自己从记事起的记忆。

他是谁？

中等身材，中年发福的肚子，沧桑的脸，一双忧郁的眼睛似曾相识。

"假小子，你不认识我了！"

光头男有些失落地上下打量着胜男："长得那么高了，越来越像你姐了。"

"我姐？"

"你小时候叫我艺术家哥哥，你忘记了！"光头男此话一出，望一眼自己凸出的肚皮，自嘲地一笑。

胜男朦朦胧胧地记起自己小学时，曾经有一个像唱着《大约在冬季》的长发清瘦大男孩，抱着吉他，在自己家门口望着美琳的背影摇头晃脑地痛吟当初的流行歌。盛夏的绿柳树下，清瘦的大男孩敞开着格子衬衫，忧郁的吉他声阵阵，和着知了不倦的鸣唱，动人的画面构织成胜男记忆中美琳少女时代最美的一首歌。

美琳的初恋。

原来，他叫沈？沈什么？沈清斌？

胜男的思绪有些混乱——梁少游为什么不顾自己的死活也要来接这个男人！

"还有假小子的姐夫。"

梁少游笑道。

光头男这才回过神，见轮椅上的梁少游面色如纸，忍不住问："怎么成病猫了？苦肉计不管用。我就是要……"

光头男话未说完，看一眼满脸问号的胜男，缄口不再言。

"阑尾炎手术而已。你变卦的事随你，但是你答应我的事，你得履行承诺。"梁少游面无表情地说。

光头男满眼迸射出电光火花。

"男男，你回去上班吧，这里没你的事了。"梁少游继续直视着光头男，却对胜男下了逐客令。

男男。

胜男心中突然一战，像是一股温泉簌簌涌上心间。

久违的昵称。

"不回去。已经要下班了。"胜男固执道。

梁少游勾起唇角冲光头男一笑："放心，艺术家先生会送我回去的，对吧？"

光头男被动地点点头，承诺道："放心吧，假小子，我不会再乘人之危。"

"要下班了也得去，回去加班，把今天耽误的补上，"梁少游淡淡地说着，从钱夹里抽出几张纸币塞给胜男："打车回去。"

"不要，坐地铁快。"胜男将手往后一缩。

梁少游固执地将手臂擎着，牵动了伤口，疼得他一咧嘴："让你拿着你就拿着。快去上班！"

胜男只得收起来，却盯着梁少游发白的唇，依旧站在原地不动。

"快去吧，假小子，当心被老板炒。"光头男说。

胜男只得离开,撒腿跑几步,却又掉头:"姐夫,你快回医院吧!"

待胜男走远,光头男低头望一眼梁少游,冷笑一声:"一口一个姐夫,叫得怪死心塌地的,真不知道她了解真相后会怎么样。"

梁少游面无表情,望着胜男背影缩小成一条线时,伸出两根手指:"有烟么?"

……

胜男下地铁的时候,已是下午五点半——公司六点下班。

公司里地铁线尚且有一段距离,走一段马路人行道,再穿过二条胡同,才能到。她甩开长腿就跑,从第一条胡同匆匆转弯的时候,人还没有反应过来已摔出去老远。

"刷——"

"啪!"

一阵急刹车声,一阵风声。

屁股落地的闷痛让胜男意识到,自己已被车撞飞出去好几米。

"疼死了!"

胜男拍拍手,急匆匆地从地上爬起来,却见迎面冲上来一个男人,指着她劈头就骂:"你个妇道人家!走路不长眼睛啊!轧死你怎么办!"

胜男揉揉摔痛的屁股,将这男孩使劲往旁边一推:"我赶时间,没空理你。"

那男人却不依不饶,一把揪住胜男的胳膊,将胜男拽了个趔趄:"你是猪啊!被车撞了,就不知道让开车人带你去医院检查下?就不知道让他赔偿?"

胜男停下脚步,望着这个横眉竖眼的男人一愣。

一个和自己岁数差不多大的男孩子,不知抹了几瓶啫喱膏的上竖的头发,一身迷彩休闲。

"好狗不挡道!我赶时间!"胜男一用力,挣脱开来。

"不知好歹的女人!怎么像我施暴似的!你低头看看自己那两个小笼

包，我至于吗！"迷彩男有些愤怒地一把拽回胜男，一双手像铁钳子似的，胜男飞起一脚。

那男孩子迅速一闪，却往胜男身后一瞥，大吼道："巴顿！巴顿！你丫的别跑！"说着，松开胜男撒腿狂奔。原来，这个男孩子的哈士奇狗竟趁他下车之际溜出来逃走了。

"死狗！我炖了你！"

那人高声骂着，猛追那只硕大的哈士奇。

胜男亦是朝公司的方向狂奔，上气不接下气地赶到公司时，发现公司里的全体人员正用奥特曼看小怪兽的眼神盯着自己。

"哎，她终于回来了，据说昨天一晚上到现在一直都和她姐夫鬼混在一起。哎呀，真看不出来呀！"

"是啊，看上去长得多单纯！"

"这样的女孩最好骗了！"

胜男听到两个三十多岁的女同事正嬉笑着咬舌头，声音并不小。

"到财务处领两个月的工资去。"女上司踩着高跟鞋哒哒地走来。

果然被炒了。胜男打个呵欠，领了薪水之后，解下帆布双肩包，将少游送她的马克杯装入包中，长吐一口气：今天终于不用加班了。

干笑几声，大步下电梯出门，门口有一家刀削面店，她随便找一个位子坐下，要一碗茄子肉丝面，顺便补充了一句："要大碗的！"

正在这时候，手机铃声响了，接起来，来电显示，是梁少游。

"男男，怎么样？有没有被老板念紧箍咒？"

胜男十分痛快地回答："当然没有，我又不是猴子！"

梁少游在电话那头轻笑："不会是直接给你上海鲜了吧。"

"什么海鲜？"饿极的胜男觉得脑子有点迟钝。

"鱿鱼啊。"梁少游笑说。

"当然没有！"胜男嘴硬道，正说着，一碗刀削面端上来，酱油色的汤汁，肉片微卷，肉味浓厚。

"嗤——"

"什么声音？"梁少游问。

"加班啊，吃泡面。"胜男口里含着刀削面回答。

正在这时候，邻座的人大喊一声："老板，来一碗红烧肉海带面！"

胜男急忙捂住手机大声问："你伤口还疼么？"

梁少游道："没事，你乖乖工作，我要休息了。"

胜男乐得急忙挂电话，开始稀里哗啦地扒刀削面，忽然，就听一声滑稽的狗叫，一抬头，发现刚才撞自己的男生怀里正抱着一只威风凛凛的哈士奇，看外星生物似的看着自己。

"不就是碗地沟油破面么？你看，我家巴顿看你吃都馋了！"那个男孩子十分好奇地盯着胜男的油嘴："你怎么吃相那么难看？"

正在这时候，哈士奇挣脱那男孩子的手，舌头冲着胜男的碗便伸了过去，胜男急忙将碗抽离，那男孩子急忙一把拽回哈士奇："吃地沟油！吃死你这死狗！"

"你！"

胜男一拍桌子，刷地站起来，指着门外，努力抑制着自己的愤怒，压低声音说："带着你的八顿九顿，赶紧离开。"

"为什么啊？"

那男孩子坐在胜男对面，仰头看一看眼睛圆瞪的胜男，无辜地眨一下秀气的小眼睛："看你长得挺可爱的，怎么那么凶啊？而且吃地沟油面，不讲卫生！"

"关你屁事！"胜男抄起筷子，刚要继续，忽然想起"地沟油"三个字，竟胃口全无。

"老板，算账。"胜男扯下抓着双肩包往柜台处奔过去。

"十块。"老板伸出一只油腻粗糙的手。

胜男刚要出门时，那个抱着哈士奇的男孩子蹭地冲出来，将门口堵了个严实："喂，金刚妹，刚才把你撞飞了，你真的没事吧？"

胜男微微一笑："你猜呢？"

"啊！"

话音刚落，只听那男孩子凄厉地惨叫一声，哈士奇从男孩子的胳膊上跳下来，伸出又长又红的舌头，看光景似的望着自己的主人捂住下处，见主人脸色刷地白了，哈士奇眼睛一眯。

"你个死狗！笑个屁！"男孩子冲着哈士奇骂道。

胜男像小鱼似的从门口溜出去，逃走。

"你这个八婆！太他奶奶地狠了！下次看见你我非强奸你！"

胜男听到一声压抑的怒狮吼。

正巧一辆出租车经过，胜男捂着鼻子一招手，出租车迅速停下，胜男上车说明地点之后，再打一个哈欠，便身子一软，眼皮粘在了一起。这是胜男来北京之后第一次打车。

"出租车果然比公交和地铁舒服，梁少游……挺细心的。"熟睡之前，胜男喃喃自语道。

此时，梁少游正面无表情地吸烟，一支接一支。

单人病房被烟气笼罩，像逢年过节时的庙堂。

沈清斌双手掐腰站在窗前，望着窗外正日渐西沉的夕阳，胸前一起一伏。

"梁少游，我和你没完！"沈清斌抓一把自己的光头。

"请便。"梁少游的脸色即便在暗淡的夕阳中，仍嫌惨淡。

"你给我态度好一点！"沈清斌冲上前去，一把抓住梁少游的病号服。

梁少游伤口被牵动，眉毛一皱，将香烟放入口中，再吸一口。

"你这样听之任之是什么意思？"沈清斌揪着梁少游的衣襟不放。

梁少游再吸一口烟，云雾从鼻间升腾开，整个病房黑了下来，入夜了。

"不要以为你以这种态度就能挽救你的过失，这样一来，渔翁得利的还是他陈牧！"沈清斌怒视着梁少游。

梁少游依旧沉默着，用没有夹香烟的那只手轻轻抚摸着一个笔记本的封皮。

沈清斌扔下梁少游，指着梁少游的鼻子："你这样做，我看不起你！"

梁少游十分奇怪地望着沈清斌："为什么啊？"

沈清斌继续指着梁少游的鼻子："因为，你应该为了美琳，站出来打垮陈牧！"

梁少游将烟蒂往床头的烟灰缸里狠狠一掐，语气依旧平和："原来，你做这些只是为了看我和陈牧两败俱伤而已。大作家，你觉得，如果美琳在天有灵的话，她会看得起你么？"

沈清斌一愣。

"我累了，休息会儿，"梁少游翻身躺下，将手中的 Pad 掖入枕头底下："你想以你的一部作品打垮一个组织，似乎有点高估你自己，之前帮你免费做的宣传，就当我和美琳为你的新书送的见面礼了。"

"你！"

沈清斌发现自己完全失算了。

当然，为他的失算买单的，不是别人，而是自己的情敌，梁少游。

这里，咱们得介绍一下沈清斌的身份——畅销金融小说作家，一个创业的失败者，却是写作的意外收获者。他的第一部作品便是在梁少游的怜悯心发作的情况下，在其公司出版之后意外炒红的，后来，竟然被改编成电视剧，在国内热播了好一阵子，梁少游的公司也因为这本书而由中型文化公司晋级国内顶级。沈清斌的第二部作品本来也签给了自己的情敌，前期的一系列网络和各大纸媒烧钱运作之后，他却发话要将小说签给梁少游的死敌——陈牧。

"我本以为你会求我的。"沈清斌坦白地说。

"是吗？"梁少游闭目养神。

沈清斌将病房的灯打开，逼视着梁少游，依旧没有放弃自己最初的想法：让这两人斗到两败俱伤。

"难不成你以为,'游天琳'只有金融小说一个品牌,只有你一个作者么?"梁少游闭目,慵懒地打了个呵欠。

游天琳便是梁少游的文化公司的名号。

沈清斌摊手:"OK,你会后悔的。"说完之后,甩门而去。

梁少游慢慢坐起,从枕下摸出一本棕色的32开笔记本,用颤抖的手轻触,抚摸,然后,探下头,深深落下一吻。那一吻,绵长到天荒地老。

第二章　记者招待会

"姑娘，醒醒哎！到地方儿了！"出租车司机拍拍胜男瘦削的肩膀。

胜男依旧睡得昏天黑地，一汪口水从腮边轻轻淌下，渗入白T恤上。

"姑娘，你到家了！"老司机指指胜男所说的那个小区的三个大字：琳琅苑。

"琳琅苑"既无琳，也无琅，更不是什么英式、意式风格，平凡一如北京其他所有普通的小区，又长又方，像砖头。好处是，此处已绿树成荫了。

当初，刚毕业不久的梁少游按揭这套一居室的房子时，就是冲着这个名字而来。梁少游说，这是琳与"郎"的小居，落户的时候，写的是美琳的名字，卓美琳。

多年来，美琳走后，梁少游一直鳏居在此处，直到去年才搬离。

一个月前，胜男来京，公司也离得比较近，理所当然地安营于此。

胜男住进去的第二天，梁少游曾请钟点工来打扫，顺便将他和美琳的1米多长的结婚照带回现在的住处，照片上的美琳长发如藻，照片上的姐夫笑容似海。

胜男迷迷糊糊晃悠到自己家，将一双鞋随处一甩，和着外衣倒头便睡，醒来时，已是第二天上午九点之后，摸摸自己的钱包，多出一些，是梁少游给的。

胜男挠挠后脑勺,想将钱全部花掉,正在这时,电话铃声响起,又是梁少游:"丫头,我想喝粥。"

胜男吓得心怦怦跳得厉害:"好,中午我去医院给你送。"胜男一口答应。

梁少游在电话那头微微一乐:"这么闲?你不是在上班么?"

胜男这才发现自己上当了。她涨红着脸,挠挠后脑勺:"我要去买菜了!"说完,便迅速挂断了电话。

走在菜市场那条刚刚熟悉的路上,胜男小心地避让着骑三轮车送东西的小贩、推着小车的白发老太太、老爷子,顺便打量形形色色的男女,心下突然就空荡荡的。

"失业了啊。"

胜男自言自语,正往前走着,忽然,便听到身后一声刺耳的汽车喇叭声。胜男往左躲,车就开往左边,胜男往右边躲,车就开往右边,胜男干脆往路边一退,停下步子,那车也停下来,依旧将喇叭按得像猫踩了尾巴似的。

胜男便抬头看一眼车主,但见他扑上来,将墨镜随手一扔,大叫一声:"哈哈!小笼包,又看见你了!你昨晚怎么走得那么急啊!是不是急着陪哪个大老板去了啊!"

胜男火冒三丈,忍不住挥起一拳。

"啪!"

拳头落在尚未反应过来的"迷彩男"的鼻子上,男孩子一脸疑惑时,便有一股鲜血从鼻间咕咕冒了出来。

"你力气蛮大啊?金刚妹,你丫的是史泰龙还是布鲁斯威利斯!我都他妈的出血了!"

那男孩子抹一把鼻子:"不过,我喜欢!"

胜男扭头就走,忽然,被一双钳子似的大手抓住肩膀:"哎,你别走啊！我叫陈龙，你做我的女人吧！"

胜男大步前行，陈龙穷追不舍："虽然我有女朋友，不过我会好好对你的，绝对不会把你弄疼！"

胜男气不打一处来，飞起一脚："你放心，我绝对会把你弄疼！"

陈龙一听，脸色一变，急忙捂住要害，却觉得小腿一疼，低头一看，原来，他的哈士奇正一口咬上他的小腿："死狗！你咬我干吗？"

名叫巴顿的哈士奇狗眯眯眼睛，松了口。

"笑屁！疯狗！一会儿烤了你！"陈龙指着哈士奇的脑壳大骂道。

胜男拿出百米冲刺的速度抬腿便跑，在市场买了一堆食材之后，一转身，发现不远处，陈龙正左手提一只王八、右手拎一只至少两斤多重的活鱼，笑嘻嘻地走过来。

"金刚妹，我中午请哥们吃饭，你得跟我去！"陈龙一脸霸道，鼻子下的血迹才干，像是日本人留在人中的胡子。

胜男忍住笑，大声反驳："为什么得啊！你是九千岁么！"

陈龙左手王八右手鱼地跟在后头："你丫的才是太监！我请你了，你就要答应我！"

胜男实在想不清这个因果关系："你是谁啊！凭什么！你是陈龙，又不是霸王龙！"

陈龙低头看一眼胜男手里的东西："你才是恐龙！金刚妹，你刚不吃地沟油了，就吃这个啊？你咋不买点燕窝啊？那个东西又滋阴壮阳又补人美容！"

"燕窝？"胜男眼前一亮："我回去买！"

话音刚落，就被陈龙一把拎着胳膊拖了回来："真是个笨女人！菜市场哪有这个东西！"

胜男满脸问号："那要去哪里买啊？"

陈龙满脸的神气："没文化的女人，连燕窝都不知道去哪里买！走，我带你去！"

胜男站在那里："你说什么地方好了，我自己去！"

陈龙突然就乐了："哈哈哈，你怎么那么好玩啊！大白天的，你不是怕我把你先奸后杀啊，哈哈哈！"

"你！"

胜男又飞起一脚，陈龙敏捷地往后一跳。

"你这个金刚妹！你当那是什么啊！那是男人的命根子！"

陈龙双目圆瞪，"那你去药房就能买到好的，不过路比较绕，让人把你先奸后杀，再奸再杀，哈哈哈！"

恰好一辆公交车经过，胜男跳了上去，在药房付款之后，一转身，只见陈龙搂着那只哈士奇强壮的身躯，双眼直直地站在她眼前。

"你家里有人病了吧？"陈龙十分"关切"地问。

"汪汪汪！"哈士奇开始叫唤。

"死狗！别打扰我说话！"

陈龙将狗往地上一扔，哈士奇兴奋地溜出店门，陈龙将套在手腕下的一个手提袋摘下来："你看你的手那么粗，熬的粥肯定够难喝得让人想吐，我刚去买了一碗，你带着去看病人吧！"

胜男摇头："不要！"

陈龙有些生气："我让你拿着你就拿着！你要是不要，我这就扔了！"说完，作势要往外扔。

胜男往店外一指："垃圾桶在那边。"

"你！那我真扔了！你别后悔啊！"陈龙说完，冲出去，随手一挥，一碗好端端的燕窝粥便进了垃圾箱。

胜男挠挠后脑勺，觉得自己头疼，非常的疼。

正在这时候，胜男的电话响起。

"姐……爸！你等我，我马上就来了！"胜男说完，拦下一辆出租车，落荒而逃。

胜男刚一上车，电话另一头梁少游问："我可怜的乖女儿，谁欺负你了？"

胜男气喘吁吁："无聊的臭小子！"

"他还在么？"梁少游继续问。

"不在了，被我踹飞了。"胜男嘴一撇："我要阉了他！"

两人正说着，忽然，胜男听到轰隆一声响。电话里突然就嘈杂如菜市场。

"梁先生，听说沈清斌要和贵公司解约，是不是呀？"

"梁先生是因为沈先生要解约因此遭受重大损失而抑郁成疾的么？"

"请问这次游天琳大约会损失多少人民币呀？"

"请问游天琳文化发展有限公司会因此而垮掉么？"

……

"嘟嘟嘟嘟嘟——"胜男这边，电话突然就成了忙音。

医院那边，梁少游的病房热闹成了记者招待会。

梁少游正扶着床尾勉力站着，刚放下电话，便看见一堆记者涌进来，默默数了数，十个。病房一下子就满了。

梁少游勾起唇角，浅笑。

"诸位，"梁少游懒散地打一个哈欠，一手捂着自己的小腹："你们看，我刚做完手术，是不是先请回呀，有什么事，等我出院后再说好吗？"

说完之后，梁少游蔫蔫地坐回到床上，刚要躺下，便见一个四十多岁、皮肤黝黑、身材健硕的棕色西装男人手提一篮各色康乃馨鲜花缓缓入内。

"梁总，好久不见。"

声音浑厚而凝重，气势十足，记者们停止了喧哗，目光全都集中在了他的国字脸上。

"天星的老总陈牧？"

一个记者扑了上去。

"陈先生，天星和游天琳近几年一直是旗鼓相当的，您和梁先生是竞争对手，为什么还要来探望您的死敌呢？"

"陈先生，天星是想和游天琳合作么？"

……

半小时之后，胜男赶到病房门口时，记者们早已走散，一个极其浓重浑厚而极具压迫性的嗓音清晰而铿锵："梁少游，你可真是花样百出，手段无穷呢，原来你除了会用美人计还会用苦肉计呢，哈哈。"

美人计？

胜男听得一头雾水。

谁是美人？胜男想到了美琳，一个何其美丽的人。

难道——美琳不仅仅是死于意外的车祸？！

胜男大胆猜测着，刚要再听，忽然脚下一疼。

胜男抬头，迎面一个四十多岁的中年男子，一脸深不可测的笑容，笑得胜男起了一身鸡皮疙瘩："不好意思。"

胜男看一眼被踩出一块阴影的白帆布鞋，摇头："没事。"

说完之后，进门，见梁少游正站在窗口处，不知在望窗外的什么，那个光头也在，手里捏着一个大约是合同的薄册子。

"你这样耍陈牧，对你自己没好处。"梁少游望着窗外的法国梧桐说。

沈清斌摸摸自己的光头："大不了下部作品签给他。"

"假小子？"沈清斌发现了胜男。

"哎，沈哥好，姐夫刚才发生什么事了？"胜男望着梁少游的背影。

梁少游转过头来："没事了。"

沈清斌将合同放进自己的公文包里，再看一眼胜男的短发，一脸叹息："假小子，留长发吧。"说完之后，转身离去。

胜男忽然就想起刚才那个中年人的话，忍不住问："刚才来的那个男人是谁啊？他说的美人计是什么？"

梁少游闻之，疲惫的双眸更添倦意，他扶着床坐下，再度点起一支香烟。

"病房不让抽烟！"胜男想夺下，梁少游却轻轻拿住胜男的手。

很大的一只手，白，骨节大，指甲剪得很短，手掌暖融融的。美琳的手指也很长，却和她的这种中性化的手指截然不同。

胜男望着梁少游一副艺术家似的修长大手，一愣，迅速抽出来。

梁少游深吸一口，烟雾从鼻间长长地冒出。

"我刚才的问题，能回答我么？"胜男稍微抬起头问。

梁少游也不答，再狠吸一口。

胜男就这样，站在床的旁边，不眨眼地望着他。

直到梁少游一支烟吸完。

"好吧，我问你，我姐姐是怎么死的！"胜男再也忍不住了。

"男男，是我间接害死你姐姐的。"梁少游努力让自己的声音不走调。

胜男却是难以置信，她望着梁少游那张面无表情的脸，道："你开玩笑的，是么？这么多年来，你一直单身，你没有忘记我姐姐，是么？"

梁少游再点起一支香烟："我一直没忘记她，可是，这件事我有推脱不了的责任。"

胜男忽然想起那个四十多岁的男人，一个大胆的猜测从脑间冒出："难道是你让我姐姐去勾引他的！"

梁少游摇头："当然不是。"

"那个沈清斌要和你解约也是因为知道了这事，是么！"

胜男一把抄起梁少游背后的枕头，冲着梁少游的脑袋狠狠砸了一记，不知什么时候，脸上已经濡湿了大片。

"到底是怎么回事！你能告诉我么！"胜男大声问。

"我也想知道。"梁少游看一眼胜男，再吸一口烟。

"我恨你！"

胜男狠狠踢一脚凳子，冲出病房，冲出医院，站在站点等公交的时候，一张脸不知已挂了多少层泪幌子。

"胜男，看姐夫给你带的什么？你最喜欢吃的牛肉干和果跳跳糖！"胜男眼前闪过自己小时候那个青春飞扬的姐夫帅气无敌的笑容。

"胜男，你如果考上×大，姐夫给你奖学金。"

"胜男，专业一定要自己选，不然你会后悔一辈子的。"

"胜男，我支持你来京。"

……

胜男想起一次次电话通话。

"男男，姐的婚纱漂亮么？"

胜男想起美琳结婚当天时的满脸的红云。

她觉得，胸口压抑得像是肝脏裂掉了。

这一天，公交不知怎么就左等等不来，右等等不来。胜男先是捂着嘴，后来干脆捂脸蹲下，最后，压抑着哭声，呜咽起来。

不知哭了多久，忽然，有一个冷若冰霜的声音传来："你怎么了！"

胜男哭得鼻涕眼泪连成一大片，懒得理这人，继续埋头掉眼泪。

"起来，别在这里哭。"那一阵让人寒意四起的声音又传来。

"关你什么事！国家有法律不让在公共场合哭么！"胜男嗖地站起来，说完之后，捂着脸继续哭。

"我是警察。你怎么了！"那人继续问。

"你是警察就去抓坏人，市民哭不犯法吧！"胜男说着，只见一张纸巾递过来，一把拽过，胡乱擦一把脸，"谢谢。"

那人的话依旧简洁到像被甩干机甩过似的："谁欺负你了？要报案么？"

胜男忍住眼泪，瞧一眼这个高挑的男人，和梁少游类似的高挑，却更清瘦些，白净脸，细长的丹凤眼，白衬衣，工装裤。

胜男想起梁少游的那句话："男男，是我间接害死你姐姐的。"

"警察先生！我……"

胜男想说请帮忙调查我姐的死因，可是，当年的事实证明，那只是意外车祸。

"我……"

胜男突然想起梁少游的身体状况，竟一时噎住了。

"说，我带你回去做笔录。"那个警察说。

"这个……我可以过几天再报案不？"胜男的眼泪不知什么时候竟止

住了。

警察用俊秀的丹凤眼狠狠剜了胜男一眼："到底报不报？你以为没有时效么？"

胜男支吾着："就等几天，不会耽误吧？"

警察一张冰山脸越来越冷："为什么！"

"因为，我怕牵扯到一个人，他正在生病……"胜男再抹一把鼻子，朝医院的方向望去。

"无聊。"

那警察不屑地道，说完，继续问："什么案子？"

胜男找不到什么词来形容，抓抓后脑勺："车祸，七年前的车祸。"

那个警察细细思忖了片刻，道："有证据么？"

"没，没有。"胜男想起美琳，鼻子突然又一酸。

"日期你还记得么？"那警察问。

"2003年4月28日。"胜男说的时候，心又揪了一下。

那警察不知从哪里变出一只碳素笔，揭开笔帽，迅速在自己的手上写下这个号码。

"你的手机号。"警察头也不抬地望着自己的手，继续问。

"138……"胜男迟疑了片刻，小声说。

"你可以走了，大街上哭，难看死了。"那警察冷冷说完，转身就走。

胜男肿着一张被泪泡厚了好几层的脸，继续等公交。

被一帮人挤上公交的那一刹那，她才想起，许久没有掉眼泪了。

哭多了，终于记得，原来，眼泪流多了会让人脱力。可正如那个纨绔子弟所说，她是金刚妹，她一路乘公交，跌跌撞撞地回到琳琅苑自己的暂居处——美琳和梁少游昔日的爱巢，迅速打开大衣柜，把自己少数的几件夏天乃至冬天的衣服统统打包，收拾进一个箱子里，提起来就往外冲，冲到门口时，脚步却止住了。

穿着板鞋的脚下，似乎有千斤重，胜男想抬脚，却大脑一片空白，出不去了。

胜男见过自己住处附近一家不大的旅店，用横幅上书："特价房138元，送两餐。"也就是说，去小酒店住一晚上，至少也得一百多块，如果多几天的话……

她方才发现，她无处可归。

要去六环外住么？要承担房租、水电、煤气钱甚至网费么？胜男问过自己的同学，即便去通州租最便宜的一间，也得一千多块，胜男想着想着，手一松，旅行箱失去重心，歪倒在她腿上，她苦笑一声，慢慢扶起旅行箱，默默地将冬天的衣服、夏天的衣服一件件放回到原处，撅嘴咬牙："梁少游，我总有一天要离开这里！"

……

三个月后。

真的……要穿成这样么？

胜男用一双男孩子般粗糙的大手抚摸着手中质地并不细致的白衣黑裙。一边摸索着，脖间便汗涔涔的了。

短袖衬衣是纯白色，胸前系了巴掌那么大的黑蝴蝶结，重要的是，她将裙子在腰腿间比划了一下，裙子太短，足足露出大半个大腿！

胜男苦笑，顺手将黑裙塞进员工用的带锁铁箱里。

许久未穿裙子了，从父亲去世的第二天开始，一直到现在。

胜男盯着更衣室长镜中的自己：一头蓬松短发，一双干净的大眼睛是双眼皮，眼皮的纹路像是刀割的伤痕一般，脸上因最近吃多了泡面，新增了几粒色斑，脖颈颀长，白T恤，七分牛仔裤，一双白袜白帆布鞋在早上不知是挤公交还是换地铁的时候被踩了几块黑脚印，脚印的纹路灰突突的，像是晴天里莫名冒出的团团乌云。

"哎呦？这是新来的吧？"

"吱呀"一声，门被推开，尖细鞋跟声伴着尖细高亢的女声交织而来："长得不错嘛，老严也真是，不就是宠物店么，到底是卖狗还是卖美女啊？"

胜男抬起头，从这个穿橘红T恤和正装短裙高跟鞋的女人眼中看到了不容置辩的敌意，虽然她带着厚厚的眼镜，皮肤黝黑，不亚于古天乐。

胜男努力让自己保持微笑："你好。"

这女人却冷哼一声，下巴一扬，边脱上衣边说："店长和我说了你今天来上班，我是这里的销售经理农秀艳，你的领导，以后跟着我吧。"

说完之后，那农秀艳仿佛想起来什么，眼睛透过厚厚的镜片，突然就凝聚起一道雪亮的光，只见她将刚脱下来的橘红色T恤擎起，几乎要放到胜男的脸上："对了，你看我的T恤衫漂亮不？意大利品牌的，一千多块钱呢！"

穿在她身上，和二十块钱的衣服没什么区别吧。

胜男强烈抑制住自己说实话的冲动，点点头："挺好。"

"好就加油，争取也买得起。"农秀艳下巴一扬。

胜男望着自己的帆布背包，突然就有一种背包走人的冲动。

正在这时候，农秀艳用那双同样尖细的黑手指比划着胜男的七分牛仔裤，怪声怪调地说："哎呦，怎么还不换裙子？你难不成想这样上班？不适合做这份工作的话，我们换人？"

胜男忽然心下一紧，三个月来的工作场景历历如现。

胜男的第一个工作是药店的柜台销售员，这与她的大学专业联系极为密切——她大学五年学医，主修临床。学医，毫无疑问最大的出路便是考研甚至读博。一场意外的家庭变故，却让她不得不从年初步入社会。

她的第一个工作中止于老板朋友的女儿的加入。老板"语重心长"地说："小卓啊，我看了看你的销售记录：牛黄解毒片、阿莫西林、头孢氨苄、氟哌酸……你给顾客推荐的药品多是非常便宜的，这直接给我们店造成了损失，这不好啊！"

胜男的第二个工作是一家企业的行政助理。当肠肥脑满的老板将又粗又肥的咸猪手伸向她的 T 恤,整个人被她狠狠抛出去时,老板冷笑:"姑娘哎,你还是去练柔道吧,你不适合做这份工作。"

……

不是没有想过要联系梁少游。

无数次面试被拒,拖着疲倦的身子回到宿舍,每次打电话,号码拨出去之后,却又在没接通之前迅速挂掉。

梁少游也不是没打过电话,甚至用信封塞几千几万块掖在胜男的门口,胜男啃着泡面,按照梁少游的公司地址,原封退回。

梁少游何尝没发过短信给胜男:

"胜男,有家医学出版社正在招人,你要去面试么?"

"胜男,要不要到我公司来呢,你大学的时候在杂志和校刊发表的东西寄给我之后,我还收着,来这边吧。"

"胜男,有好吃的东西么?"

"胜男,有困难就告诉我。"

……

胜男每每看完,第一时间删掉,却怅然摸着自己磨得发花的手机屏幕发怔。继而,将手机屏幕上的屏保删掉——美琳和梁少游的结婚照。

梁少游也曾在胜男的楼下出现过,抬眼望着楼上的灯光,然后,一支接一支吸香烟,手头的香烟燃尽时,驱车离开。

他不知道,有个人呆呆趴在窗前,望着她熟悉的车型,用手指头在窗玻璃上一笔笔描摹某人的头部线条,画了一遍又一遍。

第三章　40.3度的体温

宠物店的销售员的工作似乎不错：管午饭，有宿舍，偶尔给狗狗看病，主要任务还是伺候小狗大狗洗澡漂白，卖小狗大狗。

"发什么愣呀，让你卖狗又不是卖身，穿裙子怎么了？"农秀艳满脸的不屑，她不知道，一年前长发及腰的胜男曾对头发和裙子做过一个何发狠的誓言。

"没创出一番事业之前，我坚决不留长发、穿裙子！"

一年前，胜男紧紧攥着父亲的黑白相框努力望着天花板低吼。相片中的父亲清秀儒雅依旧，清瘦依旧，眉头轻敛，像是远在唐朝时候带着书童皱眉咳血的多病诗人。

半分钟之后，胜男换上短裙，跟在上司农秀艳的背后，亦步亦趋地走出二楼的更衣室。

大腿凉丝丝的，店内的空调开得很大，凉风不断地往她的裙子里灌。

"吱呀"一声，

一楼的店门被轻轻推开。

"欢迎光临！"

胜男鼓起勇气，微笑着对推门而入的人说。

第三章 40．3度的体温

"啊!"

胜男望着那个抱着狗进来的人,登时浑身上下起了冷汗。

"金刚妹!哈哈哈!真有缘啊!怎么你来这里工作了!?"那人已经抱着狗上了楼梯。

胜男语塞。

"哎,都好几个月不见了,怎么你的胸还是那么小啊!不过大腿还是挺长的!"那人一脸亢奋地冲到胜男面前。

"哎哟,胜男,你怎么会认识陈家琪啊?"农秀艳一脸的不可思议状。

"秀艳姐,我家巴顿牙疼!"陈家琪指指他的狗嘴巴。

"哎哎呦,没事没事,快让我们家的医生去给看看!"农秀艳亲自去抱狗。

"不用!"

陈家琪使劲搂着:"你抱不动它!它也不肯让别人抱!"

胜男亦发现,这位爷与其说是抱着狗,都不如说是用一身蛮力将大狗挟制住了。

"胜男,愣着干什么?赶紧给家琪倒杯水啊?"农秀艳看一眼胜男,本来满眼的热情,全成了刀子。

"不用!我喝可乐!"那陈家琪说。

"对了,金刚妹,你怎么最近不去买菜了!不会是被人包养了吧?"陈家琪上下打量着胜男。

"你狗嘴吐不出象牙!"胜男大骂。

陈家琪也不恼,"你嘴里吐得出的话,给我家巴顿按上吧!"

"陈家琪!"胜男终于知道什么叫秀才遇到兵。

"胜男,这是怎么对顾客的?家琪可是我们的老主顾了!"农秀艳开始阻止。

"你叫胜男啊?"陈家琪仔细琢磨着:"就是纯爷们和铁血真汉子的意思呗?"

胜男突然就想起:"对了,你不是叫陈龙么?"

"当然！我就是叫陈龙！名字像个女人，娘们唧唧的，我改了！"

胜男听得哭笑不得。

"胜男你帮我抱巴顿！"陈家琪将巴顿送过来。

那只哈士奇虽满眼的威风凛凛，胜男倒也不怕，只是——

"干吗我给你抱！那么重！"胜男问。

"因为你是金刚妹啊，哈哈哈！"陈家琪正说着，胜男也不去接，哈士奇从陈家琪身上跳下，飞速跑进诊断室。

哈士奇巴顿拔牙之后，乐呵呵地去楼下找看家狗玩去了，剩下陈家琪坐在一旁，不断跟胜男找话题。

"胜男，你的胸罩太紧了，下次穿宽松一点的吧，当心得乳腺癌。"

"胜男，你怎么不留长头发啊？你究竟是不是蕾丝啊？（女同性恋）"

"胜男，你看的那个人病好了吗？"

一听这个人，胜男眼圈忽然一红。

"啊？怎么？对不起。我不是故意的，人死不能复生……"

每次来一个客人，陈家琪总是第一时间冲下楼梯，点头哈腰的，一脸奴才相地嬉笑着："美女，你买什么！"

"这位老板，你买什么？"

虽然，那位"美女"至少有五十七，那位老板穿着一件十块钱能买两件的老头衫和大裤衩。

"胜男，你也学着点呢！光长得好看没用，咱们这里不是夜总会！"农秀艳见陈家琪第二次冲下去的时候，忍不住满脸威风地对胜男说。

胜男气得脸红一阵，白一阵。

却见那陈家琪将那位老板哄去了收银台，上楼时听到这话，瞥一眼农秀艳，道："秀艳姐，不是我说你，你是不是妒忌胜男比你长得好看就说她了？她刚来，什么也不懂，你教她啊！"

农秀艳哈哈一笑："家琪啊，你可真有意思，这有什么好妒忌的，环肥燕瘦，各有各的特色。"

"哈哈哈哈！"陈家琪一阵狂笑："你说的艳是钟无艳吧，哈哈哈！"

这下子，农秀艳一张黑脸也成了铁青色。

胜男只得拽着陈家琪便往楼下拖："别说了！"

却听农秀艳在后面大叫："卓胜男，你拉拉扯扯地干什么！"

陈家琪出乎意料地纹丝不动："小样儿的！当我是豆芽菜呢，咱是猛男！你觉得我现在这样说，让你得罪你上司了是吧，我是为她好，就是让她有自知之明！"

"你别说了，我求你了。"胜男气得一双眼睛怒视着陈家琪。

陈家琪望着对面的女孩子的大眼睛，坚强到让人心疼的眼神就让他心底一颤。

正在这时候，忽然，胜男感觉美且偲宠物生活会馆的门口有人靠近了，急忙往旁边一退，门开了，进来一男一女，女的身穿酒红色束腰长裙，一头波浪卷发，男的大约一米八的身高，黑西装昭彰着他的年龄，皮肤古铜色。

胜男觉得这个人有点眼熟。

这个男人看她的时候，一双宽而粗的浓眉下，炯炯有神的黑瞳而深不可测。

与梁少游的温润如玉不同，这个人眼里更多的是深不可测的霸气。

"爸爸！你又换妞了！你丫打算一天换几个！"

陈家琪嘿嘿笑着，盯着那个红衣女的红唇，凑上前去，饶有兴致地围着她转了三圈。

美女自然是被这位小爷看得站哪哪不是，头一扭，浑身不自在。

陈家琪说："美女，你比我妈长得好看多了！我妈又老又胖！"

那美女说什么也不是，只得沉默。

陈家琪指着楼上的洗手间说："美女啊，你别不好意思，我说的可是实话，我妈就在洗手间上厕所呢，一会儿她出来你自己看看，你们也打个招呼！"

美女的杏眼一瞪。

"陈家琪！"中年男子威胁道。

"我妈人很好的，你别怕！她就是脾气大点……哎，你干吗跑啊！"陈家琪话未说完，那美女便已尖叫一声，冲出宠物会馆。

"小心摔跤！"

陈家琪手舞足蹈地大笑起来。

此时，农秀艳早已从楼上跑下来，一脸谄媚地笑着："哎哟，陈总，好久没见您了，今儿是什么风儿把您吹来了呀！胜男，快去给陈总倒杯上好的西湖龙井，用景德镇的骨瓷茶杯！"

陈牧抿嘴一笑，不动声色地警告自己家儿子："陈家琪，本事越来越大了啊？"

陈家琪拍拍陈牧的肩膀："不敢不敢，师承其父！叫我陈龙！我可不叫娘们名！"

胜男泡了茶端给这花心中年人时，他粗重的大手一下子就挨在了胜男的手背上。

胜男赶紧抽手。

景德镇的骨瓷茶杯从胜男手中一滑，开始做自由落体运动。

"啊！"胜男来不及反应，大叫。

"啊！胜男你干什么！骨瓷茶杯啊！"农秀艳大叫。

正在这时，只见陈家琪一个箭步冲上来，一把接住茶杯，递到他老爸手里："爸爸！这里是卖狗的地方，不是你吃豆腐脑的地方！"

陈牧接过茶托："这个女孩子我认识。胜男？哪天在医院，没有把你踩疼吧？"

农秀艳一听，眼神里于是多了更多复杂的意味。

胜男于是想起三个月前，在梁少游病房外踩了她一脚的男人。

"没。"胜男突然间就对这个男人产生了莫名的恐慌感。

"老爸！你去医药干什么？治性病还是治艾滋？噗！"陈家琪一把抢过茶杯，猛喝一口，把嘴烫了。

陈牧接过茶杯，轻轻用杯盖掩着，吹口气，微抿一口，直视着胜男："胜男，茶不是这样泡的。绿茶是娇嫩东西，用开水会泡烂的，得用七八十度的水。"

胜男点头。

"农总，帮我订一只贵妇犬。"陈牧看一眼农秀艳，马上转移视线，丑女，他从来不多看半眼。

"给刚才那个贱女人啊？"陈家琪好奇地瞪大了单眼皮的秀气小眼。

陈牧并没有回答，放下茶托，起身去刷卡，农秀艳像贴膏药似的跟了上去，剩下陈家琪狠狠指着收款台处的女孩子大叫："千万别给他打折，不！给他打三十八折！不是三八，是三十八！"

宠物店的开饭时间比较早，胜男想喝水的时候，突然发现自己忘记带杯子了。

她想起梁少游送的那个德国的 tomato 创意马克杯，纯白的杯上有许多小钟表时刻，时尚而创意新奇。想起梁少游，忽又想起美琳，心，不觉得沉下来。

宠物店下班时间是晚上九点半，打烊之后，农秀艳扔下一句"把整个店打扫一遍"便甩手走人，胜男于是拎着拖布将楼下拖一遍地，再是走廊，然后是楼上，拖完之后，又给楼下的小狗喂了食，全部干完之后，已近晚上九点。

打扫完店面，扶着腰坐公交车回到琳琅苑，走到自己楼下时，果然又看到了那辆熟悉的车，小区内的灯光也暗弱，车里面的人只能隐隐约约看个影子。

胜男的脚步不觉停下来。

车内依旧是漆黑的，没有动静，没有一丝主人的反映。

胜男隐隐又想起自己小时候，将一堆食物往梁少游鼻子里塞，吵他午睡时的场景。午睡时候的姐夫，两排睫毛细细地垂在眼睑下，高鼻梁的线条像雕刻，整个脸又像是天使落入凡尘，小时候的胜男，一点都不想让这个画面定格。

胜男忍不住上前，手在车窗上停顿了片刻之后，敲了三下。

车内没有反映。

胜男于是深信自己的判断是正确的。

再敲三下。

一如小时候拿虾条往梁少游的鼻子里塞的那般理直气壮。

敲第三次的时候，车门开了。

一股浓郁的烟气扑鼻而来。

望着梁少游微弱灯光下因刚刚醒来而迷茫蒙眬的眼睛，心下那股恶作剧之后的快乐，仿佛回到了许多年前的阳光午后。

梁少游微笑，扶着车门，笑着笑着，忍不住咳嗽起来。他强忍着咳嗽，摸出一支香烟，点上，身子微微轻晃着，脚底打着飘。轻轻吐一口云雾，他说："对了，你的毕业证给我。"

胜男自然知道是为什么。

"不用了，我已经找到工作了。"胜男拒绝道。

"咳咳咳……"

梁少游猛吸一口烟，呛得咳嗽起来："什么工作？"

"宠物会馆的医生。"胜男说。

"宠物医生？那个不需要执照么？"梁少游笑问。

胜男嘴硬道："都有执照的话，就去开宠物医院了。"

梁少游捂住嘴，弯腰，继续咳嗽。

仲秋的风飒飒吹来，吹得胜男浑身一哆嗦。黑暗中，胜男看不清梁少游的脸，只觉得，他的身子比三个月前消瘦了太多，几近单薄。

"上来坐会儿吧。"胜男望一眼只穿一件单衣的梁少游，有些心疼。

梁少游没有拒绝，再吸一口烟，挥手将烟蒂扔到垃圾箱内。

第三章 40.3度的体温

胜男与梁少游先是并排走着,梁少游的脚步不知怎么就慢了下来。

"少吸烟。"胜男说。

梁少游跟在后面,没有回答。

走到电梯口的时候,突然只听"咚"一声,胜男扭头一看,只见梁少游身子一歪,倒在地上。

"梁少游!"胜男将梁少游的上身扶起,轻轻拍拍梁少游的脸:"你怎么了!"

手感并不好。

脸上的肉没有了,咯手,且手感像摸一块刚煮熟的排骨。

"怎么发烧了!"

胜男心下一疼,像上次一样将梁少游的胳膊架到自己肩上,使劲按电梯按钮。

所幸今天的电梯没有坏,几秒钟后,电梯门开了,将梁少游架上箱式电梯,胜男才知道为什么上次他死撑着不肯让自己的重量都在自己的身上。

真沉。

胜男真的不想把一表人才的梁少游形容成死去的牲口。

终于抗到六楼,将他扶回自己的床上,从床头柜摸出体温计,将体温计贴身插入梁少游的腋窝下时,胜男的手一哆嗦。

体温居然有40.3度。

胜男慌乱地把药箱里的药品一股脑倒出在地上,找到阿司匹林之类的药,刚要倒杯热水的时候,胜男发现暖壶是空的。

"大爷的!"胜男急忙接了热水打开煤气烧水,回来时,不知道碰到了什么,低头一看,却是一个小铝盒,胜男打开一看,不是别的,却是浸透了酒精的一朵朵棉花球,是用来退烧的。来北京之前,也就是一个月前,胜男曾拍拍自己的小胸膛:"妈,你不用给我拿什么药,我身体好着呢!"

妈妈却一边给准备，一边说："万一用得上呢！北京的东西贵着呢！"

胜男用酒精棉花一次次在他的脸上、脖子上、胳膊上擦拭，后来，干脆剥开梁少游的第二颗纽扣，正在这时候，梁少游却不合时宜地睁开了眼睛，一把抓住胜男的右手。

胜男的脸刷地一红。

梁少游烧得迷糊，手劲并不大，胜男瞬时抽出。

梁少游望着胜男手中的棉球，动动鼻子，熟悉的，梦中的酒精味道。

烧得迷迷糊糊的梁少游朦朦胧胧做了一个梦，梦见自己刚创业的时候的自己，在一系列挫折之后，感冒发烧到近40度，美琳敷冰袋，用酒精给他退烧时候，他睁开眼睛，用滚烫的唇将美琳纤细冰凉的手指吻过一遍又一遍。

睁开眼睛，却不是美琳。眸子还是一样的清亮，却多了几分女性少有的坚韧。

胜男手中拿着酒令棉球，手停在空中。

一声鸣笛，水开了。

胜男急忙倒一杯热水，梁少游拧着身子，要挣扎着坐起，被胜男按住了。

"咳咳咳，我自己来。"梁少游虚弱却逞能地说，胜男把手松开，他挣扎了一下，身子一晃，再次倒下。

胜男只得帮他喂了水和药，怨道："你手下那么多人，干吗要那么辛苦！"

梁少游混沌地道："不辛苦。"说完之后，竟又意识模糊，昏睡过去。

胜男只得迅速将他的上衣全部解开扣子，扶着他的肩小心剥下，用酒精棉球按侧颈－肩－上臂外侧－前臂外侧－手背；侧胸－腋窝－上臂内侧－肘窝－前臂内侧－手心开始擦拭一遍，顾不上去偷窥他的胸肌，急忙用温度计再给他测一次体温：40度。

胜男吓得跌坐在椅子上，手中的棉球脱落。

"为什么你每来一次都吓我？"

第三章 40.3度的体温

胜男望着梁少游张胭脂色的脸，大脑空白。

屋子里安静得吓人，小区也是悄无声息的，胜男只听到墙上的挂钟声和自己的急促呼吸声。

怎么办？

胜男呆呆望着睡得几乎要世纪长眠的男人，早已失去了一个学医者的理智。

正在这时候，手机铃声响起，胜男吓得浑身一激灵。

"金刚妹，小笼包，你忙什么呢？跟哪个帅哥在一起嗨？"

不用问，也知道是谁。

"陈家琪，我叔叔病了，他发烧到40度。"胜男面无表情地说。

"那你赶紧送医院啊！打122！不对！120！笨蛋！你害怕个屁！你在哪？要不我去接你们？"陈家琪十分热心地问。

"好的，送医院。"胜男这才回过神来，急忙挂断电话，一个键一个键地戳自己的手机打120："喂，这里是银杏路，琳琅苑C座6楼，有人发烧昏迷了……"说着说着，眼圈一红，一滴泪珠扑地掉下来。

挂掉电话之后，胜男怕过多使用酒精退烧造成酒精中毒，只得打一盆凉水，用毛巾从梁少游的脖颈开始擦拭，清水和着眼泪，凉水和着热露。

一次，两次，三次。

在第三次擦到手心的时候，胜男只觉得梁少游的手微微一动。

"傻丫头，哭什么？咳咳，发个烧而已。"梁少游吃力一笑。

胜男使劲将体温计甩三下，三分钟之后，体温计的水银长度果然延伸得短了些：38.7度。

胜男高兴地挥起袖子抹一把眼泪，舞动着体温计原地蹦了两下："耶耶！"

"叫差辈分了。"梁少游欣慰地笑说。

胜男一屁股坐在床边的椅子上，挂着腮道："叫你叔叔还差不多！大叔！"

梁少游的笑容微微收敛："唉，老了啊。"

胜男急忙安慰道："不老！男人越老越帅！"

"原来你是叔控。"梁少游打趣道。

胜男望着躺着的虚弱男人，脸色一沉。读大学的时候，父亲得了大病，自己的学费大半都是梁少游出的，那么，他算不算半个父亲？

梁少游不知是不是读懂了那眼神，微微闭上眼睛。

胜男以为他伤感了，便转移话题道："姐夫，我看到最近图书大厦的排行榜上有你们做得好几本书呢，排名很靠前！还有微博和很多网站！"

梁少游淡淡地闭着眼睛养神："舍得花钱宣传，这并不奇怪。"

胜男继续说："你刚做过手术，最近真的别太操劳了！"

梁少游慢慢睁开眼："原来是手术后遗症呢。"

怪不得他三个月内感冒了三次。

胜男忽然想起什么，弹簧似的跳起来，冲进厨房，十分钟后，一声煤气灶点火声之后，挂了一脸的笑回到卧室，梁少游打一个呵欠，望着那个忙碌的小女人笑说："煮的什么好吃的？病人不吃毒药。"

正在这时候，一阵强盗式的急促砸门声咚咚传来。

"小笼包！金刚妹！你快开门！"

胜男还没走到门口时，便听到一阵大吼大叫。

胜男的脚步停住了。

"你快开门啊！你不开门我撞门了！"门外那人继续大吼大叫。

胜男急忙打开门，陈家琪一头撞进来，胜男被他的那股蛮力咚地撞翻在地上。

"哎呦！"

胜男急忙爬起来，一把挡住陈家琪："你干吗？"

"笨女人！送你叔叔去医院啊！"陈家琪想一把掀开胜男的手，胜男的手臂却挡得死死的。

"干吗！你丫的是不是偷人了？"陈家琪脸色一变，说完，跑进厨房，一看，砂锅上正炖着东西，开锅一看：燕窝、枸杞子、莲子咕嘟咕嘟炖着。

"好啊！小笼包！都和野汉子过起小日子来了！"陈家琪气得蹦了三蹦。

"小朋友，这是怎么说我侄女的？咳咳咳，我怎么听不懂呢？"

刚说完，却见一个比自己还高的大约三十五六岁男人软软地扶着墙站在厨房门口，脚底还打着飘。

陈家琪更怒了："你！你不会当小三了吧！"

胜男抄起一个空锅就往陈家琪头上挥去。

梁少游勉力把住胜男的胳膊："咳咳咳，胜男，别理他。"

陈家琪一把夺过胜男的铁锅："我是她男朋友！她凭什么不理我！"

胜男气得抱头蹲在地上。

梁少游一听，先是一愣，再是一乐："看得出，你在追我家男男，我可是她家长呢，想她同意，你可得过我这关。"

陈家琪一听，立刻放下铁锅，嘻嘻笑着叫道："叔叔！"

梁少游忍着笑，搭着胜男的肩膀挨着沙发斜坐下："乖侄女，来来，扶叔叔坐下。"

胜男使劲忍着笑，起来扶了梁少游一把。

"叔叔，吃冰激凌！"陈家琪从自己的迷彩双肩包里摸出一个巧克力花心筒，递给梁少游："能降温！"

胜男点头："吃掉吧，物理降温，叔叔。"

梁少游倚着沙发，望着茶几上的 tomato 马克杯，笑着懒洋洋地接过来："咳咳，幸好你没给我棒棒糖。"

"这里有啊！"陈家琪从包里变出一个巴掌大的哆啦A梦棉花棒糖："这个给金刚妹的！"

梁少游只得在两个大龄儿童的全盘监督下啃掉一个冰激凌，望一眼客厅被摘去他的结婚照的光秃秃墙壁和墙壁上光秃秃的钉子，笑得沧桑。

陈家琪紧接着十分热心地凑过来："你老人家好些了么？我送你去医院吧啊？"

"没事了。"梁少游掏下自己的口袋,烟不知什么时候遗失了。

"抽我的!大卫杜夫!"

陈家琪从自己背的迷彩双肩包里掏出一个黑盒子,从盒子里拖出一只又粗又长的棕色外皮雪茄烟,双手递上。

梁少游默默看他一眼,接过来。

"喂!你才多大呀,就吸这种烟!"胜男忍不住提醒陈家琪。

陈家琪毕恭毕敬地给梁少游点上,自己也顺便点上一只:"跟年龄有关系么?又不是杀精,也不是练辟邪剑法!"

正说着,陈家琪的手机响了,诡异的摇滚。

"喂!你这个女人!我们分手了!你爱和谁睡就和谁睡!你就是跟女人睡也不管我的事了!"陈家琪有些不耐烦地往地上掸烟灰。

"别拿死吓唬我!你真死的话还告诉我干吗?哭!就知道哭!好好别哭,我回去!"

陈家琪一听电话那头吱吱的哭声,急得浑身出了汗:"我前女朋友要死要活的,我得回去看看,叔叔,一会儿我再回来啊!"

"别回来了!"胜男赶紧阻止。

"不必了,我也马上回去了。"梁少游笑说。

"好吧,那你保重!"

陈家琪说完便飞奔出去。胜男再给梁少游量一次体温,已降至38°。

两人都松了一口气。其时,已是凌晨十二点二十分。

梁少游扶着沙发起身:"那我回去了。"

胜男拽住梁少游的胳膊:"你现在驾驶,比酒后驾车还危险,不如……在这里呆一晚上吧。"胜男说完之后,开始挠自己的后脑勺。

梁少游望一眼卧室,胸腔本来熄灭的热火再度升温,于是眉心一蹙:"我睡沙发。"

胜男端详着梁少游英俊的儒雅的面庞,说:"让又老又病的人睡沙发,我做不来。"

梁少游并排坐下,拍一下胜男的短发小脑袋:"让女人睡沙发我睡床,我也做不来。"

"那……"

胜男摸摸自己的那撮头发,梁少游鼻间呼出的热息一拍一拍打在她的鼻梁上。

胜男忽然就冒出一个大胆的念头,吓得自己心跳加速,脸红耳赤地逃进厨房,盛出一碗燕窝粥端上茶几,低着头不敢看梁少游。

梁少游微微一笑,端起碗轻啜一口:"傻丫头,我走了,打车回去。"

胜男拽住梁少游的胳膊:"要不,我们一起睡!"

梁少游望一眼一脸虔诚的胜男,一口燕窝粥差点全喷出来。

梁少游遇到过各种各样的发出邀约的女人:妖冶的,故作清纯的,太妹,还有出版社的女老总,甚至有直接宽衣解带的,而直接描述的却是头一个。

哪怕,她表达的不是这种意思。

"我是说,反正你是我姐夫也不会欺负我,那就一人一半……"

微弱到泛粉红的灯光下,胜男轻轻抬起她的尖下巴。

梁少游注视着胜男那张年轻脸,健康到近乎透明的皮肤在灯光下红粉绯绯。诚然,胜男的相貌不及美琳的十分之七八,那一刻,梁少游恍恍惚惚就将这两人完全重叠成一个美好的生命。

远山的眉,明润的眼,花瓣似的唇。

梁少游的身体忽然就有了反应。

"你当我是柳下惠呢还是当我是魏忠贤?傻丫头,好了,我走了。"梁少游已走至门口。

"姐夫……"胜男喃喃唤了一声。

梁少游已将这道熟悉的门打开,脚步却迟迟未动。

"我送你!"胜男说。

梁少游转身,细细望一眼红粉绯绯的女孩,偶遇美琳时的场景排山倒海般压入他的脑海、他的视线。

> 南国回来的春燕有没有衔着思念
> 北方顽固的积雪还在等放晴的天
> 爱本像湖面一轮满月
> 命运丢石头弄皱美好的画面
> 往日已经被岁月黑白成泼墨山水
> 我的回忆还流连最工笔那些细节
> 旧爱像烈火熄灭的烟
> 谁贴近凝望眼眶越热越落泪
> 苍白的生命唯一的鲜艳
> 你是我的桃花源
> 回不去的桃花源
> 就变成一种永远
> ……

　　回忆，不知不觉就穿梭至十八年前。第一次见到美琳，是在大学新生晚会上，同是新生的两人虽无交集，十九岁的美琳的独舞《桃花源》却像江南暮春时分的桃花般片片飘在风前，盈盈飘在他眼前。无数次梦见美琳粉色的裙，粉色的胭脂，他的梦是粉色的……

　　认识她姐姐，不觉已十八年。当年爱吃果冻的小姑娘，也宛若玉树了——的确像棵树，没有S型的笔直的小杨树。

　　"老老实实呆着，咳咳咳，我到家之后给电话。"梁少游淡淡地说。

　　"那我送你下楼。"胜男的脸也烧起来。

　　"不用。"梁少游迅速抽身，将傻孩子关在门内，傻孩子几步跑到卧室的窗口，目送这位大自己十四岁的男人踉跄上车。

　　半小时之后，胜男的手机响起，不是电话，却是短信：我到家了，勿牵挂。

胜男准备了好几条短信:"姐夫好好休息,好好吃药""别太操劳了","姐夫觉得还难受么"……到最后,竟一个字一个字全部删除了,只发出一句:晚安。

梁少游没有再回复。

这一夜,梁少游做了好几个梦,先是梦见美琳,再是梦见陈牧,浑浑噩噩醒来时,已是第二天上午八点半。头沉,却再也睡不着。梁少游有个坏习惯,无论睡得多晚,都会早上六点多醒来,开始看图书销售总量排行,这次已算是个例外。

摸摸前额,不烫了,似乎已经退烧。

梁少游晃晃脑袋,打开床头柜上的银白笔记本,登录图书销量网站,突然就发现励志书目上有一本书上了排名前十位,名次紧跟在游天琳热炒图书之后,书名亦是与自己公司的书只有一个字之差!

梁少游急忙打开图书网页,果然不出所料,这本书正是陈牧所在的文化公司发行的。

梁少游冷笑一声。

跟风书在中国并不少见。

举个例子,倘若一本书名叫《三都赋》,一旦热销,必有《二都赋》《四都赋》《三都之赋》之类的书在市面上大量涌现,销量,自然是有保障的,毕竟别人的畅销书无形中给做了大量的免费的宣传。梁少游年轻时也做过这种事。

陈牧是个骄傲的人,之前,他所在的出版社一直有自己的品牌:明星书、女人书、财经书等,头一次做励志书,居然是跟风梁少游的,梁少游知道,这是对他小说没做成的初步报复。

陈牧是什么人,他梁少游自然何尝不清楚。

下一步他会怎么样?

梁少游燃起一支香烟,烟雾弥漫,猛咳起来。

第四章　昔日的灌篮高手

咳了一阵，从橱柜里取出一瓶止咳露，饮下三分之一，洗漱、穿衣，拉开玄色白花窗帘，便泻进一屋子的阳光秋色，窗外的法国梧桐，不知什么时候已全部黄成一片璀璨。

打开窗户，深呼吸一口，回望床头墙上的结婚照，美琳的笑容依旧，尚未褪色。

梁少游冲美琳苦笑一声，打开门，穿过多立克柱式拱门，希腊风格盎然的客厅展现在眼前：简单、典雅、白洁、舒服。

白柜，淡黄色的四方茶几，亚麻色的沙发组。茶几上摆着一个淡蓝色的果盘：却因主人忙得无暇顾及，空得只剩下空气；还有韦奇伍德"老镇玫瑰"田园风茶具一套，白底，蓝花紫花，金边。是一个美女送他的，梁少游平时用来喝水饮茶。

茶壶里的碧螺春是昨天早上泡的，今早喝显然有些凉，饮下一杯，梁少游顿觉神清气爽。许多年前，美琳也试图改掉他喝凉茶的毛病，说是对胃不好，梁少游的胃却安然无恙。

梁少游不喜欢红茶，只爱绿茶，比起龙井毛尖，他最爱碧螺春浓郁的香气。

一杯之后，他便驾车去往北京最大的购书场所——西单图书大厦。

地下停车的时候，车尾处被刮了一下，亲吻他的车尾的车主他认识，是他一直以来的合作者，北铭出版社的张颖。

"梁总，好巧啊！刚才的事真不好意思，我要对你负责……"张颖笑得一脸春光明媚，整个身体有意无意地蹭一下梁少游的胳膊。

感觉到胳膊处有软绵绵的什么东西碰自己，微迅速侧身躲开，却微微一笑："等你哪天成功劫了我的色再负责吧。"

张颖并不像胜男和美琳那般高挑，一米六的个子，素面朝天，三十岁的人了，却像二十五六岁一样青春，梁少游却一眼看出，她是故作活泼，强颜欢笑。

"择日不如撞日，今天怎么样？我中午请你吃饭补偿你！"张颖看一眼梁少游线条完美，胡须刮得干净的下巴。

"我从不让女人买单，中午我请，咳咳。"梁少游淡笑。

"几天不见，你瘦了呢。我听说你最近一直身体不好……"张颖说着，轻轻将自己的一头垂顺的长发撩至肩后。

"有么？倒是你，身材越来越魔鬼，相貌却越来越天使了。"梁少游打着哈哈。

"你再瘦也瘦成魔鬼了。对了，怎么这时候来逛图书大厦呢？"张颖抬眼望着梁少游挺拔的鼻子，问道。

"无聊，来看看，你呢？"梁少游不着痕迹地说。

"无聊，来看你。"张颖回答。

一进图书大厦，最先映入眼帘的书便是陈牧公司的那本。

梁少游随手拿起一看，封面与自己家的书并不相似，却比自己家的书更改良了些，还加了一个护封，而且，价格比游天琳家的低5元。

梁少游翻开正文，正研究着，只听耳畔传来一声震耳欲聋的吼叫："叔叔！"

梁少游吃了一惊，抬头一看，不是别人，正是昨晚在胜男家见到的那位小爷。

"陈家琪？"梁少游笑着叫道。

"这本书挺好吧？我爸公司做的！"陈家琪指着封底的"天星文化"说。

梁少游一愣，笑说："不错不错。"

"走！小弟带你去打保龄球啊！"陈家琪拍拍梁少游的肩膀说。

"不去了，看会儿书。"梁少游又拿起一本。

"这本书看得让人蛋疼！"陈家琪指着一本书大骂道："说得完全就是放屁！"

梁少游哭笑不得。

"叔叔！你看这本！这本……"

梁少游突然发现，自己根本无法静下心读书，只得问陈家琪："家琪，你知道胜男的工作地点么？"

陈家琪点头："当然！"

梁少游挥手指着门外："可以带我去看看吗？"

"当然！"陈家琪将手中的车钥匙一抛，接住。

梁少游便对正在不远处研究一本女性书封面并核算成本的张颖说："中午等我电话，请你吃饭。"

张颖点头，两人便往美且偲宠物生活会馆进发，走到时，一进门，却被里面的场景吓了一跳。

"救命啊！救命啊！"

"汪汪汪！"

梁少游和陈家琪看到一个身穿橘红色 T 恤，绿裤子的女人正披头散发地在二楼飞奔，一只白毛茸茸的小狗穷追不舍，胜男正拿着一个大麻袋紧追小狗，似乎是要把这只狗狗扣进麻袋里。

"恶狗！站住！"胜男大叫。

比熊犬却穷追不舍，胜男飞身一扑，扑了个空，摔个嘴啃泥，爬起来继续追。

陈家琪急忙冲上二楼。

梁少游也迈开长腿，刚要上楼，小腹旧时的伤口传来一阵微痛。捂着小腹，刚要上楼，只见陈家琪跟着胜男和农秀艳，灵机一动，抢起一脚，冲着那只白毛的比熊肚子上就是一脚，比熊登时足球一样被抛上了天花板。

"嗷唔——"

白毛比熊摔下来的时候，轻轻呜咽，陈家琪张开双臂，一双大手一抓，比熊便被掐着脖子逮住了。

胜男喘着粗气，一屁股坐倒在地上，再看看农秀艳，已经瘫在一处，吓得一张黑脸泛了黄。

"它有狂犬病么？"梁少游问。

"它好好的，不过肯定是看见什么不顺眼的东西了。"陈家琪煞有介事地说：

"你看它怎么不咬我？"

"因为你揍他了。"胜男无奈地摆摆手。

正说着，却见这只比熊犬眼珠子湿漉漉的，水珠子从眼珠子里溜出来。

"啊！它疼哭了。"陈家琪急忙松开比熊的脖子，将它搂在怀里，忽然，就觉得自己腿上湿热湿热的。

陈家琪忙把狗扔出去，梁少游一把接住，轻柔地放回到地上。

"死狗！敢尿我腿上！踹死你！"

陈家琪像颗炸弹似的跳起来，拳头捏得像个石头。

"别生气，家琪，它冲你撒尿表示它对你完全屈服。"梁少游抚摸着狗毛。

说完，胜男这才发现那个安抚着受伤狗狗的帅气男人："姐夫？你怎么来了！"

梁少游站起身，笑道："我不能来么？"

陈家琪一面擦着自己的迷彩裤，一面盯着梁少游："他是你姐夫？"

胜男想起昨晚的那声叔叔，扑哧一声乐了。

陈家琪指着梁少游、再指指胜男："你！你！你们！你们占我便宜！"

- 049 -

农秀艳惊魂已定，拍拍满身的尘土，重整头发，扭着腰肢娇笑着，一双眼瞳孔放大，冲着梁少游过来："胜男，这是你姐夫？"

胜男点头："是。"

"你姐姐好福气啊！"农秀艳酸溜溜地说。

"汪汪汪！"比熊犬又狂叫起来。

"我就说它不喜欢你吧？"陈家琪板着脸，一边擦着裤子对农秀艳说。

梁少游看一眼自己的腕表，拍拍胜男的脑袋："这孩子给你们填麻烦了。我今天就是代表她姐姐过来看看她的，时候也不早了，中午咱们几个人一起吃个午饭，怎么样？"

农秀艳一双眼珠子几乎从眼眶子里掉下来："好啊！"

正在这时候，梁少游的电话响起，接起来，不是别人，却是陈牧："梁少游，沈清斌遇害了。"

梁少游愕然。

"发死人财是个很好的杀人动机，警方很快就会找到你的，你好自为之。"陈牧说完之后，迅速将电话挂掉。

梁少游摸出香烟，缓缓地燃起一支香烟，花火擦亮时，悠长地吸一口，一排浓重的烟雾，从他的鼻腔渐渐散出。他如深山中的高士，温润的容颜被仙气缭绕，深邃的双瞳，在烟雾中隐隐明灭。

此时，凌查理已敲开了陈牧的办公室房门，为的是沈清斌一事。

凌查理寒着冷峻的俊脸，出示了警员证，说明来意之后，陈牧一脸惋惜地皱着浓眉摇头："可惜了，亏沈清斌还答应下一本书给我们做呢。"

凌查理一双漂亮的丹凤眼狠狠剜了陈牧一眼："人都死了，难道你只惋惜书！"

陈牧十分惊讶地望着这个面皮白净的冷酷刑警："他又不是我家人。就算是家人，病人生不如死的时候，家人都会支持安乐死呢。"

凌查理寒着脸问："昨天晚上9点多的时候，你在哪里？"

陈牧摆弄着自己办公桌上的船舵,微微一笑:"这位帅警官的态度很强硬呢,你如果有上面的批示的话,拘留我去局里审就是。"

凌查理凌厉的美目直视着陈牧:"那你是不愿意和警方合作了?"

陈牧摊手:"首先,人不是我杀的;其次,我不是目击证人,只是一个单纯认识沈清斌的人。如果警方的态度是这样的,我想我没办法合作。"

凌查理冷着一张冰川脸问:"警方的态度怎么样了?严刑拷打了吗?禁闭你了么?"

陈牧用粗大有力的手指转一下自己的羽毛签字笔:"NO,NO,NO,可是,你不过二十五六岁的样子,我都四十六了,你面对我的时候,至少得用对一个大哥的语气吧,可是你审犯人一样咄咄逼人,就是这样对待良好市民的吗?"

凌查理冷酷依旧:"你视一个你认识的人生命如草芥,还要怪警察态度不好吗?"

"哈哈哈,我就当你道歉了,"陈牧放下笔,起身向门口走去,一身考究的西装笔挺,恰好显示出他高大强壮的身材。

陈牧一边走,一面平易近人地拍拍凌查理的肩膀:"小帅哥,我昨晚在西边的大宅门吃饭,有刷卡记录。我和沈清斌并不熟,而且对他不怎么了解,唯一知道的是他爱过游天琳文化公司的梁少游的老婆,只有这些,我要去吃午饭,警察先生要一同进餐么?"

凌查理冷冷地起身:"不必了。"

……

凌查理回到局里,用叉子叉一陀陀半熟的泡面,一遍又一遍地盯着这堆资料。

案发时间是9月19日的晚上9点10分左右,枪杀。

案发地点是北京东四环外嘈杂的红灯区附近,此地夜总会林立,美发厅云集,还有一家相当大的商务会馆,意式的。

没有人看到谁是凶手,目击群众说,那个光头大叫一声,捂住胸口绑当一声倒地不起，枪声也是无声的。枪法很准，正中死者的心脏。

凌查理直觉上认为，这么专业的枪杀，该是买凶杀人。

凌查理按照沈清斌的身份证查到了他所住的宾馆，沈清斌于9月18日晚上抵达北京，不是住在东四环，却是在东二环下榻，离梁少游的"游天琳"文化公司很近，大约是为了签影视出版合同而来。

说到沈清斌的影视出版合同，凌查理第一个想到的便是陈牧。陈牧曾极力想争取沈清斌的图书出版权，甚至不惜替他付与"游天琳"文化公司的违约金，却被沈清斌耍了一番，杀人动机可以完全理解为报复；凌查理第二个想到的便是梁少游。迈克尔杰克逊的意外死亡，大量相关图书上市，发的就是死人财……

凌查理手头放着三份资料，一份是陈牧的，一份是梁少游的，另一份是沈清斌的。

沈清斌，男，三十七岁，汉族，知名小说作家，先居住地，上海，无前科。

陈牧，男，四十五岁，汉族，天星文化发展有限公司董事长，公司地点，朝阳区××路……无前科。

梁少游，男，三十七岁，汉族，游天琳文化发展公司董事长，公司地点，朝阳区……无前科。

凌查理决定会一会这位梁少游。

凌查理见过梁少游的照片，温文尔雅，生日居然还是2月14日，他私下以为这个斯文败类的写字楼会是古典而有文化底蕴的，走入云兴大厦14层楼时，却吓了一跳。

并不是因为气氛忙碌而骇人，有几个工作人员还用小音箱外放的听自己喜欢的音乐。

全副的黑镜面楼内设计，让空间并不算大的室内看上去时尚而奢华，却并不费多少装修成本，黑镜面上的镂花设计，又让整个工作室显得不乏品味——后现代派的风格。

然而，这位老总连私人秘书都没有。工作人员告诉他，老总在最里面那间屋子。

凌查理不轻不重地敲了几声门。

"请进，咳咳。"略带沧桑感的滑糯声音彬彬有礼而温和。

满屋子的烟味。

凌查理皱皱鼻子，一双刀子眼死盯着梁少游，梁少游微笑着回应。不得不承认，这是位现实生活中少见的帅哥。

"请问这位是？"梁少游笑问。

凌查理出示证件："警察。"

梁少游款款微笑着，示意他坐在意大利运来的白色沙发上："请坐。"

凌查理一声不吭地坐下，看一眼自己的腕表："你还有十五分钟下班，我等你。"

梁少游有些意外地望着这个年轻冷峻的小伙子，笑着摆手："想调查一些事情的话，我不差这十五分钟。"

凌查理将自己的双肩包取下，用手捏着一只橘红色的篮球，然后用食指将篮球转的飞快："你误会了，我来找你打球。"

梁少游淡然一笑："没问题。"

梁少游打量一眼凌查理：浅紫色的T恤，黑运动裤，篮球鞋，知他会打篮球，这个年轻的警察显然是将自己的大学底细都查得一清二楚。

凌查理就在沙发上笔挺地坐着，直到电子腕表显示17点整时，他像挂钟上报时的小动物一样，嗖地站了起来。

梁少游也起身："等我下。"

说着，从桌下拿出一套衣服去洗手间，一分钟之后，一个白运动衫的型男出现在凌查理眼前，凌查理扫了一眼梁少游胸前的converse标志。他一直认为，穿匡威的人是真正懂篮球的人，而且是念旧的人。

"学校。露天篮球场。"凌查理说。

梁少游便驱车带凌查理去了一个大学的露天篮球场。

其时，夕阳的余晖尚在，满篮球场的学生打得热火朝天，不少男生还光着膀子，露出小麦色的皮肤和石头一样的胸肌。不少男孩子因为剧烈运动，脸是通红的，声声毫无拘束地嚎叫。三三两两的女生红着脸加油，围观，篮球场外，用塑料袋手提菜和米的，在花园附近手牵手散步的……

梁少游和凌查理都是大学的校队出身，相似的经历，时光倒流的幻觉于两人的脑间盘旋。

"队长队长加油！我们永远支持你！"

十八年前，挥汗如雨时的感觉，一刹那间让两人热血沸腾。

"年轻，真好。"梁少游在心底感慨。

防守，进攻，三步上篮，盖火锅，抄球。

两个人在篮球场的边上拼劲儿十足的一对一，引起了一帮路过女生的注意。

"哇！你看那两个男的好帅啊！好华丽的球风啊！"

"另一个是老师么，怎么那么帅的老师从来没见过？"

凌查理用刀子眼瞪了那帮女生一眼。

梁少游单手上篮。

凌查理飞身跳起，挥手欲盖火锅。

梁少游换手投篮，进一球。

两人打了近二十分钟的时候，梁少游左右手运球，避开了凌查理的防守，为避开他的盖帽，后跳投球，刚跳起，却脸色一变，咬紧唇，扔掉球，捂着小腹坐倒在一边。

"怎么了？"凌查理急忙上前。

梁少游摆摆手："老了。"

凌查理望一眼梁少游有些苍白的倦容，道："手术之后，你没休息好。"

梁少游微笑，不答。

凌查理眉头一皱，斜眼看着坐在地上的梁少游问："你知道沈清斌死了么？"

"知道。"梁少游说。

凌查理从包里掏出两瓶宝矿力，递给梁少游一瓶："什么时候知道的？"

梁少游使劲拧开，饮下几口："今天中午。"

凌查理咕咚咕咚仰脖灌下半瓶："昨晚不知道么？"

梁少游点头："不知。"

凌查理穷追不舍："那你现在知道，你可能大发一笔死人财么？"

梁少游轻笑："很大吗？难道他是迈克尔·杰克逊？"

凌查理继续问："昨晚在哪？"

梁少游嘴角一动："我已故妻子的妹妹家。"

凌查理端详着这个男人的脸，这人一脸淡然，一脸坦然。

"沈清斌是你老婆的前男友，你说出来不怕我们怀疑你？"凌查理逼视着梁少游，觉得他的运动衫金色 converse 标志在夕阳下特别的耀目。

梁少游懒散地打个呵欠："随便你们怀疑。"

秋风习习而来。

天色也由金黄而转为淡蓝。

凌查理及眉的短发被风轻轻吹起，露出一个比脸更白皙的前额。

梁少游被风一吹，浑身一抖，打了个喷嚏。

正在这时候，旁边的篮筐下刚好有个不足一米七的男孩子脱下上衣，光着膀子，上蹿下跳得像只猴子。

凌查理后退几步，投出三分球。

"右手放松点。"梁少游提醒。

凌查理也不回应，却将右手更放松了些，他不得不承认，这个病恹恹的中年人球技竟然略胜自己一筹。

打板进筐。

"起来，我饿了。"凌查理收起篮球。

两人便在学校附近的西餐店选了个靠窗的位置,约翰·列侬的《imaging》幽幽地在小店里回荡,屋里室内悬挂着摆设用的各色彩色酒瓶,和上世纪的英国摇滚乐先驱照片:约翰·列侬、石玫瑰、suede...一张张黑白照片,记录着摇滚人的不羁人生。

凌查理点了两份意大利面,一份八成熟的牛排,一份蔬菜沙拉,两人各一份鸡蓉奶油汤。

服务员问喝什么的时候,凌查理说:"伏特加。"

梁少游却对服务员笑说:"两杯热水。"

凌查理望着梁少游的眼睛,目光逼人:"你怕酒后多言?"

梁少游摇头,微笑:"你想问什么,我言无不尽,可我不喝酒。"

凌查理不语,掏出一支录音笔,径直开问:"你认识沈清斌多久了?"

梁少游开始算:大三的时候见过他一面,美琳去世的时候见过他一面,前年他出书的时候见过他一面,今年为他的第二本书和一个很重要的东西,见过他一面。

"16年吧。"梁少游如实回答。

"经常来往么?"凌查理继续问。

"几年不联系一次。"梁少游十分痛快地回答。

"你喜欢他么?"凌查理问得干脆利索。

"我们不是同志。"梁少游笑说。

凌查理细长的眼睛迸射出激光般的光芒:"你怎么评价他?"

梁少游思索了片刻,耸肩:"我不喜欢说别人是非。"

伏特加和水端上来,梁少游缓缓吹着热气。

凌查理忍不住更直接了些:"你觉得沈清斌是个好人么?"

梁少游抬起头,一脸的可笑:"你觉得一个人仅仅用好人坏人来评价,全面么?"

凌查理不依不饶:"那你全面评价他一下。"

梁少游若有所思:"我不想评价。"

凌查理刷地从座位上站起来。

蔬菜沙拉被端上来。

梁少游挥手示意凌查理坐下。

凌查理依旧站在原地。

"你看你像不像又红又暖的屋子里插着的一根蜡烛呢？凌警官？"梁少游笑说。

"哎，你看，那俩人干吗呢？吵架了么？"

"是不是那个老一点的帅哥有外遇了，他男朋友生气了？"

旁边桌子的几个小女生开始窃窃私语。

凌查理气呼呼地坐下。

梁少游神情严肃，语气似忠告，又似警告："小朋友，这个案子我建议你不要插手。"

凌查理努力忍住自己拍桌子的冲动，冷哼一声："这是威胁么？"

梁少游的神情依旧严肃："是忠告。"

凌查理凛然道："你想说什么？"

梁少游思索了片刻："我想说，我和陈牧都仅仅是生意的人，其余的，我不知道。"

凌查理气得将笔一扔："你这是包庇！你这是知情不报罪！"

凌查理喝一口白水，一张冷酷的脸在艳红的灯光下都是杀气凛凛："我再问一次，你最后一次见到他是什么时候？"

梁少游轻轻夹一片了沙拉的圆白菜，送进嘴里，咽下之后，回答得干脆利索："三个月前，我住院那几天。"

凌查理继续问："就是签约他的最后一部作品的时候么？"

梁少游点头。

凌查理浑身开始冒汗，突然觉得自己犯了两个错误：第一，问错了人；第二，如果他不想告诉你，那么你根本无法知道任何事情。

这顿饭，凌查理一直冷着脸，梁少游却笑着和他谈NBA，饭后，梁少游驱车回家，凌查理强压着满心的挫败感，一挂电话打到了卓胜男那边："是我，我有话问你。"

此时，卓胜男刚下班回家，头一天的熬夜和第二天的一系列忙碌让她精疲力竭，正像垂死的小狗似的趴在床上，昏昏沉沉地问："什么事啊？"

"沈清斌你知道么？他死了。"凌查理直截了当地说。

"啊！"卓胜男嗖地坐起来。一下子睡意全无。

"我问你，梁少游是什么样子的人？"凌查理继续问。

"我姐夫啊，"胜男的脸有些染上枫叶的颜色："他啊，人长得挺帅的，对人很细心，考虑事也周到，挺有能力的……"

"我问你他的人品。"凌查理打断道。

"人品啊，他是好人，虽然他自己承认和我姐姐的死有关，但我相信这件事……"

胜男还没说完，电话就成了忙音。

胜男倒头就睡，不知过了多久，被电话吵醒了："我在你门口，给我开门。"

胜男揉揉眼睛，看看墙上的挂表：23点15分。

胜男惺忪着睡眼，一开门，便见凌查理细长的眼隐隐迸射着几乎是绿色的寒光。

胜男打了个冷战。

"卓胜男，我怀疑你姐姐的死和沈清斌的死有关系。"凌查理冷冷地说。

胜男的眼睛登时瞪得比猫头鹰还圆。

"换句话说，这两件事和梁少游更有微妙的联系。"

凌查理继续冷冷地陈述。

"再换句话说，陈牧，梁少游和这件事都可能有关。"凌查理继续补充。

胜男的脑子嗡得一声。

"他俩并不是死对头那么简单。多年前，陈牧是梁少游的老师。"凌查理冷冷地说。

"那又怎么样！"胜男大声反驳道。

"怎么样！先是你姐，再是她的初恋，我怀疑下一个死的就是你！"凌查理狠狠地瞪了胜男一眼。

"不可能！"

胜男站在门口，大眼睛定定地望着凌查理，一眨不眨，望着望着，站成一个不动的蜡像。

凌查理被看得垂下脑袋，长刘海盖住了双眼，再抬起头来的时候，只见卓胜男已满脸是泪，成串的泪珠子滴滴撒在地板上，吧嗒吧嗒，吧嗒。

凌查理狼一样的眼神稍微收敛了些："不打算让我进来么？"

"卓胜男！你在听我说话么？"凌查理晃晃卓胜男单薄的肩膀，胜男突起的锁骨有些咯手，硬得有些像他见过的骷髅模型的质感，有些像……像林黛玉。没见过那么高的林黛玉……像李宇春一样高……向来冷酷的凌查理摸摸鼻子，抓抓耳朵，忽然被她弄得不知所措了。

第五章 记忆中的画卷

胜男晃着脑袋，努力回忆着记忆中或远或近的画卷。

夏日傍晚的吉他乐，微带沙哑的歌声，落山的夕阳。

一缕长发在晚风中轻荡。一首首唯美伤感的昔日流行歌。

一个忧郁眼神的大男孩，短袖格子衬衣被夕阳映得金黄。

胜男不记得那个像艺术家一样的大男孩当初做错了什么，只记得他在自己家的大柳树下唱了一下午，只记得歌声的凄怆和万家灯火初上时，老爸放下手中的书卷，扶一下金丝边的眼睛："孩子，该解决的事情不要逃避。"

美琳深呼吸一口，被胜男推着后背送到了沈清斌面前。

……

"就这么多？"凌查理冷冽地白了胜男一眼。

"你姐姐没跟你说他们为什么分手？"凌查理有些失望。

"她大我十四岁，她怎么可能什么事都告诉我。"胜男摇摇头。

凌查理却冷哼一声。

"你哼什么？"胜男有些不满地瞪了他一眼："你是带着冰块来的么？为什么你一进来，屋子里的温度都降了好几度？"

第五章 记忆中的画卷

凌查理冷冷地说:"一些细节上,你总能看出什么吧?"

胜男拧着眉毛开始想:恩,记忆里,美琳很听姐夫的话,一大早起床就会给姐夫做精致的早餐,而且一周之内不重样,经济且可口;美琳辞掉自己的工作和姐夫一起打天下,东奔西走,为了她和姐夫的骨肉,一个月内把自己吃得胖了10斤,孩子小产的时候,她哭了3个多小时……

胜男最终坚定了自己的信心:"美琳是爱梁少游的,她整天围着他转,他不会因为妒忌而杀掉沈清斌。"

凌查理白了她一眼:"女人就是感性!"

胜男气得一拍玻璃茶几,怒道:"我说的都是实话。"

凌查理却望着胜男的大眼睛,沉默起来。

"看什么?你不相信就自己查。"胜男掐腰。

"不,我希望你进你姐夫的公司。"凌查理十分郑重地说:"为了查清真相,也为还你姐姐一个清白。"

胜男站在原地,一言不发。第二天一大早,她打电话给梁少游,他却声称自己在上海。

畏罪潜逃?

消灭证据?

胜男握着手机的手忽然就黏得像糨糊,心,像被什么抽去了大量的血液似的,心慌,空前的。

胜男回到宠物会馆,一进门,但见农秀艳一脸新上的浓妆,迎上来道:"胜男,你姐修了几世的福啊,嫁个那么好的老公。"

胜男一听,脸耷拉下来:"我姐姐……七年前就去世了。"

"啊?"

农秀艳难以自抑地喜上眉梢,整个人凑上来:"真的?那你姐夫没再娶么?"

胜男铁青着脸:"因为他俩感情很好。"

农秀艳眉梢上的喜色突然淡下来:"切,难怪他对你那么好。"

胜男怨怨地瞪她一眼："他全是替我姐姐做的。"

农秀艳不语，指着宠物模型架道："胜男啊，你都来好几天了，也不知道把这个擦一下。"

"奥，我擦。"

这些事本是会馆的清洁工干的。

胜男急忙去洗手间取了抹布，踩着凳子将两个货架全部仔细擦过之后，刚洗完抹布甩着湿漉漉的手回来，便见农秀艳一脸的挑剔："胜男啊，楼下的小狗也该洗澡了，你看那只京哈，都成灰狗了。"

胜男不语，跑下楼，抱起那只正伸着前爪作揖的京哈便往楼下飞奔。

"呜呜——"

京哈意识到要去洗澡，伸着红扑扑的舌头，委屈地呜咽，这只看门的小狗虽然见了客人就拱起一双前爪，乐此不疲地作揖，却最不爱讲卫生。每次洗澡，都把浴室弄得跟泡沫天堂似的，弄得五十多岁的大婶像个圣诞老人。

门早已关得严严实实的。胜男放好水，将京哈抱进水盆里，只见京哈左右乱蹦乱跳，扑通一声，挣脱胜男，跳出了盆子，溅了胜男一脸。

"大爷的！你给我老老实实的！"

一股怒火直冲脑门，胜男一跺脚，指着京哈就骂。

京哈吓了一跳，开始拱门。

胜男学着陈家琪的样子，一把将京哈掐着脖子抱起，京哈毛茸茸的身体来回摆动，比金鱼更灵活。

"你蹦什么！又不是要杀你！你再蹦我炖了你！"胜男气得大声呵斥着。

一听炖，那狗似乎是听懂了，吓得两只眼直眨。

"啪！"

胜男将给狗梳毛的梳子在台子上一摔，一声令下："你丫给我过来！"

小狗乖乖地前腿忙后腿，跑到浴盆跟前。

胜男一把将小狗按进浴盆里，打专用浴液，洗干，用毛巾包着夹在腋窝里扛出来的时候，迎面被一个人吓了一跳。

"金刚妹！我一直在等你！"

胜男后退一步。果然是陈家琪。

"你怎么又来了？"胜男觉得气不打一处来。

"我家巴顿昨晚吃的少，我来找医生看看它为什么食欲不振。"陈家琪煞有介事地说。

"哈？"

陈家琪看一眼胜男："你给它洗澡居然没被弄湿？真不愧是金刚妹，你说，你怎么恐吓它了？"

胜男还没说话，就见农秀艳扭着腰肢走过来："哎呦，我说家琪，没看胜男正干活儿呢，上班时间可不准聊天。"

胜男便按住小狗，将狗毛擦干，用吹风机吹一绺一绺贴着的狗毛。

"汪汪汪！"小狗轻轻叫唤着。

"你这只落汤狗！你叫什么叫，让我家巴顿吃了你！"陈家琪指着狗鼻子恐吓着。

正在这时候，胜男的手机响了，凌查理的电话，胜男急忙跑进洗手间。

"告诉梁少游了么？"凌查理问。

简洁如一往，像被甩干机甩过，本意是，告诉你姐夫你要去他的公司了么？

"没有，他去上海了。"胜男悻悻地说。

"昨天中午和晚上我们都查到他和陈牧有通话。"凌查理在电话那头冷冽一如既往。

胜男狠狠地将手指头撕下一块皮，出血了。

"他说什么时候回来？"凌查理继续问。

胜男继续抠手指头："他说少则两天，多则三四天。"

"知道了。"凌查理说完，电话便成了忙音。

胜男收起手机，一出门，便见农秀艳在门口等着："上班时间聊天，扣三十。"

胜男舔舔指头上的血丝，走到京哈面前，见陈家琪正在仔细给它吹风，满脸的专注。

"我来。"胜男蹲下身去夺吹风机。

不小心碰到陈家琪的手背，陈家琪的手嗖地一抖。

胜男借机夺过来，小声说："她不知吃错什么药了，你快走吧。"

"那个老处女啊？"陈家琪站起来，声音未有一丝放低："我家巴顿的狗粮和各种用品全是你们这里提供的，她不会拿我怎么样！"

"你说谁是老处女？"农秀艳从背后走过来。

"你啊，"陈家琪一脸无辜："你都三十周岁了，不是老处女，难道是老处男？"

"你！"农秀艳气得一张黑脸涨得发紫。

"你！"农秀艳的脸色稍微缓和。

"你，"农秀艳开始放松肌肉，面部一软，开始赔笑："那你给我介绍个呀？"

陈家琪点点头："你看梁少游行么？那个鳏夫都鳏居好多年了！"

"你怎么说话的！"胜男用吹风机顶着陈家琪的脑袋，陈家琪的一头微卷的发被吹得东倒西歪。

"是不是真的啊？人家能看上我么！"农秀艳激动地抓住陈家琪的胳膊。

"当然是假的，胜男的姐姐可是难得一见的大美女，比金刚妹好看一百倍！人家至少是C罩杯！"陈家琪一脸陶醉。

"闭嘴！不准你侮辱我姐姐！"胜男抄起吹风机就望陈家琪的肩上砸。

忽然，手却在空中停住了。

"你说什么！你怎么知道我姐姐长什么样子的！"胜男忽然脑子一嗡，拽住陈家琪的前襟逼问道。

陈家琪低头看一眼胜男在自己胸前的大手，铆力吹口热气："金刚妹，你有没有用护手霜啊，手真难看！"

胜男抓起陈家琪的前襟不放："陈家琪，你快说，你为什么会认识我姐姐？和你爸有关系么？我告诉你，这件事攸关人命！你知道么，那个作家沈清斌死了！"

陈家琪垂下眼睛，看一眼胜男：一双大眼睛纯得像雨花石，没有用什么护肤品遮瑕，洁白的小脸上隐隐几粒色斑，瘦削的鼻子很挺拔。

陈家琪心一慌，咬咬唇："有些事情你不知道比较好。"说完，便扯下胜男的手，带着巴顿逃也似的离开了美且偲会馆。

胜男追到门口时，却被农秀艳一句话拦住了："上班呢！你干吗去！"

胜男脚步一顿，陈家琪蹿上车去，望着那个车窗上的影，胜男的心像是置身于一个漆黑的山洞，前面一个陷阱，再一个陷阱，却不知道这些陷阱在哪里，更不知道陷阱过后，等待自己的是什么。

陈家琪为什么认识美琳？美琳和陈牧有什么关系么？

姐夫为什么不声不响地去了上海？

沈清斌为什么死于非命？

种种疑云，让胜男犹如跳进一个又一个陷阱。

农秀艳走过来："胜男啊，站在这里愣着发什么呆？没人看你的优美pose，狗毛还没干，浴室还没收拾好呢。"

胜男便去吹干了狗毛，洗干净浴室，再出来的时候，便觉得头昏眼花，起身时，眼前一阵发黑。

胜男这才想起忘记吃早餐了。

看一眼手机：上午10点，离吃饭时间还早。

头脑开始反应迟钝，眼睛开始散光。

站在宠物架旁，胜男的胃开始唱戏。

咕噜，咕噜……

农秀艳不声不响地看胜男一眼，"胜男，饿了么？"

胜男的胃十分配合地咕咕叫了几声。

"我这有吃的,你拿去。"农秀艳说着,将零食袋子掏出,扔给胜男。

胜男一双大眼睛登时有了光彩,刚双手接住准备道谢,便见农秀艳脖子一扬:"没吃过吧,北京最有名的点心!尝尝吧。"

胜男一听,不知是哪里来的一股无明火三千丈,一挥手,一袋点心不偏不倚正砸在农秀艳的脸上。

"啊!"

农秀艳大叫一声:"反了你了,我好心给你点心吃!你还有没有点教养和素质啊!"

胜男一脸怒容:"我是来上班的,不是被你侮辱人格的!你一个卖狗的有什么了不起啊,老子不干了!"

说完,冲进更衣室,关门,反锁。

"卓胜男,你给我出来!"农秀艳被关在门外,门敲得梆梆响。

三下两下扯下自己的工作服,换上T恤,牛仔裤,OK。背包开门时,农秀艳一个趔趄,冲进来:"哎呦,这就走了?刚才关着门干什么呢?"

卓胜男一把撕下自己的双肩包:"你赶紧检查,没有你们的东西,我可要走了,中午姐夫还要请我吃饭呢!"

"你!"农秀艳指着楼下:"赶紧滚!"

卓胜男哼着歌冲出宠物会馆,推开门的一刹那,心里便有什么东西坍塌下来似的,整个人的骨头都松掉了。

胜男来到一家快餐店,领了餐,闷头狂吃。吃着吃着,忽然就被一个浓重的声音吓了一跳:"有那么饿么?"

胜男抬头,一张成熟的黑脸,浓眉,大眼,这次不是陈家琪,却是他的老爸,陈牧。

陈牧笑说:"这里不是说话的地方,附近有家咖啡馆,咱们去那里说。"

胜男抄起筷子:"那你先等我吃完了。"

陈牧捉住胜男的手,眼梢尽是说不清的暧昧:"去那边吃好了。"

第五章 记忆中的画卷

胜男甩开粗糙的大手，起身，高大的陈牧紧随其后。胜男感觉有一双沉重的大手结结实实搭上了自己的肩膀，急忙将他的手抽开。

陈牧带胜男来到咖啡屋的二楼一个隔间：一杯蓝山，一块歌剧院蛋糕，一份通心粉，一杯卡布奇诺。

陈牧也不看菜单，随口即点。

胜男不由感慨道："好熟练。"

陈牧微微一笑，盯着胜男的眼睛，霸道与征服欲充斥："我只对漂亮的小姐熟练。"

胜男不屑地垂下头，刚要开口，便听陈牧说："对了，我儿子蛮喜欢你。"

胜男望着陈牧的黑脸，一怔。

咖啡送上，陈牧把玩着小铁勺，一双洞世的老辣双眼盯着胜男："我想问一下，卓小姐，敢问你芳龄几何？"

胜男大吃一惊。

陈牧狡黠一笑："卓小姐，你的职业是什么？我想说，我儿子去美国读硕士的一切手续都已经给他办好了，他三年后回国，等待他的将是他外公给找的一份相当有前途的职业。"

通心粉被端上来，胜男抄起叉子开始狂吃。

陈牧的嘴角挑起一抹促狭的笑意："卓小姐，我想你明白我的意思了吧？"

胜男将通心粉风卷残云地消灭掉，冲陈牧一笑："那你让他赶紧去美国吧，别天天烦我了，他刚害我丢了一份工作。"

陈牧笑得一脸不可思议状："那是什么工作？你可真行，你要是想工作，随时可以来我公司。"

胜男摇头："不必了。你问完了，该我问了，你和我姐姐熟么？"

陈牧若有所思："嗯，她和梁少游结婚的时候，梁少游发过请帖，我参加过。不过，我可不想参加你的婚礼啊，漂亮的小姑娘。"

胜男有些失望地叹息一声，盯着陈牧的眼睛："那你上次说的美人计呢？"

陈牧有些不解："什么美人计？"

胜男有些着急："就是你说的！上次在医院，你说姐夫会美人计和苦肉计！"

"哦？"

陈牧略一思忖，爽朗大笑："你说那次啊，我差点忘记了，我说的美人你当是谁？"

胜男有些奇怪："不是我姐姐么？"

陈牧似笑非笑："小胜男，你可真天真，你竟然能想到一个香消玉殒许多年的美人，而没有想到眼前人。"

眼前人？

胜男回想起当天：屋子里似乎只有姐夫、沈清斌还有陈牧！

"我不懂！"胜男有些气愤。

陈牧自信地一笑："哈哈，不懂的话，不如跟着我怎么样？我教教你。"

胜男抓过咖啡冰乐的吸管，咕咚咕咚大饮几口："当我是什么人了！告辞！"

说完，背包便下楼，陈牧慢慢品呷着咖啡，闲逸地瞪着窗外，跟着屋内的轻音乐轻哼起来。窗外的人比较繁忙，公交站附近不少等车的，包括那个高个子女孩。

高个子女孩今天比较幸运，刚走到公交站点，便来了一辆公交车，而且意外地有座。胜男美滋滋地坐在座位上，想起陈牧那张高深莫测的脸，忽然就觉得这件事越来越复杂了。

打个电话给凌查理，关机。

胜男只得打电话给梁少游，梁少游拒接。

第四次了。

不是周末，也不是法定假日，胜男下午2点多的时候跌跌撞撞出现在自己的居所。不知是不是吃多了，困得她哈欠连天，可是，四仰八叉地卧倒在床上之后，她却无论如何也入不了梦乡。头脑欲裂。

胜男觉得第四个工作结束得并不难过。

这个工作简直就是一个噩梦。在这几天，沈清斌不明不白地被凶杀，姐夫去上海了，冰山刑警说姐夫和杀人案有关，还有那个陈牧，和他聊过一次，他说的话一个字都不能信……胜男抬头仰望天花板，忽然觉得，整个屋子四四方方的，像个坟墓。

手机铃声响起，胜男嗖地爬起来，是梁少游。

梁少游说："胜男，我回来了。现在在飞机场。"

胜男有些不相信自己的耳朵："这么快！"

梁少游在电话那头压抑着自己的咳嗽声。

"我想见你！"胜男咬咬唇。

一个半小时后，梁少游出现在胜男的门口。

梁少游的手里居然提着大袋的蔬菜鱼丸，面色憔悴而疲惫，眼眶凹陷，那股帅气确实依旧昭彰。

"晚上在你这里吃火锅。"梁少游笑说。

胜男点头，一面和梁少游一起将东西放进厨房里，然后，望着梁少游消瘦的面颊，深呼吸一口："姐夫，有很多事我想问你。"

梁少游淡淡地答："好啊。"说罢，坐在沙发上，点起一支香烟："想问什么？"

胜男一脸凝重："我想听——我姐姐是怎么死的。"

梁少游猛吸一口香烟，惹得他捂嘴猛咳起来。咳了一阵，干脆将香烟按灭在烟灰缸里，然后抬眼，打量着胜男，眉头一紧："真想知道？"

胜男点头："一定要告诉我。"

梁少游望一眼客厅的墙壁，光秃秃的，结婚照已被自己带回新居，卧室里的双人床也是七年前的，现在是胜男的。

胜男抓住梁少游的胳膊："请告诉我！"

梁少游望着周围的一切，沙发是从前的颜色，茶几是从前的玻璃白茶几，一切都如从前。

"以前我们一直都以为美琳是在逛街的途中遇车祸而死，因为她手中提着刚购来的化妆品，其实不然。当初，我和你姐一起办文化公司，找稿子，找印刷厂，找封面设计和排版，联系书店发行，全是我们两个人，你姐姐为寻找价格更经济质量又足以保证的印刷厂，辗转奔波于途中，因为太疲倦，忽略了车辆，出车祸而死。"梁少游本是淡然的声音，越来越低沉。

胜男眼圈有些红："可是，姐姐为的是你们的幸福。如果是这样，我又怎么能怪你……"

胜男刚说完，忽然想起凌查理的话，激动地跳起来："不对！你骗我！姐姐的死和你和陈牧有关系！"

梁少游淡淡地望着胜男："你听小警察说的？"

胜男不答，继续问："姐夫你和陈牧是什么关系？"

梁少游轻描淡写："师徒。"

胜男后退几步："所以，沈清斌被杀，他第一个提醒你？"

"当然。"梁少游点头。

胜男再后退几步，不住摇头："所以，姐夫你杀沈清斌是为发死人财，是么！"

梁少游吃惊地望着胜男，苦笑："原来你是这样看我。"

胜男向前几步："告诉我，你和这件事无关，好不好！"

梁少游点起一支烟："我说过我和这件事有关么？"

胜男站在原地："中午陈牧找过我，一派胡言，而且想混淆我的视听，沈清斌死之后，他又第一个通知你，梁少游你让我怎么相信你！"

梁少游一听胜男直呼自己的姓名，心下一疼。

"男男。"梁少游说。

"别叫我！"胜男站在离梁少游两米开外。

梁少游的声音突然就有些语重心长起来："男男，有些事情根本不是我们能控制的,你不能,我不能,陈牧不能,凌查理也不能。我们能做到的,就是避免更多人受伤,所以,忘掉这件事好吧?"

胜男觉得自己不仅仅掉进了一个又一个陷阱,而是掉进了一个无底洞。黑到你伸手看不见五指,深到你不知道你要继续坠落多久。只是……

梁少游像是多年前哄着胜男温习功课时那般温柔:"答应我,忘记它。"

胜男想起那个冷厉的冰山男一脸的正气。

"我,我做不到。"胜男摇头:"我知道,其中还有很多隐情。我想知道!"

梁少游皱眉思索了片刻:"时机不到,适当的时机时,我会告诉你。"

胜男便端详着梁少游:双目疲惫,但神色柔和、坚定,唇角含笑,除了眼角延伸出的一丝鱼尾纹,一如第一次见面时那般英俊非凡,像午后的日光,暖得懒洋洋地充斥在你周围的每一个角落、让人完全想去享受,胜男无法不信任这个认识了几十年的男人。

夜色初上。

梁少游起身去开客厅的灯,顺便吩咐胜男:"去厨房底下第三个橱里拿出电磁炉,将锅洗一下,咱们开饭吧。"

胜男依言。

粉色的灯光下,热气逐渐升腾起来。

梁少游放入的火锅底料散发着淡淡的清香,说是清香菊花锅。

牛肉、羊肉、鱼丸、虾丸、鸭肠、三文鱼、鸭舌、金针菇、香菇、白菜、芦荟……

"有点满。"梁少游笑问:"你饿了?"

胜男望着火锅里满满的东西,满脸满足:"失业了,当然要多吃啦!"

梁少游一愣,笑说:"你不说我都忘记了,幸好你失业了,不然我带一大堆东西,岂不是要沦落在门外?"

胜男十分奇怪:"咦,你没有钥匙么?"

梁少游摇头:"哈哈,倘若我有钥匙,你怕不怕我半夜来劫色?"

胜男夹起几片七分熟的羊肉蘸入自己的麻酱小碗:"你这个病大叔,劫色也是你被反劫!"

与此同时,梁少游也夹几片七分熟的羊肉,蘸麻酱送入口中:"恰好两次生病都被你看到了而已,对了,你也喜欢吃半生的羊肉?"

胜男点点头:"对啊!"

梁少游微笑,眼神闪过不易察觉的一丝黯然,以前美琳倒也喜欢。

胜男又去夹牛肉,同样不过七分熟,尚带艳红色:"这样吃才新鲜啊!"

梁少游也默默夹起些许,便听胜男指着桌上的海鲜十分兴奋地说:"这些扇贝很大呀?"

梁少游微微一笑:"小傻瓜,那是鲍鱼。"

胜男的笑容忽然一僵:"那,很贵吧?"

梁少游摇头:"不贵。"说着,放进几个鲍鱼,又放入几片香菇。

胜男夹起一个虾丸:"姐夫,这个熟了!"

梁少游惊喜:"你也喜欢吃这个?"

胜男点头:"对呀。"

梁少游继续问:"你还喜欢吃什么?"

胜男开始数:"香菇,金针菇,木耳,芦荟。"

梁少游点头:"和我口味挺一致,有些意外呢,嗯,鸭肠也熟了,你喜欢么?"

"喜欢!"胜男兴奋地敲着桌子。

"那你喜欢木耳么姐夫?"胜男继续问。

"当然!"

粉色的灯光下,两人笨拙地上演着《茜茜公主》里的剧情,你喜欢什么,我也喜欢什么。强颜欢笑多了,也变成了真。梁少游亦真亦幻地以为,这俨然已是自己的家庭了。

两人努力装出一副快乐的样子,正吃得乐此不疲,却听到一阵抢劫式的咚咚的砸门声，听声音也知道，是陈家琪。

"开门！开门！"那个强盗满口的气急败坏。

胜男跑着去开门，满脸洋溢着笑容："喂，有火锅吃呀，一起吃吧！"

陈家琪却满脸与年龄不符的焦虑："吃个鸟，我爸被抓进警局了！而且，他丫的居然招认了，明明不是他做的！梁叔，你得想个办法！"

梁少游面无表情，手中的动作戛然而止。

胜男有些奇怪："为什么你说不是你爸做的？"

陈家琪气急败坏地跺脚："你个短头发的女人！我爸不是那种人！"

第六章　梧桐树下的美景

凌查理狭长的双目一凛,一眼一眼地勘察着陈牧。

每抛过一个眼神,像抛过一只白光凛凛的锋利飞刀。

陈牧直视着这个年轻人的刀子眼,不但未有半丝的畏惧,反带三分霸道,四分胜利者的宽容,三分宁静。

"能这样看我的人,你是第一个。"凌查理与陈牧大眼瞪小眼。

"敢这样看我的,你也是第一个。"陈牧客客气气地回以长辈式居高临下的笑容。

"为什么要替人顶罪?"凌查理的语气冷得像来自南极的冰块一块块砸下。

陈牧端着一次性杯子:"我没有什么好解释的,认罪就是认罪。"

凌查理敲着本子:"那你告诉我,杀手用的枪口径是多少?杀手用的枪是什么?那个杀手叫什么名字?长得什么样子?"

陈牧唇角挑起一抹讥刺的笑:"警官,电视上没有演过么,杀手一般都是用代号的,我只管买凶杀人,请问,是不是你吃一碗佛跳墙,非要问问里面的鲍鱼叫什么名字?"

"啪!"

凌查理气得拍着桌子站起来："正面回答我！"

陈牧抿嘴继续笑："我实在不觉得你逮一个认罪的囚犯有什么意义。"

凌查理一双狭长的丹凤眼微眯："为什么不捍卫你的权利？"

陈牧不语，以压迫性的气势微笑："这位警官，请你告诉我，什么是权利？"

凌查理发现自己依旧对这个人一点招数都没有。

事情是这样的。中午时候有人自称是来投案的，说是陈牧指示他杀了沈清斌，陈牧被传讯来，直接点头招认，痛痛快快地称自己是因为沈清斌没有将小说稿子卖给自己公司而选择了报复，可是——凌查理从来都没见过那么坦荡磊落的罪犯，没有一丝张皇，没有一丝愧疚，没有一丝后悔，没有给自己找任何理由。凌查理学过犯罪心理学，虽然刚刚及格，但还是派上了用场。

凌查理不是没对犯人武力制伏过。他抄起一本书，在避其要害的前提下，打得犯人哭爹叫娘的事不是没有发生过，可是，眼前这个满脸霸气的人却像一个王者，他下不去手。

"那你为什么在接受警方的问话之后，就立刻打给梁少游？他与这事有什么关系么！"凌查理硬着头皮继续问。

陈牧摇头："我们素来是竞争对手，他少了一棵摇钱树，你说我该不该恭喜他？"

凌查理抓起本子，甩门而去。

此时，卢队长正在看手下送来的所有以陈牧为户头的银行账号和银行卡甚至连他的妻子的也一起查过，发现陈牧账上几乎没有什么支出，甚至连他的天星文化近日内亦开销不大。

"查下梁少游的。"卢队长不动声色地吩咐道。

梁少游的账户也查过了，除了往返上海的机票，几乎也没有什么动静。

"再查他们公司的！"卢队长的拳头捏得啪啪作响。

见凌查理怒气冲冲而来，卢队长问："问出什么结果来了么？"

凌查理摇头。

"要用测谎仪之类的吗？"凌查理问。

"不用！"卢队长摆手："这种老狐狸，对他不管用！"

凌查理觉得陈牧这样做是个十分明智的选择：倘若他一来就高呼冤枉，那么，警方百分百会想法子让他认罪，努力去找他的罪证，他直言不讳地招认了，警方反而觉得另有隐情。

卢队长冷笑："那就问那个杀手，我亲自去。"

那卢队长三十五六岁，中分发型，微微发福的身材，和凌查理一样，脾气不好，近些年略有收敛。

卢队长推开审讯室的门时，笑容可掬。笑得一脸胡茬都跟着动了起来，出来的时候，却是一脸怒气。

"把那几个胡闹的王八蛋放了！真是岂有此理！"卢队长一拍凳子，茶杯盖从桌上振了下去。

凌查理飞起一脚，茶杯盖落在其球鞋上，方才幸免。

"过来！你们几个！"卢队长勾下手指头，悄吩咐了几句，吩咐给凌查理的时候，凌查理面无表情，犹豫了一下，继而点头："好。"

凌查理给胜男打电话，胜男刚接起来，凌查理便听有个大嗓门在大叫，振得他耳朵嗡嗡的。

"你们这些愚昧的人！愚昧的人！蠢货！"

凌查理听到电话里头有一个年轻的男声吼得唱摇滚似的。

"陈家琪！你给我小点声！"胜男阻止道。

凌查理一听"陈"字，面部肌肉一动："陈家琪？他是谁？"

胜男如实告诉凌查理："是陈牧的儿子，他说他老爸是冤枉的。"

"就是！我爸别看他长得不像好人，可他真丫的不干这事儿！"陈家琪一把夺过电话。

凌查理冷冷地哼道："住口！证据不足，刚释放他！"

陈家琪一听，双眼一直："哈？那么容易？你们这些臭警察怎么想的？

早知道就别抓啊？被你们抢来玩够了就送出去？我知道了，你们纵虎归山，肯定丫的派人跟踪他了吧？当我白痴啊？"

"放屁！"凌查理大骂："你在卓胜男家是吧，我这就过来！"

"凭什么！大半夜的，你干吗来我女人家，你丫有毛病啊？"陈家琪抓着手机大骂。

"住口！陈家琪！"胜男大声阻止道。

"把电话给卓胜男，然后，你给我出来！"凌查理命令道。

"我就不给她，就不出来！"陈家琪赌气大声吼道。

"你不出来也得出来，你大半夜在女孩子家干什么！"凌查理的声音杀伤力却丝毫不减。

"电话还给我，人家是想为你爸洗脱罪名吧？拜托你合作点！"胜男去抢电话，陈家琪抓着电话，听到为他爸洗脱罪名，终于熊掌一松。

"让他路口的 Costa 等我！"凌查理冷冷说完，将电话啪一声挂掉。

"去就去！谁怕谁啊！"陈家琪拎包就往外冲。

梁少游正坐在沙发上，一根接一根吸烟，见陈家琪冲出去，再看一眼桌上的火锅，依旧腾腾冒着热气，白菜被煮成薄片状，鱼丸、虾丸被煮得狮子头那么大，一律都煮过了火候。

"三文鱼变成五文鱼了。"梁少游笑说，一面往胜男的小碟里夹过去。

此时，胜男怔怔地望着火锅里的鱼和肉，一言不发。

梁少游抬头望一眼草莓台灯——傻孩子甚至不知道这种情调浓郁的颜色意味着什么。

真的要告诉她这些事么？梁少游夹起一颗虾丸，努力克制住自己的冲动。

胜男的大眼睛忽然有了些神采："姐夫，我真的很想知道。"

梁少游夹几片白菜和香菇，蘸麻酱吃过之后，起身说："不早了，我得走了。"

胜男一把抓住梁少游挽起袖子的胳膊，冰凉湿冷的手指嵌入梁少游的皮肤,梁少游忍不住捂住她的手,胜男却本能地一把抽出,垂下短发的脑袋:"姐夫,我……"

"说吧。"梁少游鼓励她说。

"我想……我想去你的公司上班。多少钱我都愿意!我是要学生存本领的!"胜男说这话的时候,声音怯怯的,像个刚犯过什么错误的孩子。

梁少游找不出拒绝的理由,嗓子突然痒得像被鹅毛挠过似的,忍耐,再忍,忍不住了,便开始咳嗽。

"我明天答复你,咳咳咳,我累了。"梁少游推开屋门,转身而去。下楼的时候,一阵秋风吹过,梁少游被风灌得又咳了一阵,上车之后,就觉得喉咙有些肿痛,皮肤也有些发烫。梁少游隐隐约约觉得自己似乎又在发烧了。他燃起一支香烟,袅绕雾气中,唇角扯起一抹自嘲的笑。

发动起X6,驱车经过路口的咖啡店时,见一辆熟悉的吉普车正停在门外,梁少游将车速稍稍放慢,看一眼车号,的确是陈家琪的,他不知道,餐店里有两个热血青年,正打得好似《艋舺》上演。

"你丫就是个瞎子!"陈家琪挥起一拳。

凌查理一侧身,轻松躲过:"还有人愚蠢到袭警!"

陈家琪端起奶香四溢的咖啡杯,直向凌查理泼过去:"你的资料上说,我爸爸是一个爱玩女人又贪财的奸商是吧,还说他对下属很凶,还喜欢扣工资,一年让他每个编辑策划200本书,压榨编辑,而且在外面一掷千金,给员工却很小气是吧?"

凌查理再躲,咖啡泼出来,撒得无人的邻座满是棕色的汁液。

凌查理气得大骂:"笨蛋!"

凌查理其实想说,有些资料,他那里真的没有,多谢提供。

"可是,他那么大岁数,杀过人吗!你不能看人家长得像卖白面的就说人家是吧!哎呀!疼死了!"陈家琪再挥一拳,被凌查理当场钳住,钳得死死的，纹丝不动。

凌查理冷冽如旧。对陈家琪的话，他只得忍笑。你不能看人家长得像卖白面的就说人家是吧！真是经典。

"笨蛋，你给我老老实实坐下！"说着，将陈家琪反扣着，按坐在座位上，陈家琪却端起一盘豆腐丝，冲凌查理脸上泼去。

凌查理用另一只拳一挡，一碟豆腐丝都扑上了陈家琪的脸。

陈家琪伸出舌头，舔一口粘在嘴边的，继续骂："你们怎么搞的！谁让你们放那么多的糖的！"

"啪！"

凌查理冲着陈家琪的嘴巴就抽。

"警察打人了！"陈家琪大叫。

咖啡店里的服务员们早已吓坏了，大气不敢出。

"警察非礼我！"陈家琪亢奋地大叫。

凌查理气得钳着陈家琪就往外走，饶是陈家琪1米77的个子，却像被老鹰逮着的小鸡似的不得不被迫前进。

"打开车门！"凌查理厉声呵斥道。

"就不开！"陈家琪嘴一撅。

凌查理眼睛微眯，这是他动脑子时候的习惯性动作，一双丹凤眼在夜色霓虹下，熠熠生出类似绿光的光感。

"不开扒光你送到GAY吧！"凌查理威胁道。

陈家琪只得摸出吉普车钥匙，边开门边骂："去吧，让那些制服控蹂躏死你！嗷嗷，哎呀！"

凌查理手上再使一些力气，陈家琪的声音里渐渐拖着哭腔了。

凌查理在暴力的协助下，终于完成了对陈氏的一些了解，放下骨头几乎都被自己捏个半碎的家琪，凌查理又给胜男打了个电话，其时已是凌晨十二点多，胜男还没睡。

"你姐夫让你去他公司么？"凌查理问。

胜男摇头:"还不知道。"

"好好求求他,对他哭。"凌查理说。

胜男摇头:"哭不出来。"

凌查理冷笑:"你不是泪包么?"

胜男大声抗议:"你才是泪包!"

凌查理也不理她:"别怕,有我,努力试试。"

"好。"胜男夹着手机,开始收拾餐桌。

姐夫身上的味道还弥散在空气中,沙发上,他的烟草味道馥郁,餐桌前,胜男甚至觉得他用过的碟子中还残余着他的口水味道。

口水味?胜男心跳加速。

谁知道他的口水什么味……

胜男摩挲着手机,手机的屏幕先是多了一层热气,再是湿漉漉,粘糊糊的,电话却一直没有打过去。

他身体不好,现在该睡了吧?

姐夫今天吃七八分熟的牛羊肉,胃不会出毛病吧?

我现在骚扰他,他会不会讨厌我?

……

带着各种纠结,胜男窝在沙发上,像只大号的白猫一样蜷缩着,蜷缩着,终于入睡,另一头,梁少游却依旧是醒着的,辗转的醒着。

回家的路上,梁少游便觉得脸有些异样的发烫,咳嗽也严重起来,飘忽着回到家,咕咚饮下半瓶止咳露,和衣躺在床上,四肢百骸像是被绳子束缚住了似的,动弹不得,浑身的皮肤烫得好似置身火炉。

恍惚中,梁少游看到美琳一个人踯躅在深夜。

美琳的唇彩是新涂的,微微翘起的上唇散发着迷离的光泽。

美琳的双眼迷蒙着,因疲惫而蒙了一层雾。

刚下公交车,需要换乘,美琳努力寻找着换乘的站点,却越走越远,越走越远,梦中,梁少游看得见站牌与美琳的距离由五米到十米,自己却只能当电影在看。

梁少游看见，弱质纤纤的美琳如一棵瘦柳一般在晚风中裙裾摇摆，一个人走进一个幽深的胡同。

梁少游看见，一个醉醺醺的金发金链子的二十出头的男孩子抓住了美琳纤细的手腕。

"放开我！"

梁少游看到美琳正奋力挣扎着。

美琳不是胜男，没有钢铁般的体魄。

不凑巧，梁少游看到的场景是夏天。

金发男做完一系列让梁少游心都碎了的事之后，拎着半晕的美琳去了一个地方。

开门时候，一屋子光膀子或穿背心拖鞋嘴里叼着烟的男人们口水都掉下来了。

金发男一脸神气："这个宝贝是送给老大的！"

接下来发生的事让梁少游撕心裂肺。

美琳的挣扎和唇角的血迹，铁棒的横肆……

梁少游像是遭遇了梦魇，胸前像被大石头压住了似的，拼命呼吸，却寻找不到氧气，使出全身力气去阻止，却一点都无能为力……

忽然，一阵急促的敲门声打断了这个噩梦。

一道刺眼的光线耀来，梁少游这才发现，昨晚竟就这样和衣而睡，窗帘都没有拉上。

敲门声还在继续。

持续了三个月的噩梦依旧萦绕在他脑间。

梁少游动动胳膊，刚要坐起来，喉咙一阵发痒，咳嗽咳嗽着，一阵痰涌上，急忙吐到床头的烟灰缸里，但见一点鲜红的血丝夹杂其间。

应该死不了吧。

梁少游戏谑一笑。

抬头看一眼时钟，第二天中午的 12 点 20。

难得睡了这么久。

门外的敲门声还在继续。

梁少游揉揉太阳穴，迈着蹒跚的步子，穿过拱门，进入大厅，说一声"来了"，又牵动一阵咳嗽。

一开门，就听来人说："要写临终遗言么？要帮你叫律师么？"

梁少游用拳头堵住唇，轻咳几声，微笑："这个主意不错。"

来人一拳捣在梁少游胸前，梁少游的身子跟着轻晃一下。

"还好没被我一推就倒，那什么，你不要紧吧？"来人踮起脚摸摸梁少游的额头，再试试自己的："有点热。"

"是啊，所以我睡去了，你自己先玩着。"梁少游使劲按一下自己的太阳穴，痛。

"梁少游先生，你这是在邀请我么？"

来人的一双大眼睛火辣辣地灌注在梁少游的唇上。

梁少游虚弱地一笑："别欺负病人啊，今天不行。"

来人不依不饶地用雪白的小手抚上梁少游的面颊："为什么不行？"

梁少游毫不犹豫地卸下来人的手："张颖你别闹了，我让我小姨子来伺候你，我睡去了。"

说完，有些不灵便地抓起客厅的座机，打一个熟悉的电话，"喂"了一声，只听胜男兴奋地说："是姐夫呀，我炖的燕窝马上就好了，给你送到公司里吧！"

梁少游唇角情不自禁地勾起一抹暖笑："送到我家里来吧。"

"那我这就出发！"胜男在电话那头挥动着汤勺说。

"OK。"

梁少游挂掉电话，张颖的小白手又蹭过来挠梁少游的脖子："嗯，脖子不烫。"

梁少游推开张颖的小手，兀自往卧室走去。

第六章 梧桐树下的美景

胜男那边,将厨房翻了个底朝天,却没发现什么可以保温的容器,选到最后,灵机一动,抄起暖壶将燕窝粥灌满,提着暖壶刚一出门,便见楼后蹦出一个黑影。

胜男刚要大叫,却见这人不是别人,是那个冷酷刑警——凌查理。

凌查理今天穿了一身黑运动衫,一双细目斜了胜男一眼:"去哪里?"

"去我姐夫梁少游家。"胜男晃悠着暖壶。

"干嘛?"凌查理继续冷冰冰地问。

"去送粥呀。"胜男看了凌查理一眼,顿觉周围温度下降了好几度。

"真孝顺。"凌查理白了胜男一眼,讽刺道。

"你不是说让我对他好,他才会答应我进他公司么?"胜男不满地冲凌查理做鬼脸。

"我送你。"凌查理不回答,一把夺过胜男手中的暖壶,与胜男并行着,几步之后,便落下胜男老远。

凌查理扭过头:"快走。"

胜男奇怪地问:"我有手有脚,干吗你送?"

凌查理若有所思:"因为——打车免费。"

两人便乘车至梁少游的小区,下车之后,入内,欧式小区里宠物店、咖啡屋、小商店在刚进入的两侧兴旺着,再走几步,拐弯,两排梧桐树黄得缤纷灿烂。

凌查理和胜男在梧桐铺就的金黄大道下并排走着,胜男梦游式的表情张望着一树树的金黄,忽然,便沉沉地念出一首外国诗:

金黄的大道分开两边,

可惜我们不能同时涉足,

所幸我们选择了人迹罕至的一条,

于是决定了我们的一生。

凌查理白了他一眼,不说话。忽然一阵凉风吹来,黄叶飘落在他的肩头，他于是心中涌起一些说不出什么的东西。

抬头，只见胜男不知什么时候已跑到前面，抱着一棵大树冲自己微笑。

那一笑，白的肤，分明的小色斑，没有修饰过的眉眼，白牙，红唇。

没有皱纹，没有满面的风尘，却有一种纯净和天真到让人无法拒绝的动人。

凌查理的嘴角正慢慢上扬。

一片黄叶落在胜男短发的头顶上，凌查理默默取下，认真端倪着这张脸，于是沉静地思考：二十三岁的女孩子，也快要长皱纹了吧？

胜男问："是不是犯人都怕你啊？"

凌查理凤目一横："啰嗦。"

胜男鼻子一拧，做个鬼脸，凌查理忽然就担心起来：当心起皱纹。

所幸胜男皱鼻子只有一瞬，凌查理松一口气，忽然又觉得她鬼脸的样子很可爱，像一只小狐狸犬。

"还没到么？"凌查理继续冷着那张阴天的脸。

"快了！"胜男四处张望着楼号，凌查理提着暖壶，忽然就有种丑丈夫见公婆的感觉。

奇怪，我也不丑啊？

凌查理面无表情地跟在胜男身后，按了门铃，进到1楼，一开门，胜男便看到了穿着围裙的张颖。

张颖一手拿勺，另一只手凑在唇边："嘘——"

胜男还没开口，就见张颖大眼睛忽闪忽闪的："你姐夫睡啦，小点声——"

胜男眼珠子一转，将凌查理手中的暖壶递给张颖，悄声说："既然他睡了，那我们就不打扰啦，我们走啦——"

张颖点头，胜男拽着凌查理就走，中途又经过梧桐树那片金黄的大道，凌查理站定，忍不住问："干吗走？"

胜男气得嘴一撅："姐夫想让我进出版社，那我就进不了他的公司了。"

凌查理瞄了胜男一眼:"算你聪明。"

胜男点头:"那是!对了,你不是要一直跟着我吧?"

凌查理一双刀子眼一抛:"你以为呢。"

胜男抓抓自己的短头发:"这算是警方在保护我么?"

凌查理点头:"是。"

胜男叹息一声:"然后,你跟着我回我家,再然后咱俩大眼瞪小眼?"

凌查理道:"走,带你去后海。"

"后海?"胜男有些惊喜。后海,北京最有情调的地方之一,入夜之后,红光旖旎,四周的各色酒吧咖啡店。湖面可以划船。

"酒吧。"凌查理回答得干脆利落。

"好啊!酒吧什么样子啊!"胜男有些兴奋。

凌查理带她去了一家环境安静而气氛暧昧融洽的酒吧。外观是古建筑,像是苏州园林那般。轻音乐流淌,大片大片的芭蕉树亭亭如盖。

整个酒吧内的布景都是幽暗旖旎的咖啡色系,没有椅子,小方桌的两边只两个假花围绕的木秋千,三根指头那么粗的麻绳质朴而轻荡。

酒吧内流水淙淙。

胜男东张西望着,忍不住偷偷在凌查理耳边问:"我们来这里做什么?"

遭到凌查理一个冷眼:"聊天。"

于是,胜男要一杯香蕉船冰激凌就开始兴致勃勃地说起来:"我爸爸是个大帅哥,是我们那个小县城的初中的班主任,本来还有机会当副校长呢,可他身体不好,而且我的意外出生,让他失去了这个机会,他生前很帅的,虽然都有五十岁了,他是典型的病美男……我姐姐从小就是我们那里的大美女,小学时候追她的男生就很多了……那时候沈清斌很帅,那些我都告诉你了……那时候我和美琳关系很好的,男生约她出来,她有时候带着我,我小时候矮的,姐姐怕我长不高就让我打篮球,没想到意外长成那么高……我初中高中大学的时候,有比赛就会上场打篮球和长跑……"

凌查理点了一杯血腥玛丽鸡尾酒,一声不吭地听着,时而点头。

三个多小时之后，胜男终于说到自己也没了精神，忍不住敲着吃冰激凌的小勺问凌查理："你呢？"

凌查理愣了很大一会儿："我也是。"

胜男差点口吐白沫。

胜男看一眼手机，"快五点了，我家里有火锅，要吃火锅么？"

凌查理眨巴下眼睛："我饿了，去吃炒肝。"

两人便在附近的一家老北京小店吃了卤煮火烧和炒肝。炒肝是北京的名吃，是以猪的肝脏，大肠等为主料，以蒜等为辅料，以淀粉勾芡做成吃完出来的，据说是为旧中国的穷人打馋虫的小吃。这家老北京的店比较火，去的时候需要排队，凌查理排队归来的时候，胜男用小勺舀一口，吃的时候觉得这种酱油色的东西有些透明，有些像冻，再看一眼凌查理，正对卤煮火烧发起猛攻，比自己吃面条的风范有过之而无不及。

胜男打量着凌查理那张白净却沾了些油汤的脸，偷笑。

凌查理并未发觉，埋头吃完一碗卤煮火烧，直接用那张薄唇对上碗沿将炒肝当粥喝。

胜男哈哈大笑。

凌查理抬起脸，胜男指指自己的唇，暗示凌查理嘴上脏了，凌查理白了她一眼。

出来的时候，天已经黑了。

凌查理刚要拦车，胜男一把拦住了凌查理："坐公交或地铁吧，我有点不习惯。感觉挺浪费的。"

凌查理一愣。

"好。"凌查理回答。

附近没有地铁，两人便去等公交，没有直达车，只有一辆在琳琅苑稍微远些的站点，两人都是怕麻烦的人，毫不犹豫地上车。

居然有座，两人并排坐下之后，上来一个穿细跟鞋的长发美女，凌查理低头，悄悄对胜男说："卓胜男，赶紧给人家让座。"

胜男有些不理解:"为什么啊?"

凌查理板着那张冰山脸冷冷地抛出一句:"男人要给女人让座。"

胜男气得狠狠拧了凌查理胳膊一下,凌查理面不改色,板着脸看窗外的风景。

下车之后,胜男与凌查理并排走着,有些奇怪地问:"我真的需要这样保护么?"

凌查理点头。

下车的地点靠近菜市场,因为早已过了买菜卖菜的时间,人流并不多。

琳琅苑的四周树木年岁比较久,晚风中飒飒做响。响着响着,凌查理面无表情,竖着耳朵,以周身的所有细胞感知着周围,忽然就觉得周围的情形有点失控。

四周一望,并无动静。

再一望,忽觉这种失控变成一阵强大的气压和脚步声。

"小心!"凌查理大叫一声,只见两伙人从一前一后包围过来,长刀在黑暗中闪着白晃晃的光。

一条带锯齿的大刀冲着凌查理的头就砍过来。

凌查理躬身一躲,顺便后踢两脚踢在背后袭击的二人脸上,袭击的二人应声倒地。

手持锯齿刀的那人再挥一刀直刺凌查理心脏,凌查理迅速卧倒。

来袭者并非三人,而是八人。

刀刺向凌查理的左颈,凌查理敏捷地往右一躲,锯齿刀往右,凌查理灵活地左躲;锯齿刀直刺凌查理心脏,凌查理勉力一脚踢在持到人手上,锯齿大刀当地落地,再补一脚,对方被踢出两米开外。

将凌查理的胳膊砍伤的明晃晃的大刀又来了,凌查理一把夺下,刷刷刷上中下三刀,那三个人分别胳膊、腰、腿挂了彩。

终于得空看一眼那个男人婆,凌查理差点气死。

只见那个男人婆刀来人闪,拳来手挡,跆拳打得有模有样,那帮企图围攻凌查理的人很快就围了一圈。

胜男终究是个女孩子,眼见明晃晃的大刀马上便冲着她的胳膊下去:"哧——"

刀落,凌查理一咬牙。

"啊!"胜男大叫。

凌查理挥拳挡下,抓着胜男的手冲出血路,那帮人穷追不舍。

胜男的跑步速度快得让凌查理意外,那帮人却紧跟其后,又是一阵苦战,凌查理因为胜男在,伸不开手脚,背后再挂一处彩。

疼,疼得凌查理嘴唇紧抿。

"卓胜男,你给我快点跑!别再这碍事!"凌查理大叫。

那个男人婆不是能长跑么。

胜男却固执地大喊:"我要帮你!"

凌查理气得大吼一声:"滚!"

胜男吓了一跳,甩开长腿于黑夜狂奔。

奔出一段,掏出手机,手机居然没电。

气喘吁吁地跑到琳琅苑的门卫处,推门进去,报警之后,抚摸着胸口,心脏几乎要跳出来。

看一眼警卫室,并非现代化的警卫室,即没有监视器,也没有电脑控制,并不安全。

胜男只得冲出警卫室,左右犹豫着,想回去救凌查理,却发现自己无能为力,想回家里,却又迈不动脚。她就这样傻傻站在门卫室外,看大门的老头子慢慢走出来:"姑娘,哪安全去哪啊,在这站着干吗呢。"

胜男这才撒腿往自己的家中狂奔,开门的那一刻,整个人都软下来,关门,瘫坐在门口,惊魂甫定。

头发是湿的,长袖白T恤染了些许凌查理的鲜血,血迹未干,像团扇上的梅花。

凌查理会不会有事!

第六章 梧桐树下的美景

到底是怎么回事!

胜男觉得沈清斌这件事越来越严重了。

整个事件,像是一场午夜的电影,又像是一场最可怕的梦。

胜男的腿开始剧烈颤抖,胳膊也跟着剧烈地抖动着,身上的热汗凉下来,全身湿透的衣服浇过似的,粘糊糊地贴在身上,疼得她抱紧双臂,大声喘息着。

刚才的一幕幕犹如魔鬼在她眼前晃悠。

一把把长刀,带锯齿的,不带锯齿的,一个个五大三粗的男人,高的矮的,拳头砸在她身上、手臂上,像是一块块天上掉下来的陨石砸过那般沉重。

屋里漆黑,黑得像刚才的噩梦的延续。

第七章　冰山与涅槃蝴蝶

凌查理尚不知死活，等待她的，更是未卜未知。

胜男忽然开始想家，家里只剩下两鬓白发的妈妈一个人，尚且给小舅舅带孩子，父亲的墓地还没去扫，周游世界的梦想至今还只是梦，梁少游那边……

胜男突然觉得自己如此留恋这个世间。

尽管世间有种种丑恶，可是，黄透了的梧桐树有多美。

想到这里，胜男忽然打起精神，爬起来开灯，找出充电器，给手机充电。打电话继续报警。

哆哆嗦嗦着双手打电话给凌查理。

没有人接听。

胜男的心抽痛着，浑身蜷缩成一团

手机忽然响起，短信，未接来电，都是梁少游的。

胜男打过去，手机关机，再打家里，无人接听。

一切都那么不预知。

胜男放下电话时，呆坐在沙发上，傻笑几声，忽然就觉得自己神经的最后一根弦被崩断。人崩溃了。

"咚咚咚，咚咚咚……"

正在这时候，一阵急促的敲门声传来。

"开门。"冷冰冰的声音简捷依旧。

"啊！"

胜男急忙开门，开门时，忍不住尖叫一声。

此时的凌查理满脸是血，一双眼睛发出狼一样的幽光。

胜男以为遇见了野人。

"死不了！"

凌查理像喝醉了似的，东摇西摆入内，捂着胳膊，见到沙发，将自己的整个人扔到沙发里，长吐一口气。

胜男急忙去找纱布和止血药，不知什么时候，她这里几乎成了急诊室。

凌查理顺手脱下自己的上衣，胜男急忙给他在背后缠绷带，一双大手绕过他的胸前时，于是发现，这个看似清瘦的年轻男子原来有几分精瘦，胸肌结实，她甚至看到了他的人鱼线。

"痒。"

凌查理忍不住叫道。

胜男的鼻息轻轻的，一下下扫过他的肩头，胜男并不娇小也不纤细的大手在他背后忙碌。

凌查理屏住呼吸。

胜男开始给他包扎手臂。

凌查理一把夺过来："我自己来！"

胜男一把夺回来："干吗那么凶？我是学医的！你要相信我！"

凌查理不语，任那双比自己小不多少的手热乎乎地抓着自己的手腕，任细致的纱布在自己的手臂间缠绕。

凌查理的身体开始发热。

那双大手开始仔细地给他打结。

凌查理一把抓住那只绑纱布的大手。

手指并不细，又粗又长，还不如自己好看，可是，为什么那么想抓住她呢，凌查理十分不解地望着胜男，眼神如片片锋利的竹叶。竹叶般冷而俊逸，竹叶般超尘而硬朗如铁。

胜男使劲抽手，凌查理固执地加大了力度，牵动手臂的伤口，手臂的力度却有增无减。

"凌查理！"胜男忍不住发出警报，最后一声却底气为零。

凌查理沉默着，目光如炬。

胜男放弃挣扎。

凌查理伸出另一只手，轻轻按住胜男湿漉漉的短发，用力，按在自己的肩头，胜男早已失去思想，滚烫的脸蛋紧紧贴在这个人滚烫的肩上。

大脑一片空白。

粉红色的草莓台灯不知什么时候，变得更暗了。

这样持续了不知多久，凌查理将胜男从自己的肩膀挪开，捧着那张完全懵懂的脸，对准那张微张的唇。

胜男盯着那头黑发，有些奇怪，唇上的温度让她有些好奇，有些……说不出的感觉。

一分钟之后，凌查理怒了："把舌头伸出来。"

胜男有些奇怪："为什么？"

凌查理冷着那张冰川脸，忽然觉得气不打一处来。

胳膊和后背传来一阵又一阵疼痛，凌查理松开胜男，忍不住骂道："笨蛋！"

胜男依旧不解："为什么你说清楚啊！"

凌查理气得狠狠剜了胜男一眼："我累了，要睡了。"

说完，推开胜男，便要在沙发上躺下。

胜男带着一百个问号去找棉被。自己的被子是妈妈新做的，橱里的却是美琳和梁少游的，刚抽出一条，胜男将脸埋在棉被里，呼吸，有美琳的气息，也有梁少游的味道。

胜男眨巴眨巴眼睛，刚要将带有姐夫味道的被子扔到自己床上，一霎间，却停止了所有的动作。

自己，这算是和凌查理相爱么？那么，梁少游算什么？

如雷的鼾声均匀地在客厅响起，胜男犹豫了一下，抱起被子走进客厅，只见凌查理俯卧在沙发上，哈喇子正往地板上滴答滴答淌。

悄悄地将被子展开，刚覆在他身上，忽然便有奇怪的声音警报似的不停地响。

凌查理的一双细眼如闪电般睁开，披上衣服就往外跑。

"怎么了？"胜男十分纳罕。

"有事。"

凌氏的干脆利落。

凌查理刚走到门口。忽然脚步停住了："你也去。"

胜男便跟着凌查理遵从卢队长的召唤火速赶往案发现场，才知道，暗地跟踪陈牧的警察被枪杀了，一枪命中心脏。

目击证人，无。

远程射杀。

联系陈牧时，陈牧正在一休闲中心做足疗。

凌查理戴上手套，一面检查着同队警员的伤口，一双细眼又迸发出狼一样的光芒。

回到局里之后，开会时，凌查理依旧一言不发，陈牧和梁少游的话一遍遍在他耳边回荡："这件事你最好别管。""小朋友，这个案子我建议你不要插手。"

最初，凌查理第一个怀疑的便是陈牧。陈牧是怎么样一个人？如果说他是一个有手段的人，那么，说对了。凌查理查到，陈牧对员工的苛刻程度让人发指，晚来一分钟，扣一百大元，不必要的请假，扣200元，图书出一个差错，扣100元……在凌查理看来，他是一个魔鬼式的领导；陈牧还是段正淳式的风流人物，身边美女如走马灯；陈牧也曾经抢梁少游签名的稿子，这倒是无可厚非，还印过一批梁少游文化公司的盗版书大量投入市场，也曾做大批跟风书打压自己的徒弟梁少游，总的来说，这不是一个好人。凌查理以为他让自己不要管是为了激励自己去努力查案，结果，在别人指控是他杀人时，他却以不卑不亢的坦率态度认罪，让凌查理完全否定了自己的想法。

凌查理第二怀疑的便是梁少游。一个奉行怀柔政策的文化公司年轻老总，一个白手起家的才华横溢的作书人。一个于百花丛中飞舞而花粉都不沾身的自爱者。凌查理试图从胜男口中捕捉到梁少游死去的妻子和沈清斌的过往，试图从中找到一点合理的梁少游杀人的理由，结果失败了。

更让凌查理疑惑着便是为什么陈牧在得知沈清斌死后，却第一时间告诉梁少游。这件事让两人看上去似乎风马牛不相及，可是，保护胜男的凌查理被围攻，跟踪陈牧的警察被杀，似乎，还是与这两人有脱不开的关系。

卢队长也是这样认为。

卢队长将沈清斌遇害时的心脏受伤部位和殉职的警察心脏图对比一下，再将子弹的型号和口径对比一下，发现大约是同一人所为。

凌查理依旧是一言不发。

后背靠一下座位，牵动了伤口，凌查理闭上眼睛，一遍遍回忆晚上的那场围攻。

锯齿刀，长刀。

忽然，一道灵光闪过凌查理的丹凤眼："队长，我怀疑，这件事和黑社会有关！"

当然，这里，咱们先得说，凌查理的说法是简略的说法——中国的港澳台和国外所谓的黑社会，中国的刑法上说，那叫有黑社会性质的犯罪团伙。

队友面面相觑。

卢队长一听，双目凝神，不动声色地说："说说你的理由。"

凌查理刷地脱下上衣，露出两处绷带包裹的伤处。

"晚上九点多被一群人砍的。"凌查理说:"这种方式显然是团伙的做法。"

卢队长摇头:"也许是有人花钱雇的。"

凌查理面无表情地说:"梁少游和陈牧都分别含蓄说过让我们别管。"

卢队长一双肿眼泡的小眼睛瞪得老大。

凌查理如实说了一遍,整组人陷入沉思中。北京那么大,不好惹的又何止一家两家。

"散会,案子还得继续。"卢队长说。

凌查理丝毫未动。

"还愣在那里做什么?"卢队长指着凌查理一挥手。

"那个女孩子还要保护。"凌查理看一眼队长,坚定地说。

卢队长点头。

凌查理便跟着卢队长走出会议室,未等带着胜男离开,便得到了另一个骇人听闻的死讯。

死者不是别人,正是陈牧。

陈家琪今天穿了一身笔挺的黑西装,一尘不染的白衬衣,黑皮鞋。

他今天的走路姿势不再是踩着类似于来自酒吧慢摇节奏的节拍,而是一板一眼,满面与自己的年龄不相符的持重。他的眼皮也有些肿,说了几句话之后,就带上了宽大的黑色墨镜。

陈家琪从自己的公文皮包里掏出一本精装的书,弗拉基米尔·纳博科夫的名著《洛丽塔》,凌查理在大学上英文课时看过英文原版的电影,可中途睡着了,只记得一句话:"洛丽塔,我生命之光,我欲念之火。我的罪恶,我的灵魂。"

凌查理带着手套,翻开书的100多页,取出一张照片,照片上的女孩子并未浓妆,却大眼睛闪烁,站在一棵金黄的梧桐树下,秋风将她的长发吹起,一袭黑发像最动人的秋之晚词。

凌查理想起一个人。

"她是谁，你知道么？"凌查理问道。

"卓美琳。"陈家琪深呼吸一口，认真回答。

凌查理看一眼陈家琪的墨镜，等待陈家琪道出下文。

陈家琪扶一下遮了大半个脸的墨镜："梁少游的车上有卓美琳的照片，而且她和胜男长得像，我断定是她。他们之间发生了什么事，我不知道，公开这张照片是为了你们能给我爸爸报仇。"

凌查理小心地问："你爸得罪过什么人么？"

陈家琪摇头："你知道么，他年轻时候在一家小出版社干过，他痛恨事业单位的那种三天打鱼两天晒网的工作恶习，这让他难以发挥实力，也让单位每年的效益很差，所以才那样苛刻地要求员工。而他给员工的工资是业内最高的，他给员工的福利也是最好的！他整天出去玩女人，但是，他从来不和我妈吵架，他是梁少游的师父你们知道吗！"

陈家琪说着说着，声音越来越大，最后站起来："我爸爸根本和别人没有什么大仇！"

凌查理依旧是万年不变的面无表情："难道没有你怀疑的什么人？"

陈家琪摇头："没有。我怀疑是我爸爸意外知道沈清斌什么事被灭口了！"

凌查理沉默着，打心眼里同意。

"我就知道这些，我还有很多事要处理，我走了。"陈家琪拎着自己的皮包，凌查理送他出警局，陈家琪今天没有开吉普，而是开了一辆极普通的本田。

凌查理叹息一声。

此时，卢队长正苦着一张烦躁的脸，几十页几十页地翻沈清斌的小说。因为他知道，很多作家写东西都融入了他自己的经历，或许能找到许多案情的线索，只可惜他当年连完整的一个短篇小说都懒得读，于是交给组里的部下高美欣。

美欣胡乱翻了一阵，开始打呵欠："队长，我还是看电视剧吧，不是已经改编电视剧了么?"

卢队长一拍桌子:"胡说!改编的哪是原汁原味!"

原汁原味。

凌查理心下一阵激动:"队长,沈清斌的书我知道谁看最合适!"

"谁?"卢队长问。

"卓胜男!"凌查理说。

此时,卓胜男正坐在局里接待室的沙发上,抱着凌查理的外套刚刚睡着。

凌查理拍拍胜男的小脸:"起来。"

胜男本就睡得不沉,经他一拍,立刻睁开眼睛:"怎么样!"

"起来看小说!"凌查理将沈清斌的两本小说塞到胜男手中。

胜男挠挠自己的短发:"看小说?"

"我们怀疑这一系列的杀人案都有牵连,你姐姐、沈清斌、陈牧,所以,你看看有没有什么和你姐姐有关联的故事。"

胜男点头:"好!我看书最快了!"

凌查理依旧没有忘记梁少游那边。

梁少游今天身体稍微好了些,打起精神,正在公司里处理如山的选题报告,凌查理向他宣布陈牧的死亡时,他一双大眼睛瞪圆,显得相当吃惊,然后,冷笑。

"下一个,差不多就是我了吧。"梁少游点起一支烟,无谓地笑笑。一支烟燃尽时,十分讽刺地笑说。

凌查理冷冷地说:"把你知道的告诉我。"

梁少游再点起一支烟。

凌查理一声不吭地打量着梁少游贴着胶布的手腕。

"又病了?"

梁少游一脸处乱不惊的轻描淡写:"有点发烧,昨晚去医院挂水了。"

"谁和你一起?"凌查理继续追问。

"一个同行业朋友。"梁少游简单地回答。

"你的病救了你。"凌查理狠狠地下了一个定义。

梁少游苦笑，笑着笑着，便猛烈咳嗽起来。

"我不知道你和陈牧在维护什么，可是，你们有可能把自己也搭进去！"凌查理站起来，敲着梁少游的办公桌。

"而且，还有更多的人会死在这件事上！"凌查理绕过办公桌，一把揪起梁少游的衣襟："胜男也可能搭进去！那么单纯善良的女孩子！"

梁少游试图摘下凌查理青筋暴起的手，未果。

梁少游任凌查理抓着自己的衣襟，又点起一支烟。

凌查理放下他的衣襟："我等你。"

半小时过去了。

一小时过去了。

在凌查理等到一个半小时的时候，终于等到了胜男的电话。

"凌查理，我怀疑……"胜男的语气里满是犹豫。

"快说！"凌查理问。

"我怀疑，我怀疑沈清斌是因为我姐姐而得罪黑社会的。"胜男说。

"怎么回事！"凌查理有些激动，事情似乎终于有了点进展。

"这个……"胜男在电话那头支支吾吾，竟说不上来了。

"婆婆妈妈干什么！"凌查理有些着急。

梁少游那边，将只燃了三分之一的香烟狠狠掐灭在透明的水晶烟灰缸中。那只水晶烟灰缸是当年美琳买的，想不到，七年之后，剔透如昨。

梁少游望着那只水晶烟灰缸，插言道："别怪她，我来告诉你。"

凌查理不语，一双刀片似的眼盯着梁少游，开始等下文。

梁少游示意凌查理坐到沙发上去，凌查理照办。

直挺挺地坐下之后，梁少游从茶几下端上一套古韵盎然的茶具，木质，酒红色。

"喝小红袍吗？"梁少游问，并没有习惯性的微笑。

他很少喝红茶，不过医生说他身体虚寒，不再让他每天清晨喝绿茶，他才换了口味。据说这是小红袍，比较养胃，养人。

凌查理打量着他的神情，见他神色凝重，仿佛是在下一个巨大的决心似的。

"不懂茶，随便。"凌查理不眨眼地盯着梁少游。

梁少游从一个精致的小圆筒里倒出一些茶叶在茶壶里，第一水洗茶，倒在一个长而透明的玻璃杯之后，将第一杯茶倒入凌查理眼前白酒盅一样的小杯子里，再给自己倒一杯。

凌查理于是知道，这是茶道。

喝一口，有点淡。

梁少游也自饮一杯。

梁少游再给凌查理倒一小杯，凌查理再一饮而尽，之后，盯着梁少游，目光如星，如炬。

梁少游的嘴唇紧抿，越抿越紧。

凌查理盯着他的唇，一遍遍思考他的唇语。

梁少游再给凌查理倒一杯，凌查理不再喝。

看一眼自己的电子表，凌查理指指门口："上次你请，这次我请。"

梁少游吃力一笑："好。"

结果，凌查理带梁少游去吃拉面。

人声鼎沸的地方，让梁少游一下子就想起了自己当年未功成名就时候。

梁少游点了两碗拉面的两个小菜付款之后，和凌查理开始了艰难的找位置过程，人比较多，只得端着餐盘等。

梁少游冲凌查理开玩笑："我还以为公务员外出时只去豪华会所呢。"

凌查理冷着脸："我还以为你们有钱人不来这种地方。"

终于等到两个餐位，凌查理坐下就开始狼吞虎咽地吃面条，吃完之后，端起面碗就开始喝面汤，梁少游却没有吃完半碗就放下了筷子。

"工薪族不容易。"凌查理喝完了整碗的汤，擦擦嘴说。

梁少游点头。

凌查理继续说："胜男刚来北京，比他们都不容易。"

梁少游看了凌查理一眼。

"你自己不怕死，不要连累她。"凌查理说出了自己想说的话。

梁少游深呼吸一口。

"我没带录音笔和记录册，会尽最大限度保密，希望你原原本本告诉我，为了保护胜男。当然，我不会和她说。"凌查理趁热打铁道。

梁少游点头，终于，在如此嘈杂的环境下，将事情大致说了出来，说完之后，凌查理久久说不出一句话。

梁少游也不再说话，点起一支烟，将整个人埋进深不可测的烟雾中。

凌查理的眉毛抽紧着，震惊之余，更多的是钦佩。他不知道，这个男人在这种伤痛下，该是如何面对，怎么熬过来的。

"我要回去了，公司还有很多事。"梁少游起身，凌查理跟上去，"我觉得你和胜男都很危险。"

梁少游淡淡一笑："躲不过的东西，就不要躲。"

"固执！"凌查理气得大骂。

梁少游一脸的无所谓。

两人走出拉面馆，往梁少游公司的写字楼走去，莫名中，凌查理就感觉到空气中涌动着诡异的气氛。

此时是下午两点零五分，上班的人早已上班，人流高峰期已过。

今天是阴天，人的心情也分外沉重。

凌查理走着走着，似乎觉得前方一片杀气。

凌查理看到一颗微小的东西正冲着梁少游的心脏，如梭而来。

"小心！"

凌查理大叫一声，飞扑到梁少游身上。

第八章　众里寻他

沈冰心理咨询师拿着手里的咨询档案，给自己泡了一杯洋甘菊玫瑰花茶，望着窗外越来越黄的杨树叶，等待着这位需要心理辅导的男士的到来。

这位男士迟到了二十分钟。他推开门的时候，一脸不自然的笑容。

那是惊魂甫定的笑。

沈冰冲着这位左眼角有一条小刀疤的三十六七岁的男士微笑。

该男士剃着近乎光头的平头，肤色煞白。

"请坐，我是你的心理咨询师，叫我沈冰吧。"

沈冰的一张瓜子脸上绽开一个让人舒心的微笑。

那个男子听到这个名字，却浑身一颤。

"你怎么了，这位先生？请坐吧，要一杯咖啡，还是一杯茶？"沈冰依旧是微笑，但心下已经确定了一件事，那就是，自己的名字和这个人的心灵发生了些许碰撞。

那个男子有些僵硬地坐在沈冰的对面，蹦出一个字："热水。"

沈冰便从饮水机倒一杯水给他，他将暖融融的一次性杯子握在手中，轻轻闭上眼睛。

沈冰盯着这张脸看了几分钟，提醒道："我们开始吧。"

那个男士捂住自己脸,由上往下,使劲抹了一把:"你们是不是能给咨询者保密啊?"

沈冰用力点头:"这是职业道德。"

那个男士再用粗糙而生满老茧的手抹一把脸,猛喝一杯水,随即吐了出来。

"好烫。"男士自嘲地笑笑。

"那我开始了。"那个男士说:"我叫阿翰,职业和陈浩南一样。"

沈冰一愣。

沈冰今年二十八岁,香港电影《古惑仔》系列红遍中国时候,她正好读初中,买的那些影视书中处处是这类的介绍,老实说,她并不讨厌黑帮,可是,有这样的咨询者,还是让她有些意外。

"请继续。你可以把这当成一次聊天。如果不介意的话,你可以讲讲你的故事。"沈冰起身,给阿翰加了水。

腾腾热气湿漉漉地打在阿翰的脸上,他咽一口热水,开始自我介绍:"我从小没有爸,和我妈一起过活,初中的时候,我个子小,学校总有一帮小王八蛋欺负我,峰哥帮我出头,带我入了行。"

沈冰继续微笑:"请继续。"

阿翰从黑衣口袋里掏出一包烟:"介意抽烟么?"

沈冰摇头。

阿翰点起一支烟,燃起来,继续说道:"我胆子大,枪法准,很快就受到老大的赏识,你知道吗,我们并不像你想象的那样,我们不是整天打打杀杀,出来混,我们混的是义!"

沈冰依旧笑着:"不要激动,慢慢说。放松心情。发生了什么事让你一直难以放下,是么?"

阿翰点头:"七年前的一天,我正在看电视,手下送来一个女人,那个女人长得真漂亮啊,比明星都他妈的漂亮。她像古代的女人一样美,头发很长,腿也很长很白,而且,我进去的时候,她挣扎得不行,真是个好女人啊，完事之后，我就想放了她，我想追求她，想送她回家，但是，那群小弟们围在那边，那帮禽兽们问我，老大啊，是不是兄弟，是兄弟就有福同享有难同当……"

"所以，你就同意了？"沈冰有些笑不出来了。

阿翰捂脸，无力地垂下头。

她的哭叫声像一把刀子，一刀刀捅在我心上，那个时候，我几次想把那帮禽兽们拽起来，一刀捅死，奶奶的，想起他们和我出生入死，我都他妈的忍住了。我告诉他们，'你们给老子轻一点！'他们也尽量少用力气，可是，那么好的女人，他们谁见过？完事之后，她已经被折磨得不省人事，我就抱着她，一夜没有睡着觉，她的手机不停地在响，我挂掉了，打一个给自己的手机，留下了她的电话号码。第二天我要开车送她回家，她让我送她到商场，我停在商场，偷偷跟踪她，发现她和一个长头发的男人邂逅之后，眼神很不寻常，我气得发了疯，他出来之后，就把他抓到胡同里揍了一顿。没想到那么巧，有个穿着人模狗样的人出来拦住我，我告诉他，你女人已经被我上了，他十分吃惊，我不知道为什么就发了狂，找来一帮弟兄，把他俩抓回去狠打一顿，那个美丽的女孩子十分生气地抓起桌上的一把刀，说你杀了我好了。我只得把他们放了。那个西装男想报警，女孩子说：'算了，你想这事让大家都知道吗！'西装男只得罢休。"

"后来呢？发生了什么事情让你那么介意？"

沈冰轻啜一口剔透的玫红色茶汤。

"她看我的时候，全都是怨恨，我突然就心疼了。我放他们走，让我的手下去查，我才查到，她早已经结婚了，她的丈夫和她很配，她丈夫是个少见的美男子，所有女人见了都喜欢的那种，而且，他有学历，还开了一家文化公司！"

阿翰说到这里时，一挥手，整个杯子都打翻了，透明的液体撒在透明的玻璃桌子上。

滴落在素雅蓝花的地板砖上，一滴，一滴，阿翰突然就想起了那红色的液体。

"你恨他?"沈冰小心翼翼地问。

"不,我恨我无论如何也达不到她丈夫的程度,所以,我把她毁了。"阿翰有些内疚地说。

沈冰拍拍自己的胸口:"那么好的女孩子,那么美好的生命毁在你的手中,这是你心理烦闷的根源么?"

"不。"阿翰摇头。

"许多年之后,那个长发的男人也变成了一个半秃的胖子,我也变成了一个爱不上女人的人。她哀怨的大眼睛在我的脑海里时常出现,我再也没见过那么漂亮的女人,也没见过那么反抗我的人,后来,我干脆不再碰女人。"阿翰的五官拧在了一起。

沈冰开始安慰他:"你在为这件事内疚是么?而且,这件事虽然你做得不对,也给你的心灵造成了很大的伤害,是么?"

阿翰痛苦地抱着手中的一次性茶杯。

"本来,事情过了那么多年了,可写成了小说,小说还编成了电视剧,他的第二本小说居然也把这件事写了进去,而且也马上要编成电视剧了,我开始惊慌,我一想到每天晚上都有人看我干的这些事,就像要疯了一样。这是我的伤口,我不想让别人知道,我不想自己扒光了一般展现在众人面前。"阿翰说到这里的时候,反而自嘲地笑了。

沈冰顿觉唇干舌燥,饮一口玫瑰花茶,努力冲着对面的人微笑。

"所以呢?"沈冰笑问。

"所以,我杀了他!"阿翰一拍桌子,猛地站了起来。

阿翰接下来的话,沈冰不知道自己是怎么听完的。她屏住呼吸,听自己的咨询者道出一件件让她毛骨悚然的事,脸色逐渐发青。看一眼桌子上的四方水晶表,刚好一个小时,她终于松了一口气。

然而,阿翰的心情却依旧没有放松。

上午的那个臭警察明明打中了他的心脏还能继续开枪,不知道现在死了没。那个臭警察保护的人也没死……

阿翰不知道,凌查理的心脏原来生在胸腔的右边,根本没有击中他的心脏。

凌查理的子弹已从胸腔取出,尚在医院休养,梁少游在凌查理的保护下倒是毫发未损,却因一系列颠簸而引发了强烈的咳嗽,甚至咳出血来,所以正在做身体检查,胜男一边研究沈清斌的小说,一边和另一个男刑警照看凌查理。

胜男看完沈清斌的第一个小说之后,得出的结论是情杀,她认为,是沈清斌的恋人杀了姐姐,几年后连沈清斌也杀掉了,她的这一结论遭到了卢队长的强烈反对,卢队长问她:"你看的是第几本?"

胜男将书递给他:"第一本。"

"笨啊!要看就看第二本!不是第二本书之后出的事么!"卢队长谴责道。

胜男便坐在凌查理床前一字字地读,读到100多页的时候,眼圈便通红,读着读着,眼泪哗哗地流下来,再读几页,哭到满脸的鼻涕眼泪不分明。

被吵醒的凌查理皱下眉头:"哭什么。"

胜男开始捂着嘴哭。

凌查理捂着胸口坐起来:"又开始和水泥。我已经知道了。"

凌查理说完之后,迅速下床:"没功夫了,他还会找梁少游。他呢?"

胜男继续哭:"他怎么样我再也不管了!"

凌查理心下一沉,却也没空理会她,捂着胸口便冲出去:"你给我老老实实呆着,凶手有办法捉到了!"

"要什么办法!你的伤……"胜男追上去。

"男人的事,你别管。"凌查理瞪了胜男一眼,冲出去,一干刑警随后跟上。

"梁少游,你一定要那么固执么?你在警局呆着,我们会好好保护你!"凌查理跟在梁少游身后追着。

梁少游一路悠闲地走出医院大门，一脸的漠然："生死听天由命，我自己都不怕了，你们还怕什么。"

凌查理一把抓住梁少游的肩膀："别不知好歹！为了胜男，活下去！"

梁少游似乎被说动了，停住了脚步。

转身，梁少游望着凌查理的眼睛，讽刺地一笑："她不是有你了么。"

凌查理一愣，盯着梁少游的眼问："谁告诉你的？"

梁少游摊手："自己去想。"

凌查理便想起，刚才胜男一直在自己身边，可是，她真的想的是自己么？

算了，凌查理抓住梁少游胳膊的手又加大了力度，却又慢慢放松，再放松："你得和警方合作！"

梁少游摇头，微笑："逃不掉的。"

凌查理抓住梁少游的手被梁少游轻轻甩下："回去养伤吧。我可得回去处理公司的事了。你也别做无谓的牺牲了，为了胜男。"

凌查理沉默。

梁少游散漫地挥臂，拦一辆出租车，凌查理站在原地，秋风吹过，病号服被吹得冷飕飕的，凌查理回到病房，梁少游也在二十分钟之后回到自己的写字楼。

走进自己办公室的时候，梁少游犹豫了一下，咬咬下唇，开门进入。

环顾四周，室内似乎和上午没什么区别。

梁少游没有径直坐在桌前看那两堆如山的选题报告，而是将茶壶洗了，重新泡上一壶小红袍，泡茶，洗茶，饮茶。

一滴汗珠从他的颈上滑下，沁入他的白衬衣领内。

梁少游轻抿着鲜艳红色的茶液，不出一点声音。

忽然，梁少游的嗓子一阵发痒。

他捂住嘴，屏住呼吸，可是，压制不住的咳嗽打破了屋内的宁谧。

梁少游急忙坐回自己的办公桌前，打开侧抽屉，摸出一瓶止咳露，一口气饮下三分之一瓶，刚喝下去，顺手将药瓶一扔，一侧身，从转椅上滑下，翻身起来，只见黑色真皮的老板椅上已经多了一个洞。

梁少游扫视一下室内，看不到第二个人。

梁少游勾起唇角，自言道："到底是来了。你不觉得你该和我谈谈么？"

无人回应。

梁少游举起双手，站起来："不是内疚么，杀了我，你岂不是更对不起她。"

室内还是沉默得好似只有一个人。

梁少游继续说："我还真的不怕死呢。你来吧。本来，我还想告诉你她生前的一些趣事呢。"

室内的灰黑色镜面开始闪动。

人，依旧没有出现。

"你再不出现，我可要报警了。"梁少游坐回沙发上，又给自己斟了一小杯茶。

梁少游看到了穿黑裤子的两条腿站在茶几面前，脑袋有些凉飕飕的，抬头，才知道已有一把枪指着自己。

"喝茶。"梁少游给一身黑的不速之客倒了一小杯小红袍。

黑衣人的枪依旧顶着梁少游。

梁少游微笑："喜欢喝红茶么？你看这颜色，多红。红得像血。"

黑衣人顶着梁少游的枪又加大了些力度。

"沈清斌和陈牧都是你杀的吧？他们当年救美琳有错么？"梁少游递一杯茶给黑衣人。

黑衣人一挥手，纯白的小瓷杯掉在地上。

"何止是他们！你以为你逃得了么？"黑衣人扣动扳机。

梁少游自言自语："美琳生前很喜欢喝红茶，她说红茶养颜，补血，可惜啊，那时候没有能力给她买这样好品质的，现在有经济实力了，人却不在了。"

黑衣人顶着梁少游头部的枪的力度有所削减。

"坐下吧，你也不急着杀我，我也不急着死。"梁少游仰头，冲黑衣人微笑。

黑衣人犹豫了一下，警惕地坐在沙发上，枪依旧指着梁少游的额头。

黑色的冰凉的枪。

"我很好奇。"黑衣人说。

"好奇什么？"梁少游笑问。

"为什么你和陈牧死到临头都不怕？"黑衣人眼睛血红。

梁少游一脸尽是沧桑后的泊然："改变不了的事，当然要接受。人改得了自己的现状，却改不了宿命。红颜薄命，天妒英才，你不觉得都在美琳和陈牧的身上合理展现了么？"

黑衣人听不懂那些狗屁道理，却听得懂红颜薄命，天妒英才。想起被自己害死的红颜，他的鼻子有些发热。

"你的意思是，如果没有我的话，她也会早死么？"黑衣人没有握枪的拳头捏成了一块坚硬的大石头。

"美丽的女人命运大都颠沛流离，"梁少游感慨地站起身来，长叹一声，"是你，把她的不幸最大化了。"

梁少游的语气开始还是万年不变的平静如湖，后来，声音变提高了三度，温暖如春的眼神忽然就变得凌厉如剑，威风如电。

黑衣人心头正抽紧着。

梁少游以他意想不到的速度转身，长腿飞起，冲着黑衣人的手狠狠一踢。

漆黑的枪被踢起，在空中旋转。

梁少游跃起，以少年时跳球和抢篮板球的弹跳力。

黑衣人也急忙跳起，一边大骂："妈的！敢耍我！"

梁少游显然比黑衣人高，长臂一挥，抓住手枪，冲着黑衣人左右膝盖便是两枪。

"啊！"

黑衣人痛得大叫一声，汗如雨下，双膝跪地。

砰一声，梁少游的橱柜里跳出一个人，双手执枪。

门外也冲进两个人，纷纷用枪指着黑衣人。

正在这时候，黑衣人失了心似的，咧嘴冷笑。

于众人不经意之间，摸索着自己的脚踝，摸索着，摸索着，冷笑变得狰狞。

一把白亮的刀闪着银光，旋转成一个光之盘，斜飞像梁少游的心脏处。

砰！

砰！

砰！

枪响。

黑衣人应声倒地。

大理石地板上的鲜红血液一滴滴扩散，摊开来。

一头瀑布般的黑发在黑衣人的眼前飘飞。

美丽而恐惧的大眼睛，树妖似的腰肢，纤细修长的腿……

刑警们看到，黑衣人的脸上依旧挂着讽刺的笑，不知是在笑什么。

梁少游坐在地上大口大口喘息，伸出长臂，摸到了茶几上的一包烟，点上，猛吸一口，继而抓起枪，砰砰砰在黑衣人的胸口狠狠补了几枪。

刀落在灰黑色镜面的墙壁上，镜面裂开，啪一声，从墙上剥落下来，摔到地上，粉碎。

"梁先生，他已经死了。"

一个刑警使劲抓住梁少游的手，用尽全身的力气，狠狠一磕，梁少游手中的枪这才跌落在地上。

拾起地上刚刚开过火的枪，手枪冒着烟，梁少游的愤怒爆发于此——刚才梁少游检查身体的时候，刚学会的持枪，凌查理的离开也只不过是个障眼法，他留在医院养伤不假，同组的人却跟了上来。

监听设备早在梁少游身上安置好。

人证、物证俱在。

甚至连心理医师的口供都有。心理医师沈冰终究觉得自己的性命比职业道德更重要，选择了报案。

其中有一个物证比较特殊，是梁少游提供的一本36开的笔记本，笔记本的主人不是别人，竟然是胜男的姐姐，卓美琳——三个月前，沈清斌在收拾自己的行李箱时，竟意外发现笔记本压在自己的行李箱侧口袋中，打开之后，才知道，那个当年抓起他和陈牧吊着打的黑帮曾对美琳实施过这种暴行。于是，沈清斌生气不过，将笔记本交换梁少游之后，把陈牧和梁少游戏耍一番，最终选择了将自己的稿子交给梁少游而回到上海。

于是，一系列事情串起来，串成这样一个让所有人叹惋断肠的故事。

原来，美琳当年为了去寻找一个价格更合适的印刷厂而迷了路，进而被黑帮陈翰一群禽兽玷污，陈翰却对美琳心生爱意，将美琳释放之后，误以为与美琳邂逅的沈清斌和陈牧是美琳的爱人将其毒打，之后，美琳以死相威胁，才释放了沈清斌和陈牧。美琳怕自己被糟蹋的事情被梁少游知道，只好跟着沈清斌在酒店里呆了两天，因为想起发生的种种而忍不住记录下来，决定去商场买一套彩妆好生打扮一下自己之后便离开这个世界，却被陈翰安排的人开车压死，本来，这件事已经不了了之，七年之后，精神上备受折磨的陈翰看到了沈清斌将这件事写在自己的小说里，而且听说即将被改变为电视剧，因此精神崩溃，进而杀掉了知情的沈清斌和陈牧，准备杀死美琳的丈夫梁少游时，却被警方当场击毙。

凶犯陈翰亦当场毙命。

因为涉及当事人的个人隐私，这件案子梁少游极力要求不公开审判，法庭予以批准。

胜男将沈清斌的书撕成多多碎片，碎得雪花一般，流着满脸的泪冲梁少游大吼："梁少游我恨你！你三个月前得到那本姐姐的日记本时，为什么不报警？你贪生怕死！你是怕这件事给你的公司丢人是么，姐姐当年为你的事奔波而死！她死得不值！"

梁少游满脸的怆然，继而，凄楚一笑："胜男，原来你这样看我。"

胜男从梁少游的那套房子里搬出来，除了带来的衣服，什么都没带走。胜男搬进了宠物店的双人宿舍。

可能是太缺人手了。农秀艳居然打电话给胜男让她回去，胜男毫不犹豫地搬到了那个上世纪七十年代的近似于筒子楼的宿舍，没有冰箱，没有电视机，没有空调和暖气，所幸的是，还有可以做饭的灶台，胜男很知足地望着只有一张上下铺的床，微笑，多好的条件啊，免费住，而且不是地下室，晴天的时候，阳光会照在她的被子上，她从不叠被，晚上回来的时候，被子就被晒得有些软，夹杂着阳光的味道。

梁少游再也没联系过胜男。

凌查理每周会约胜男两次，两人一起吃拉面，一起去高中校园打篮球，偶尔牵手。

凌查理也会在休假时候带胜男去后海附近，不是去酒吧，却是去吃各种小吃：福瑞祥的茶花酥、奶油卷、蛋挞，台湾风味的三角糕，红豆口味的，鲜奶口味的，摩卡口味的，或者是卤煮火烧、炒肝，或者栗子糕，或者带胜男去吃橙子布丁，或者板着一张霓虹下依旧冰冷到没有颜色的脸，从KFC或麦当劳买两只冰激凌，两个人各啃各的，关系单纯得像高中生。

农秀艳依旧是挑剔的，陈家琪也不再出现，许是经济受美国的影响，买宠物狗的人也少了起来，于是，农秀艳想了一个损招，这一招，也成为胜男和梁少游再度见面的一个机会，正是因为这个机会，才让以后发生了许多让胜男每每想起都忍不住深浅感慨这大梦一场的人生。

第九章　和狗狗的约定

清晨时，胜男挤公交来到美且偲宠物会馆，一切打点好之后，便跑下去抱那只会作揖的京巴，牵着它的前爪一把抱起来，打算给它洗澡。

自打上次之后，那只白毛小狗每逢被胜男洗澡，就再也不闹腾不休，蜷缩在角落里一动不懂，任胜男洗毛球玩具一样打浴液、冲洗，漂白，果然是欺软怕硬，可是，胜男刚在天蓝色的狗澡盆子里放好水，农秀艳便一脸媚笑着把她喊了出来："胜男呀，出来出来，找你有事商量，这样的小事就交给清洁工好了。"

会馆的清洁工姓张，胜男点头哈腰地叫她张阿姨，农秀艳从来都耀武扬威地叫她老张。

"胜男呀，吃早饭了么？"

农秀艳难得双眼笑得眯成了一条线，一边从她的新绿色皮包里掏出一包栗子糕，胜男看着她的笑出的一口四环素牙，觉得鸡皮疙瘩都起来了。

"吃了。"

胜男连忙点头像小鸡啄米。

"再吃点吧。"农秀艳笑得四十八颗四环素牙至少露出三十六颗，火一样热情可以瞬间把红薯烤得外焦里嫩。

胜男已经闻到了地瓜香味。

"不用了。吃得挺饱的,谢谢艳姐。"胜男被农秀艳的热情吓得后退几步。

农秀艳也不恼怒,从自己的包里掏出一支浅棕色的挺粗的化妆笔,未开封,敲着小指头递给胜男:"这个给你。"

胜男不敢接:"艳姐,这……是什么啊?"

农秀艳笑得满脸抹蜜:"睫毛膏啊,香奈儿的。"

胜男把手摇得抽鸡爪疯一般:"我不化妆啊!"

农秀艳也不听她的抗议,将包装纸撕开,一边仔细地旋转着:"过来,我先教你化妆啊,都二十三四岁的人了,也该好好打扮了。"农秀艳依旧一脸的热情。

胜男看一眼农秀艳的尊容,真不知道她会把自己化成什么样子。

"艳姐,你告诉我怎么回事。"胜男退到了货架处,无路可退了。

农秀艳笑容可掬:"干吗啊,好像我是老鸨一样。我只不过是想让你参加一个活动而已,店里给你提供吃住,养兵千日,也该派上用处了。"

胜男打了个寒战:"什么活动啊?"

农秀艳后退一步,坐在专属于她的椅子上,跷起二郎腿轻描淡写地笑道:"哦,明天有个商务聚会,会去很多有钱人。现在经济越来越不景气,买宠物的人也越来越少,所以我就是想让你去发发名片而已,没什么可怕的呀!"

胜男脸涨得通红:"人家都是有钱人,我去做什么啊?"

农秀艳笑得脸上褶子都出来了:"怕什么,这次的费用全部由店里给你报销!而且,你的化妆品都买好了。这是你的工作呀,以前的店员也都去的!"

农秀艳说着,从兜子里掏出一支眼线笔,一支腮红……

第二天中午,胜男学着农秀艳刚学来的化妆本事,将自己的脸修饰了一番,晃悠着公交车来到农秀艳所述的商务会馆大门口,门匾上的大字在阳光下闪闪发光，硕大的一条龙虾橘红色，果然是气派。胜男拨通了电话，便有人来接应，来人生得一对三角眼，是某部门公务员的司机："来了啊？欢迎欢迎！"

某组织的三角眼笑得越来越三角，一脸的蝇营狗苟的丑相看得胜男心烦。

由于堵车，头一次化妆的胜男下公交后跑到门口时候迟到了五分钟，却是第二个到来的，和组织的人一起坐在商务会馆的大厅候着，端详着背后的一副几十尺的《江山如此多娇》的国画，仔细琢磨着画上的山和云，大约等了十五分钟之后，方又来了一位身后跟着保镖、身穿黑衬衣年龄三十三四岁的精瘦男人，接过他的名片，原来是开夜总会的，胜男笑得难看。

陆陆续续的，又来了一些人，有律师，有公务员，有做水设备的老板，有软件商，还有出版商。

那双修长得如艺术家般的大手递过名片来，胜男接过来，读着梦里和醒着都读了多少次的名字时，眼眶一阵发热。

胜男抬起头来，迎上那双含笑而微带凄楚的眼，那人温润如玉的面庞依旧，不过更消瘦了些，眉眼却是依旧的。

"梁少游？"

胜男朗声非常夸张地一字字读着名片上的头衔："游天琳文化发展有限公司董事长兼总经理，请问这位梁总，文化公司是制作电影的么？"

梁少游凄楚的双目深邃，"是我和我妻子的心血，做书的。偶尔也投资电影。"

居然提到美琳。

胜男的心狂跳着，几乎要跳出胸腔似的。

"名字很不厚道，父母在，不远游。"胜男小嘴一撅，大眼睛狠狠地瞪着梁少游。

梁少游沉沉地一笑，打量着胜男涂了睫毛膏的梦幻迷离般的大眼睛，停顿了几秒钟:"傻瓜,那么飘逸的名字,让你形容成这样。和陆游一样,名字的语源出自'两情若是久长时,又岂在朝朝暮暮'的作者,苏门四学士,秦少游。"

胜男终于知道为什么自己会觉得他的名字那么好听。

秦观,秦少游,千古的情诗流传至今,那是何等的感情沉淀。

可是,胜男想起美琳,又是一阵钻心的痛。

"有什么了不起,像个登徒子一样。"

胜男狠狠瞪了梁少游一眼,转身,一屁股埋进另一个沙发上,对面的四十多岁男士正在抽烟斗。

胜男偷偷看一眼梁少游,他惊愕的表情虽是转瞬即逝,那这不易察觉的变化,却着实让她捕捉到了。

"美丽的小姐,你好,这是我的名片。"四十多岁的老男人将烟斗叼在嘴里,从黑色的名片夹里取出一张金光闪闪的名片,胜男头一次看到用金卡制成的名片,一双睫毛像雾岚的眼睛眨巴眨巴,差点忘记从自己的口袋里掏出名片。

"你的眼睛很漂亮。"老男人非常绅士地抿嘴一笑。

"大家可以去换鞋了。"

组织者三角眼一声号召,胜男才知道,原来进商务会馆需要换成拖鞋。

"男男,你来这种地方做什么!"

换鞋的时候,胜男忽然就听到一声近似于警告的熟悉声音,滑糯,却稍带了一些沙哑。

胜男笑道:"我死了也不用你管。"

梁少游愣了一下。

然后,便是分别男女的更衣室换上会馆里统一的一次性肥大衣服,当然,泳装是允许自备的。

更衣完毕,从更衣室的另一个门走出来,便是一个挺大的游泳池,虽是白天,闪亮的白灯蓝灯耀得水蓝得像海。

泳装农秀艳早已给胜男准备好，是连体低胸的，被泳衣一裹，越发显得胜男胸部曲线平坦，胜男忍不住将自己海蓝色的泳衣使劲往上拽，显得更加盛世太平。

干脆穿上泳帽带上泳镜，把着栏杆下水，仲秋已过，泳池里的水的温度暖暖的，果然是给有钱人呆的地方，胜男忍不住轻轻感慨着，舒臂奋力往前游去。

忽然，胜男便觉得一只大手从她的胸前划过，卷起一堆白钻似的水花。

胜男将细腰一晃，侧身往别处游去，那个正在狗刨的男人也变了下位置，再度与她并行。

胜男突然意识到农秀艳是送自己来做什么。

迅速挥动精瘦却有力的手脚，猛划几圈，假山近了，她直起身，背倚在游泳池里的假山旁长吐一口气，刚卸下泳镜，便发现刚才和自己并行的中年男子又狗刨着粘了上来，就是刚才抽烟斗的那人，那人嘴角上扬着，仿佛假山旁的女孩子不是个人，却是一个眼巴巴等待他投喂的小狗小猫似的。

蓝水黑假山中央，一个约二十二三岁的女孩子用天真无邪的大眼睛望着这中年男子，睫毛蝉翼似的忽闪着，启齿冲着这男人微笑，忽然，水花激荡，溅了那中年男子一脸，那男子面色一白，惨叫一声："啊！"身子也弓成了虾米。

胜男一脸无辜地在水中前行几步，怯怯地说："对不起啊，这位大哥！我刚想继续游，腿不小心踢到您啦！我真的不是故意的！"

那男子一手捂着水下的某个部位，一面宽和地咧嘴苦笑："没事，没事。"

胜男歉意地一笑，抓着并不高的假山坐了上去，左右环顾一下，忽然，脸就成了酱紫色。

原来，这个假山不是别的，竟是一个横卧的裸女姿态！胜男坐着的地方，刚好是裸女圆润的臀部！

胜男深吸一口气，迅速跳下来，无视那男子依旧驻扎在她锁骨处的视线，三下潜泳到对岸，猿猴一样敏捷地把着扶手上岸，头也不回地往女浴室走去。

半个小时之后,胜男从浴间里走出,马上有一条白浴巾披上了她的肩头,第一次来商务会馆这种地方,面对单人浴室外的一群年纪比自己还小的热情女服务员,她脸一红,有点不知所措了。

擦干头发,穿上这家商务会馆规定入内必须穿的土黄色类似睡衣的衣服,正要掏出柜子里的睫毛膏去梳妆台补妆时,却被几个服务员和一个年约四十、下巴有些松懈的女人挡住了去路,只见笑容可掬的服务员甜甜地指着几件极度普通质地的短袖衫对这中年女人说出了不菲的价格。

胜男一面摇头,侧过身去补了妆,绕过游泳池,把着棕红色木阶梯上了二楼,一帮男人们正围了三桌,打扑克。

此时,梁少游正和另一个戴眼镜的精英人士在一旁端着咖啡杯聊得起劲,不知是不是发现了什么商机。

胜男发了一圈名片,竟没有一个人对她的宠物有半点兴趣,倒是有个看上去四十岁左右的眼镜男怪笑着:"买宠物赠人不?"

胜男气呼呼地掉头就走。

身携一股杀气回到更衣室,三两下套上自己的长袖T恤和牛仔裤,胜男拎着自己的双肩包就往外跑,连组织者都没有打招呼,走到门口时,刚才那个四十岁左右的眼镜男却追了上来:"卓小姐,请问你们那里有比熊犬么?"

胜男连声点头:"有啊!当然有了!您如果想买,现在就能去我们会馆看一下!"

那眼镜男却指着自己的肚子笑说:"现在是下午茶时间,刚才打了好一阵子牌,也有点饿,这样吧,我们先去喝下午茶。顺便听你介绍下你们宠物店的服务,怎么样?"

"这个……"胜男犹豫着。

胜男盯着这个眼镜男,只见他留着偏分头,剪裁得体的头发,斯文的笑脸,稍微放松了些警惕。

"光天化日之下，我还能吃了你不成？我叫杨文峰，叫我杨哥吧。"眼镜男点头，抿唇而笑，唇角上扬，像发哥的那种笑法。

胜男目测了一下这位眼镜男的身高，嗯，还没有自己高。

"好吧。"胜男被动点头。

杨文峰说是喝下午茶，却没有去什么茶餐厅，而是带胜男去了清华大学西门的烤翅店，吃烧烤。

胜男知道，临近学校的东西比较便宜，也曾和大学同学来附近吃过一次，吃的就是这个价格。

"胜男，你吃什么？"杨文峰坐下之后，颔首，笑问。

"中午吃饱了，不饿。"胜男摇头，回答："杨哥，你要的贵妇犬……"

"先吃东西。"杨文峰打断道。

杨文峰点了一对烤翅、两串烤馒头片、若干羊肉串、牛筋和啤酒。

啤酒被送上来之后，杨文峰给胜男倒了一小杯。

"杨哥要的贵妇犬是标准犬、类你犬还是玩具犬呀？"胜男双手捂住杯子，问道。

杨文峰一愣，转而莞尔："喝点酒没什么的，又不是白酒，适当喝点酒美容嘛，你喝了我就告诉你。"

胜男摇头，杨文峰一脸的强势："喝吧，必须喝。做销售怎么能不喝酒呢。"

胜男抬头看一眼这个一脸坚定的男人，端起杯子抿了一小口。她不是不能喝，读书的时候，记得大五散伙饭时，她五瓶下肚都面不改色，可是这次……

杨文峰十分绅士地颔首："不好意思，我去买包烟。"

胜男点头："好。"

杨文峰便起身，胜男东张西望着，手机忽然就响起来，看一眼来电显示，是梁少游。

胜男神使鬼差地接了电话。

第九章 和狗狗的约定

"男男,你离开了么?"梁少游的声音有些疲惫,有些掩饰不住的焦虑,让胜男心下一软。

"离开了。"胜男喃喃回答着,莫名其妙地就有一种委屈丛生。

"你在哪里?自己么?"梁少游继续问。

"清华大学西门的烤翅那边。"胜男老老实实地回答道,刚说完,电话便成了忙音。

胜男抬头一看,杨文峰已回来,不大的手上拿着一包胜男认不出什么牌子的烟,那不是梁少游常吸的。

"抽一根。"杨文峰坐下之后,以难以言喻的强势递给胜男一根。

胜男摇头:"不会抽。"

杨文峰神色严肃:"我让你抽,必须抽。"

胜男继续摇头。

杨文峰面露不悦地将自己伸出的手指僵在空中。

胜男依旧不接。小时候见过叔叔吸烟,抢过来吸了一口,呛得她眼泪都出来了。大学的时候室友失恋时吸,她抓过来尝了一口,不再咳嗽,却胸闷了好几个小时。

两人间的空气似乎凝固了起来,胜男觉得有些窒息。

索性接过烟来,按进啤酒杯里。

杨文峰的表情哭笑不得。

胜男再也忍不住:"杨先生,你真的要买狗的话,我带你去店里如何?如果不买,我可是要走了。"

杨文峰一愣,忽然哈哈笑起来:"这个丫头真是,我逗你玩呢。对了,你喜欢读小说么?我在×大读研的时候主修外国文学,很喜欢读呢。"

胜男点头:"啊?原来你是×大的研究生!好厉害!"

杨文峰将自己埋进一阵烟雾中,轻叹。

胜男一阵艳羡,便忍不住问起来:"那你喜欢哪些作家和书啊?"

杨文峰十分深沉地望一眼窗外,继续吸烟,吸完半颗的时候,缓慢地说:"很多,很多。"

胜男忍不住举出例子:"很多?福楼拜?海明威?大仲马?米兰昆德拉?村上春树?"

杨文峰思索良久,答道:"嗯,村上春树的《挪威森林》可是我们大学时候的入门书。"

"入门书?"胜男有些不解。

仔细琢磨了一阵,终于明白了,似乎,她最初看到的男女情色描写就是来源于此。

胜男继续问:"那杨先生打算什么时候买狗啊?"

杨文峰的眸子热烈而森沉着:"你着什么急?"

胜男突然觉得情况有点不对劲。

杨文峰正在吃烤牛板筋。

吃得十分仔细,几乎是一颗孜然又一颗孜然地往嘴里送。

"杨先生可以吃得快一点么?都要赶上下班的高峰期了,去宠物会馆的时候会堵车的。"胜男瞅一眼杨文峰再瞅一眼,提醒道。

胜男说完之后,大约又等了半分钟,杨文峰若有所悟:"哦,那就明天,赶不上的话,咱们继续吃,吃完找个地方好好说说话。"

胜男终于意识到自己处在什么境地,头脑中便有一股热血涌上,涨在她气呼呼的小脸上。

"我要走了,你自己吃吧。"胜男跨上帆布包,嗖地站起身来就走。

走到对面杨文峰身边时,杨文峰一把拽住了胜男的胳膊,用尽了全力似的。

胜男只觉得自己的胳膊狠狠拧上了一把大铁钳。

"别走。"杨文峰虽人坐在座位上,却面不改色,抽一只手臂极力阻止。

胜男气得浑身发抖。

"闪开!"

胜男将被抓住的胳膊猛地一掀。

只听凳子帮啷一声。

只见杨文峰努力支撑着自己的下盘，将腿顶着桌子，借外力继续抓着胜男的胳膊。

"我学过跆拳道，你别招我！"

胜男连忙抽出另一只手，双手将杨文峰的胳膊往地上一摔。

杨文峰一听跆拳，手一软，整个胳膊被摔出去。

"啪！"

连人带椅子都趴在地上，惹来进餐的×大学高材生们一顿围观。

"嗷嗷嗷！"

有男学生开始欢呼。

"再来一个！"

起哄声响起。

"矮男欺负一米七以上的女生去死好了！"

胜男仰头挺胸，迈着大步，挎着背包推门离开烤翅店，一推门，却见一个高大的身影挡住了自己。

"胜男？"

胜男听到一声略带欣慰的呼唤。

胜男知道，这人是放下了手头要谈的事情，匆匆赶过来的。

可是……

胜男眼前忽然闪过美琳定格于时空中的笑脸，那个比自己美丽十倍、温柔二十倍的大美人姐姐就这样成为一阵青烟。

迅速推开这个想要保护自己的人的肩膀，转身就跑，胜男鼻子一酸。

"卓胜男，站住。"

胜男听到，那个滑糯的声音在喊自己。

称呼加了一个姓，胜男听得心丝丝抽痛。

梁少游走上前，也不看她，像是对自己的孩子一样，连哄带命令地说："走吧，我送你。"

胜男望着梁少游的背影，高大、清瘦，秋风夕阳下，一身剪裁得体的西装将他的背影都修饰得如此完美，胜男却总觉得时空中有什么将两人隔离了似的。

"不用了，我坐公交回去。"胜男郁郁地说，边说边往公交站处快速迈进。

梁少游看着她高挑却细窄的肩部曲线，忍不住想抱拥这个坚强的女孩子骨骼分明的肩膀。

快走几步，梁少游却是按住了她骨骼突兀的肩头："告诉我，你为什么会出现在商务聚会上。"

胜男转过脸，涂了睫毛膏的眼睛像雾里的水晶一样闪烁而迷蒙着。

"我乐意。"胜男狠狠地说。

梁少游气不打一处来："乐意？你喜欢出卖色相？"

胜男一把打掉自己肩头修长的手指："难道你不是？张颖、农秀艳不都是看你长得帅才接近你的吗！"

梁少游深呼吸一口，神情前所未有的严肃："胜男，你怎么和姐夫说话的！"

胜男说完之后，双目圆瞪，被自己的话也吓到了。

冥冥中，一个念头生出在她的头脑间。

"姐夫，是不是你让宠物店收留我的！"胜男抓住梁少游的胳膊大声问。

梁少游并不回应，却追问道："你告诉我，谁让你来的？"

胜男愤愤地回击道："你色相的崇拜者！"

梁少游审视着胜男："她让你卖笑你也卖么！"

胜男气得指着梁少游的鼻子骂道："我死了都不管你的事！你这个不敢报案的懦夫！"

梁少游一听，刹那间如晴天霹雳。

胜男被梁少游深邃眸子里迸发出的怒火镇住了，只是低头不语。

梁少游干脆双臂擒住胜男的胳膊，像老鹰捉小鸡似的将胜男擒着。

"放开我！"

胜男挣扎着。

纵使金刚般的胜男可以凌驾杨文峰的矮小，而对于梁少游她却挣扎不得，她的脚随着梁少游的节奏被动前行着，前行着。

胜男几步便被梁少游拖到了车前，一把塞进副驾驶座。

梁少游迅速上车，点起一支烟，猛吸一口之后，咳嗽又汹涌袭来。

一声声咳得胜男肺也跟着痛起来。

胜男怯怯地给梁少游捶背，梁少游一把抽掉胜男的手。

待到咳嗽停止时，梁少游满眼红血丝，满脸极致的疲惫。

"男男，你知道为什么姐夫和陈牧当时缄口不言么？你觉得姐夫真的是你口中的那种人么？"

梁少游滑糯的声音开始沙哑。

胜男摇头，大滴大滴的泪滴顺着脖颈沁入她的厚T恤衣领上。

"你姐姐已经死去那么多年，她受过那么深刻的伤害，难道你甘心让她死后还要名声扫地吗？这是你姐姐的尊严，你懂不懂！"梁少游审视的目光变得忧伤，凄楚。

胜男的眼泪忽然止住了。

原来，是这样的啊。

胜男望着梁少游深远到天边的目光，忽然，心中晴朗一片，仿佛西藏的天空正瓦蓝着，金光的、紫外线毒辣的太阳耀得她睁不开眼。

打开车窗，一阵秋风如高山的天风，凉里沁着透心的明、清。

"呵呵呵。"

胜男忽然傻笑起来。

梁少游发动起车子，目不斜视。

"原来……这样子。"

胜男端详着梁少游苍白而优雅的大手，一言不发。

梁少游开过一个桥，又一个桥，不语。

下班时间降临，高峰期的车多得像是将整个交通路线一丝不漏地堵住了似的。

前方寸步难行时，梁少游忽然伸出手抚摸着胜男的头发："离开宠物店，那里不适合你。"

胜男望着梁少游，不知道怎么回答。

"羽翼没有丰满之前的小鸟，想跟这个社会抗衡，结果就像一个在漆黑夜晚独行的女子一样，一次次被强奸，甚至轮奸。"梁少游望着前方的一辆车说。

胜男被梁少游如此露骨的话吓了一跳。

"从不怀疑你能找到工作，也不怀疑你的生存能力，可是，你必须学一项过硬的生存本事，而不是浑浑噩噩等每月的工资。"

梁少游继续说。

"给你今天一晚上、明天一天的时间，搬回到琳琅苑，熟悉图书市场上的流行元素，后天早上带着你对图书市场的见地电子稿件去我办公室找我。"梁少游斩钉截铁，胜男哑口无言。

可是——

"要那么急么？宠物店这个月的工资还没发，还有五天……"胜男小声说。

"不要了。"梁少游干脆地道。

"几千块呢。"胜男嘀咕着。

"我给你。"梁少游丝毫不给胜男回旋余地。

胜男犹豫了一下，点头："我不要！我要学本事！"

胜男冲着车上的反光镜微笑，正笑着，梁少游的手机突然响了。

"梁先生，不好了，家里被文文弄得不成样子了！"

透过手机，胜男清晰地听到这样一个声音。

文文？

雯雯？

第十章　遇见小淘气

梁少游淡淡地道："知道了。"说完，便将手机挂掉，挂掉之后，压抑地闷咳了一阵。

"姐夫。"

胜男小心翼翼地问。好奇心几乎将她的思路膨胀到趋于爆裂掉。

"嗯？"梁少游把着方向盘面无表情。

"少抽烟。"胜男不知道为什么话到嘴边竟成了这个。

"刚戒掉。"梁少游继续盯着前方的车。

四周全是车，公交车的声音呜呜隆隆着。

"刚才还吸了一只。"胜男终于忍不住了："文文是谁啊？"

梁少游侧过脸看了胜男一眼："等会儿你就知道了。"

梁少游的回答让胜男十分意外，他要带她回他的家，看那个什么文文？

胜男依旧忍不住问道："她是女孩子吧？"

梁少游突然抿唇一笑："男孩。"

"啊？"胜男吃惊地盯着梁少游温润的脸。

难不成，姐夫他……有那种嗜好？

胜男使劲拍拍自己的脑袋，不敢再想下去，问下去。

终于驶入梁少游家所在的小区，胜男透过夜色里的照明灯依稀可见，梧桐树叶黄得失去了色泽，发灰了。

梁少游显然是在意的。

大步走得飞快，胜男屁颠屁颠地跟在身后，一如小时候跟在他身后要零食时那样。

开门，果然家里已狼藉一片。

梁少游是个喜好整洁的人，所以将200多平的房子全部采用了希腊式的简洁，白的墙壁，白的拱门，干净的蓝，干净的米黄是整个屋子的主色，如今，白色的墙壁上用粗而黑的水笔画了一个头发像刺猬的男人，蒙了一只眼睛，拿了一把刀，凶神恶煞的眼睛活像野兽，还有光头、机器人……一堆狼一般的男人布满了整个墙壁。胜男觉得眼熟，奇怪，文文是谁？怎么会画日本动画片《死神》里的人物？

真皮沙发也没有幸免，画得稀里哗啦，黑压压的一圈又一团。

梁少游环顾一下四周，气得怒喝一声："文文，出来！"

跑出一个四五十岁的中年妇女。

"梁先生，对不起啊，我去买菜回来的时候，家里就这样啦！不要辞退我啊！我不是故意的！真的不是故意的……"中妇女战战兢兢地鞠躬道歉，吓得面如土色。

"姐夫什么时候雇保姆了？"

"为了文文。"胜男的眉头一紧。

"让他出来！"梁少游坐在沙发上，胜男站在一侧研究那些黑压压的涂鸦，一面叹息，重新装修得花多少钱啊？

"文文，快开门啊，听话啊，乖，梁先生不高兴了，求求你，快开门啊！"保姆赶紧去敲一间房的房门，里面无人应答。

梁少游干脆回自己的卧室从抽屉里找出一串钥匙，两下将文文的房门打开，胜男紧跟在后头，眼看着这个神秘人物揭开面纱，心跳得厉害。是多美的女子？比美琳还漂亮么！怎么那么放肆！是多漂亮的男人！整个家

第十章 遇见小淘气

都被他弄得乱七八糟，到底有多大的架子！

结果是让胜男失望的，门被打开，只见一个大约五六岁大的男孩正趴在墙上专心地画一个头上长角、眼下流泪的人。

见梁少游和胜男进了自己的屋子，那男孩瞪一眼胜男，怯怯地叫了声："爸爸。"

"啊？"

胜男一听，气得倒退两步，浑身发冷："姐夫？你怎么可以这样背叛姐姐！"

小男孩长着一个大脑袋，眼睛圆圆的，黑溜溜地望着胜男："我是私生子，这个姐姐你不要生气哈，他不娶我妈妈。"

胜男一听，脸都绿了。

梁少游走到小男孩面前，一把夺过画笔："告诉我，为什么这么做？"

胜男继续打量着这间卧室：大而看上去柔软的床，松而厚的被子，跳跳床一样，床单上印着卡通的神奇宝贝的图案，有皮卡丘、杰尼龟、妙蛙种子、小火龙、卡拉卡拉……

显然不是这个男孩的意思而是梁少游的用心，因为，这个男孩子明显更喜欢暴戾热血的动画，像他墙上画着的《死神》：不是英俊高贵的朽木白哉，也不是一头白发的优雅男人浮竹十四郎，腹黑英俊的蓝染，偏偏是好战的更木剑八、一角、葛利姆乔之类。

胜男低头，只见满地都是揉成团的白纸，展开一张，画的是一个大眼睛男孩哭得满眼大泪珠，守着一个大蛋糕，蛋糕上画着几只蜡烛，胜男数了数，是七支。

"姐夫，你儿子今天过生日吧？"胜男冷笑："可惜你做父亲的都忘记了。"

梁少游将画笔轻轻放置到桌子上："生日？"

胜男点头。

"快去给他买个蛋糕吧，我来哄他。"胜男去握男孩的小手，被他一把拍掉。

梁少游冷眼望着文文："不懂情理的孩子,不需要吃蛋糕。"说完,转身而去。

文文抓起桌上的笔,刚要继续乱涂,看一眼胜男,手中停住了："你是谁？"

胜男仔细打量着文文:一双大眼睛机灵,却丝毫没有梁少游的那种优雅贵气,桀骜不驯,骨骼强壮,却个子小巧,丝毫没有梁少游的修长。

"你真的是他儿子么！"胜男反问。

"是！"文文大声回答:

"他是坏人,会脱光你的衣服！你快逃吧！"

胜男深呼吸一口,指着文文的鼻子教训道："我告诉你,你爸爸上次手术之后,身体一直不好,还有那么大的一个公司要管理,你不就是要蛋糕么！至于弄成这样么！小姨给你买去！你敢再画,看小姨不把你大卸八块！"

文文做个鬼脸,伸出长长的舌头："你是谁小姨啊？你以为你是小姨多鹤啊？"

"你！"

胜男气得扭头去找梁少游,见梁少游正在沙发前打电话："对,要黑森林……恩,25寸的,注明:祝梁东文生日快乐。好的,谢谢。"

梁东文。

难听的名字。

胜男站在梁少游面前,毫不晦饰地问："姐夫,他真是你的儿子么？"

梁少游抬头冲着胜男微笑,点头。

胜男一屁股坐在对面的沙发上："骗人！那你告诉我,为什么给他起那么没品位的名字？"

梁少游微笑："哪里没品位？"

胜男气急败坏地抓起茶几上那"老镇玫瑰"的田园风茶壶,倒一杯凉茶,气呼呼地灌下去："东文,难听死了！就是没品位！"

梁少游微笑："要豪放词，有'大江东去浪淘尽、千古风流人物'，要婉约词，有'花落花开终有时，总赖东君主'，你倒是说说，这算是没品位么！"

胜男不服气地敲着茶杯："你说的第二个词是风尘女子写的！"

梁少游打趣道："风尘女子就是出卖色相的女子么？"

"你！"

胜男气得抄起茶杯，刚要往地下掷，再看一眼满墙鬼哭狼嚎式的黑白画，心软下来。

"你心虚什么，我有说是卓胜男小姐么？"梁少游端起茶壶，也给自己倒了一杯凉茶。

"啪！"

梁少游听到一声茶杯落地声。

"落地生财。"梁少游摇头，打开电视，一面寻找着经济频道，一面故作漫不经心地说："刚才本打算让你好好哄哄这个孩子，发现你完全不是他的对手呢。"

"姐夫，他究竟是谁啊？"胜男依旧不死心。

"我儿子啊。"梁少游还没说完，只见文文从自己的屋子里跑出来，双臂大开，踩着凳子，将电视墙挡了大半，一面冲着梁少游甜甜地叫着："爸爸！我要看柯南！"

梁少游摊手："寿星最大。"说完，便将遥控器递给文文，文文拨上动画频道，声音开得震天响。

"文文，柯南从我上小学时候就上二年级，怎么还没毕业？"胜男故作友好地笑问这个顽劣的孩子。

"因为你老了！不要学看小孩子看动画片了！"文文学着梁少游的样子，一摊手。

梁少游神色严肃："不准欺负你小姨，不想看电视就回去玩自己的电脑，看视频去。"

文文气呼呼地指着胜男:"小姨多鹤!"

门铃声是肖邦的D大调前奏,保姆赶紧去开门,原来是小区里的蛋糕店送来了生日蛋糕。

文文双手从店员的手中夺下,迅速卸下包装,一看是黑森林的蛋糕,大叫一声:"巧克力的啊,没劲!我要吃咖啡的!"

梁少游也不生气,宽和一笑:"这是黑森林,不是巧克力,没见过的孩子没有资格挑剔。"

梁少游冲着十六七岁的蛋糕店少女微笑:"再送一个咖啡的,要摩卡的。"

文文忽然就停止了干号,眨巴着大眼睛,瞪着梁少游。

"好的,我可以向店里申请八折。"

少女偷偷窥看着梁少游英俊的面庞,脸上迅速晕出朵朵粉色的桃红。

"不必了。"梁少游淡定一笑:"小寿星今天就是为了破财,打了折他会不爽的。"

文文站起来,一双大眼睛望着梁少游,头越来越低。

"还要什么?"梁少游看一眼文文。

文文的声音变得小起来:"要可乐。"

"冰箱里有,自己找。"梁少游指一下冰箱。

"那可以了,谢谢你。"梁少游对蛋糕店的少女浅笑。

胜男开始插蜡烛,一边拍自己的脑袋:"啊,我突然想起来,今天也是我的生日,这样吧,这个蛋糕我和姐夫吃好了,文文你吃另一个吧。来,姐夫,祝我生日快乐吧!"

梁少游一愣,忽然想起胜男的生日是十一月,差不多还有1个月,却点头:"好呀。"

胜男开始切蛋糕,文文一把拦住胜男的手:"要唱生日歌!"

胜男摇头:"反正不是你的蛋糕,我喜欢怎么样就怎么样好了。"

文文气得一扭头,继续看柯南。

胜男割下一大块："你吃啊，你最近瘦了很多。"

"他被我气得。"文文大言不惭地盯着蛋糕，嘟着嘴说。

胜男割下一块大蛋糕递给文文："文文你吃，你要听话，你爸爸很忙，我不知道你是不是他亲儿子，但是他对你的包容是大部分父亲做不到的。"

"他是坏人！"文文一把夺过蛋糕，棕黑色的食材沾了他一手。

胜男看一眼梁少游，梁少游刚咽下了一口蛋糕，神色坦然地看电视上穿着西装和裤衩的柯南。

忽然，梁少游像吃了毒药似的，脸色一青，直觉得一阵恶心，冲进洗手间，哇得一声吐了出来。

捧一掬凉水，漱掉满口的油腥，梁少游把着洗手台看一眼镜子，镜中的自己脸色在白色的日光灯下显得略带蜡黄，他抹一把嘴唇，按着隐隐作痛的右肋，有些不解：不是听医生的话戒烟了么？最近咳嗽也少了，为什么一点都沾不得油腻了呢！

一阵满满的倦意却强行攻占下他周身的每一个细胞。强打起精神，脚底打着飘飘忽出洗手间，却见胜男正和文文在大厅里比手画脚地打拳。

"胜男姐姐！是这样么！"文文正冲着墙撩腿，一边扯着嗓门大声说。

"不对！这样！"胜男一边掰着文文黑而刚毅的手，纠正着文文的姿势。

梁少游一阵好奇，再看一眼胜男的脸，白白的小脸蛋上，左颧骨处有些红，便问胜男："脸怎么了？"

胜男捂住脸，满不在乎地道："嗯，我和文文闹着玩呢，我教他跆拳道！"

原来是文文干的。

"胜男姐姐！你看这样！"文文说着，伸出结实的小腿，抬脚便去踢胜男的脸，胜男后退一步。

梁少游亲眼目睹到，胜男的一双大眼睛喷射出熊熊烈火，一刹那间，胜男看一眼梁少游，转而绽开一个夸张的笑："文文，不对！是这样。"说着，胜男把着文文的脚，纠正道。

梁少游头一次感觉到这个年轻的丫头对自己那份关爱。四肢的疲惫感却更加剧了，他忽觉眼皮一沉，倚着沙发就睡着了，醒来的时候，却发现自己已躺在床上，手腕凉丝丝的，一滴一滴的凉，抬头，居然正在点滴。

梁少游环顾一下卧室，床尾还站着一个人，不是别人，却是一身西装的陈家琪。

"梁叔，你醒了？"陈家琪凑上前来，一本正经地望着梁少游有些蜡黄的脸说："我爸爸认识的医生已经给你看过了，估计这瓶水挂完就退烧了。"

"梁叔，你明天去医院做个全面的身体检查吧。"陈家琪继续说。

梁少游虚弱地笑笑："估计就是太累了，没事。"

"去全面检查下。"陈家琪一双小眼睛满是坚定，胜男瞅他一眼，只见他的下巴刮得干干净净，头发梳得一丝不苟，像是瞬间成长了好几岁。

文文趴在门口，偷偷往里张望着。

陈家琪一把将文文推进来："快和爸爸道歉，你看你把他气病了。"

文文瞪着梁少游，不说话，看了梁少游好一阵子，居然从嗓子眼里蹦出两个字："活，该。"

"你丫的，你个兔崽子说什么！"陈家琪一听，揪起文文就要揍。

梁少游恹恹闭上眼睛："没事，你们都回去吧。家琪，你还得回去修改你的封面文案。"

"封面文案？"

胜男不知道，有一天，陈家琪西装革履地夹着一个皮包，双手端着一个大盒子来到梁少游的办公室，十分正式地鞠了一个90度的躬，一字一顿地说："梁叔，我想在你这里实习，我不要一分钱，我爸爸生前是你的师傅，相信你也是我的好师傅！"

正在看自家编辑一摞又一摞选题的梁少游抬起头来，微笑，略一思忖："让我培养竞争对手吗？"

陈家琪从大盒子里取出一套紫砂茶具，从一个精巧的小圆筒茶盒里仔

第十章 遇见小淘气

细倒出茶叶，泡一杯冻顶乌龙双手递给梁少游，躬身道："这是敬师茶，整个业内，我只相信你！"

梁少游一愣，笑说："我喝乌龙茶上火。"

陈家琪从大盒子里再拿出一小茶盒龙井，又取出一个紫砂杯："明前的龙井，敬师茶。"

梁少游脸上的笑容于刹那间收敛。

点滴凉飕飕地滴入梁少游的血管里，梁少游的脸却是烫的，或许因为发烧，或许因为自己的狼狈——为什么每次总会病倒在这个丫头面前呢。

梁少游将脸侧到另一旁，虽是闭着眼睛，他却知道，丫头正看着自己。

梁少游突然想起西方人在教堂举行婚礼时神父对新婚伉俪的那句"你愿意嫁给他吗？无论贫穷还是富有，疾病还是健康，相爱相敬，不离不弃"。

贫穷时候，美琳跟着他，不离不弃。

生病时候，胜男跟着他，不离不弃。

梁少游突然就周身热汗淋漓，张皇起来。

卧室里静得吓人，梁少游听得见点滴瓶里细微的声响。

正在这时候，胜男兜里的手机也不合时宜地响起来，是凌查理。

"干什么？"凌查理问。

"在姐夫家。"胜男如是回答。

"那么晚了，怎么还不回去？"凌查理继续问。

"姐夫病了，我在盯着他的点滴。"胜男继续回答。

"我这就过去。"凌查理倒也义不容辞。

"不用了，我是护士。"胜男说。

"明天晚上打篮球把。"凌查理发出邀请，每逢周末，只要他不出任务，便会约胜男打篮球。两人的交往单纯得像一杯透明的冰水，没有多少温度。

胜男犹豫了一下。

"什么了？"凌查理继续问。

"姐夫的身体挺不好的,我不知道明天走不走得开。"胜男回答。

"我没事,感冒而已。"梁少游接话道:"和你小男友约会去吧。"

电话的那头,突然就一点声响也没有。

"查理?"

胜男试探着问,转身离开了梁少游的卧室,将门虚掩上。

"查理?"胜男又问了一遍。

"我去接你。"凌查理继续说。

"我……住姐夫家客房。"胜男有些支吾。

凌查理一如习惯的冷冰:"注意安全。明天我给你电话。"

胜男心虚地说:"好。"

凌查理便将电话挂掉。

之后,梁少游一直在闭目装睡,不知不觉,就真睡着了,第二天一大早醒来,洗漱完毕,走出卧室时,只见胜男跪在沙发上,端着一盆水正在擦沙发,显然是擦不下去,墙上的所有壁画她都擦过了,擦不去,便剩下了更为可笑的一块块灰突突的痕迹。

"笨丫头。"梁少游说。

梁少游说完之后,便穿衣出门,剩下胜男一个人刚要出门,便见文文手持玩具水枪,冲着自己的厚T恤喷。水凉丝丝的,胜男打一个喷嚏。

另一头,梁少游刚上车,便接到陈家琪的电话:"梁叔,我给你预约了专家。"

梁少游盛情难却,到了谢顶的专家那头,将自己的事情一说,专家冷静地透过镜片看一眼梁少游,梁少游似乎从中看到了严重性。

第十一章　生命的裂缝

梁少游回到公司时，陈家琪揉了揉伸长的脖子，一个箭步冲了上来："梁总！看我的选题和我写的目录！"一面说着，膏药似的黏在梁少游的身后，跟进了总经理办公室。

梁少游仔细审阅过之后，修长的眉毛却越敛越紧："报告单的右下角要标注页码，怎么又忘了。"

陈家琪已泡上一杯祁门红茶，双手递给梁少游："嘿嘿，我忘记了，先看内容吧。"

梁少游不语，再度审视了一番之后，将选题报告轻轻放回桌上："回去重写。"

陈家琪本一派得意的神情于瞬间定格，一双小眼睛闪闪烁烁："梁叔，你好好看看，我用了不少心思。"

梁少游摆手，示意他出去："我已好好看过了。"

"梁叔！"陈家琪十分不甘心地双手抵着老板桌，"我熬了一个通宵！能不能再看看啊！"

梁少游叹息一声，"过来。"

陈家琪便听话地站到梁少游座位旁边，弯腰弓背地冲着自己送的策划书。

梁少游修长的指头指着内文批叱道:"亢龙有悔?饕餮女儿诔?知你想策划一本好的历史读书,可是,实在太晦涩。倒也难为你,连《射雕》和《红楼梦》里的《芙蓉女儿诔》都搬出来了,可是,你写的是给大众读者看的书,不是贾宝玉写给死掉的丫环的祭文,看懂的人,实在是少数。"

陈家琪拧着鼻子说:"梁叔,现在市场上通俗的历史读物多的是!白痴都不会买那些了,不和别人不一样点,怎么能卖得出去啊!现在不是就是要品质和含金量和权威么!"

梁少游冷笑:"含金量?权威?OK,那读者为什么不去读《史记》《资治通鉴》《二十四史》之类,而来读你的书呢?"

陈家琪登时无言了。

"脱离大众趣味的伪阳春白雪,必定曲高和寡。中国乃至全世界的经济形势如此,现在连剑桥大学出版社的社长都说,英国的经济差到要恢复需要15年左右的时间,我们中国人本来就不富裕,有什么闲钱读莫名其妙的书呢?"梁少游继续说。

……

陈家琪头一次听到寡言的梁少游说那么多话。

"那怎么办?"陈家琪开始挠自己的头发,挠完头发挠自己穿着工装裤的大腿。

……

这一节课,梁少游洋洋洒洒谈了两个小时,妙语连珠、旁征博引,陈家琪彻底被折服,两个小时之后,但见梁少游额间大汗如珠,唇色如纸。

陈家琪忙问:"梁叔?你不要紧吧?是不是检查出什么问题了?"

梁少游低头去开自己的电脑屏幕:"没什么,脂肪肝而已。医生说让少吃油腻。"

"哦,"陈家琪刚说完,却吃惊地大叫:"不对!你那么瘦,怎么可能脂肪肝?"

第十一章 生命的裂缝

梁少游慵懒地摊手："不可能的事多的是，出去吧，谢谢你的专家。"

陈家琪满脸狐疑地捧着自己的计划书走出去，关门的时候，仍不忘看梁少游一眼，只见梁少游专注地看着另一本选题告诉，摇摇头，依旧不相信。

梁少游继续看策划书，看不到 10 册的时候，手机响了，一看是胜男，盯着屏幕，盯了许久，努力按住一个键，关机，之后，策划书上的一个字也没看进去。

胜男那边，凌查理带她去打篮球。一上场，胜男一个球没接住，球飞出场地，胜男一个箭步冲上去，脚一滑，单手落在人造的操场上，渗出滴滴血迹。

"怎么了？"凌查理紧凑上前去。

"没事。"胜男一脸大大咧咧的笑。

"笨蛋。"

凌查理冷冷嗔怪着，从包里取出一袋湿巾，这是从两人一起打球后他增加的习惯，从侧包里掏出一个长条的，撕开，给胜男已是黑红色的手掌擦干净，贴上。

"你有创可贴？"胜男像看长着兔子耳朵的狗狗似的看着凌查理那双修长的白手给握着自己的手掌，于是想起姐夫的那双优雅的手。

凌查理不理她，将创可贴的粘胶部分用力按了两下，站起身，后退几步，一个三分球入筐，双手的姿势美得像《灌篮高手》里的三井寿。

凌查理的手势持续着，入筐之时，右手握住成拳。

为什么，这两个男人的手都比自己好看。胜男有些惭愧。

想起梁少游，胜男又想起他昨晚躺在床上的蔫蔫病态，他到底怎么了？去医院一天了，也该检查结束了，手机关机，到现在都没有开机，该不会是……

"在想什么？"凌查理一个球扔过来，轻轻砸在胜男的肩膀上。

胜男试图接住，手慢了一步，球落在地上，凌查理飞身跑过来捡起，声音掩饰不住失望:"回去吧,今天不打了。"

"没事!我能行!"胜男装着笑脸:"你是怕我了么?"

凌查理冷哼一声,侧身运球:"我要进攻了。"

胜男刚挥起双臂,凌查理转身,单手上篮。

"不好意思,我刚才疏忽了。"胜男赶紧道歉。

凌查理将球抛给胜男:"你来。"

胜男运球,运几下,球被凌查理抄走,凌查理跳起身,又进一球。

差不多的身材。

胜男望着凌查理高挑却不巨大、精壮却不彪悍的身姿,依稀想起多年前的家附近操场上,英姿勃发的姐夫在球场上快攻、抄球、灌篮时候的场景。姐夫和那帮人差不多高,甚至那些人是高中的体育生,而姐夫是学经济的,在众人中间,却像明珠一般耀眼。

小时候,胜男个子小,是美琳和姐夫的建议,以至于,篮球成了她从小玩到大的运动,也是将她变成金刚妹的运动。

"再来一个!"

凌查理将球传给胜男时,球打在胜男脸上。

凌查理知道没事,因为,他根本没用半点力气。

胜男接起球,刚要向篮架进攻时,隐隐约约便听到了一点声响。

"不好意思!"

胜男扔下球:"好像有我的短信!"

从自己的包里掏出手机,手机却没有任何动静。

"啪!"

胜男被突如其来的砸篮筐声吓到了,抬起头一看,原来,凌查理在灌篮了。

凌查理双手把在篮筐上,篮板的嗡嗡声依旧留有余音。

"对不起。查理,我觉得姐夫好像出事了。"胜男赶紧道歉。

凌查理从篮筐上跳下,神色一如万年的冰山,不见任何新动静。

第十一章 生命的裂缝

凌查理开始左右前后运球,运球,然后,后跳投球,球没有进。

"不怪你,我们都没有心情,走吧。"凌查理说,说完之后,披上外套,留给胜男一个落寞的背影。

凌查理带胜男去了王府井小吃街。

各种糖葫芦、玉米、卤煮火烧、炒肝、狗不理包子、炒面、油炸灌肠、爆肚、烤羊腿、驴打滚、油炸冰激凌、奶油炸糕、金丝卷饼……胜男兴致勃勃地抓着油炸冰激凌、羊肉串和狗不理包子,凌查理望着在灯火下胜男黑溜溜的大眼睛和丝毫不加掩饰的难看吃相,嘴角忽然就轻轻弯起。

"有的东西,物美价廉,可惜是被别人先买去了,你再争取也没有用。"凌查理忽然感慨道。

胜男有些心虚:"查理你在说什么啊?吃包子!"

凌查理忽然就抛出那么一句话:"你爱梁少游么?"

"嗯?"

胜男手里一松,包子失落在地上。

"不是喜欢,是爱。"凌查理认真地望着胜男。

爱?

这个词是不是用得重了些。

胜男小学时候喜欢仙道、反町隆史,郑少秋,周润发,初中时喜欢梁朝伟、陈道明、张学友,后来便是《火影忍者》里的卡卡西,《死神》里的浮竹十四郎、蓝染,《海贼王》里的香克斯……都是喜欢。

胜男想着想着,突然就发现,自己喜欢的男明星几乎和同龄人不太一样,都是大叔级人物。

爱。

眼前人来人往,胜男瞳孔中皆化为虚影。

梁少游各种样子在她的脑海里开始过电影,一幕又一幕,看得她心跳加速,血液沸腾,呼吸几乎要停止。

病得脸色煞白的少游、三步上篮时雄姿英发的少游、谈吐潇洒的少游……为什么之前从来没考虑过这个问题呢?

"回答我。"

凌查理不依不饶地问。

胜男摇头。

"你大概自己都没想过这个问题,是吧。"

凌查理从袋中掏出一只包子,边吃边说。

胜男点头。

凌查理吃完一只包子,掏出手机,拨出一个电话。

接通了,只听凌查理说:"是我,凌查理,你的东西丢在我这边,来领吧。开会?好。"

走在王府井步行大街的中央,两人忽然就不约而同,一句话也不说。前方有一行人迎面而来,其中有个年轻俊秀的男子坐在轮椅上,一个美丽的长发姑娘推着他。

"看。"

凌查理说。

胜男一愣,忽然想起自己推着刚做完手术的少游去机场的那一幕。

忽然,胜男觉得周身被包围住了。

视线成了一团黑而健康的头发。

凌查理在抱她。

继上次受伤之后,这是两人唯一的一次亲密接触。

凌查理的怀抱越来越紧,紧得胜男透不过气来。

来来往往的人群,中国的、外国的、男的、女的,似乎已成了另一个世界的人。

胜男动动胳膊,想回应这个英俊的小男人,又想拒绝他,犹豫着犹豫着,眼前空白一片。

"硬死了。"

第十一章 生命的裂缝

终于，凌查理松开胜男，轻轻敲一下胜男的头。

通明的灯光下，凌查理看着这个傻乎乎的女孩子的脸：一双明润的大眼睛，尖下巴，花瓣似的唇。

胜男依旧是迷茫的。

拥抱过之后，凌查理忽然觉得心情舒畅。

算是吃豆腐么？

两人似乎是男女朋友，却又似乎不是，就当是过吧，过字，从现在开始。

"你干吗？"胜男不解地问。

干吗？当然是抱你。抱回从前的那个拥抱。

凌查理转过头来，像是点拨一样："你对感情深到你自己都不知道。"

胜男于是追上去，激动地大声道："你胡说！"

凌查理沉默。他希望是胡说，可惜骗不了自己的情感，更骗不了自己的骄傲。

秋风起了。

转身，便是冬天了。

地铁里的风很大，大得像在警醒什么，又像是在昭示什么。

凌查理的鼻子冻得有点红，那个金刚妹却像铁打的似的，站在那里，抓着电话，一遍遍打给梁少游，巍然如雕像，两人什么话也没说。

凌查理将胜男送回琳琅苑，那个胜男再次回归的地方，粉红灯光依旧，室内的摆设依旧，凌查理喝过一杯热水，在茶几上发现了一个东西，一只护腕，凌查理猜是上午陈家琪帮胜男搬家时候不小心落下的。

凌查理于是庆幸起来——比起那个傻小子，胜男显然是喜欢自己的，可是，她的心里埋藏着一种深不见底的东西。

"你看什么呢？"

胜男见凌查理那双狭长的凤眼细细打量着这个屋子，十分奇怪地问。

凌查理努力将胜男室内的东西记忆在眼中，印在脑中，粉红色的草莓灯，玻璃茶几，棕色的旧沙发，卧室……卧室没什么好看的。

"我们永远是朋友。"

终于，凌查理将胜男的客厅打量了三遍之后，起身，如是说。

胜男看着凌查理望着空洞墙壁的眼睛，终于明白，凌查理奇怪了一晚上，原来是在讲分手告白。

可是，胜男从他留恋在空气中的目光中找到了种种不舍。

凌查理受伤的那段时间，胜男也为他煲过汤和粥，他是她的初吻。她以为两个人要在一起的。

凌查理起身，几步冲出房门，胜男没来得及反应过来，凌查理已消失在楼道中。

胜男怔了许久，给梁少游打电话，依旧打不通，将电话打至座机，梁家的保姆接起来，胜男急忙问他在家么，保姆说，梁少游晚上好似有应酬，喝醉了。

"他不是身体不好么！喝那么多做什么！"

胜男不知为什么，竟抓起包冲出门口，跑在古老的大院中，胜男终于想明白了自己的感情，她不知道，于暗处，依旧有人在目送着她的身影。

八点半，还有公交车。

胜男跺着有些发冷的脚等公交，终于等到，气喘吁吁地下车冲到梁少游的家中，保姆给开门之后，十分惊异："姑娘，这么晚，你怎么来了？"

胜男微笑，算是回答，径直走向梁少游的卧室，一开门，却愣住了。

只见梁少游和张颖拥吻着，梁少游优雅的大手穿越张颖的黑发，张颖双臂紧紧抓着梁少游的双肩。

两人似乎没有听到开门声，梁少游的长手指顺着张颖的长发继续游走。

胜男以为两人是闹着玩，不动声色地屏住呼吸，继续观望。

可是，接下来的镜头让胜男羞红了脸。

胜男就这样站在门口，她以为自己会大叫，以为自己至少会把张颖抓起来扔出去，可是她什么也没有做。

胜男看着两人进行着成人的事，悄悄退身出来，把隔壁的客房关上门，无力地抱着双腿坐在冰冷的床上。双臂越来越无力，她干脆蒙上被子，让自己在被子里大声呜咽，哭了一阵，没了眼泪。

姐夫不该是这样的。

"你当我是柳下惠呢还是当我是魏忠贤？傻丫头，好了，我走了。"

胜男想起数月之前，自己傻得像头猪一样，居然邀请姐夫在自己那边过夜时候姐夫的隐忍之言。

是隐忍，还是没有兴趣！

他却对张颖有兴趣。

胜男爬起来，看一眼梳妆台前的泪人，就懊恼起来。

镜中的泪人，虽然有一双大眼睛，却肿得像兔子，一头短发因刚才的一顿折腾，乱得像鸡窝，那一夜，全是乱七八糟的梦。

胜男梦见自己抱着姐夫和张颖的儿子，梦见姐夫病得只剩下皮包骨躺在医院的病床上，梦见自己的双臂都能抱起骨瘦如柴的姐夫，所幸的是，姐夫瘦成那样，依然是英俊的。

胜男梦见姐夫眉头抽成一团，一侧脸，吐了许多鲜红的血……

醒来时，胜男周身发冷，发际依旧是湿漉漉的。

看一眼床头的表，已是中午12点。

隔壁的张颖醒了许久，因为枕边人一直呼吸均匀地睡着。

张颖轻轻偎依在梁少游怀中。

一种满足感油然而生。

或许，得到他的方式有点卑鄙，不过——张颖想起工藤静香捕获日本的国宝木村拓哉时用的伎俩，心里仅存的一点内疚感也荡然无存了。

喜欢了这个人那么多年，头一次啊。

张颖的手情不自禁地有了动作。

梁少游睡眠轻，忽然感觉到身上的一阵异样，微微睁开眼睛。

侧脸，身边人不是自己想要的。

"昨晚用的什么药啊？有副作用么？"梁少游揉揉太阳穴，支撑着胳膊坐起来。

"你说什么呢？我怎么听不懂？"张颖一脸无辜。

梁少游认真地望着张颖："我可是男人。"

张颖吃惊地望着梁少游。

"起来吧，你也回自己家好好睡去。"梁少游依旧是平静如湖水。

张颖有些失望地离去，她希望梁少游对自己发火，对方的冷漠出乎她意料。

梁少游走出卧室，准备吩咐保姆做午饭时，却见胜男正往文文口中喂鸡蛋羹，文文吃一口，吐一口。

"胜男？你什么时候来的？"梁少游问道。

胜男抬头："昨晚上，我听说你喝醉了，怕你身体出问题，就过来了。"

傻孩子，居然为这事来等我。

梁少游心下一阵钝痛。

梁少游吃惊地望着胜男肿得像被水泡了一晚上的眼睛，心下明白了几分，却又不好解释，只好对正在摘菜的保姆刘阿姨打招呼。

胜男见梁少游精神蔫蔫的，忍不住问道："姐夫，你检查过么，身体有什么问题么？"

梁少游轻描淡写："脂肪肝而已。"

胜男腾地站起来："我学医的。你骗我。"

梁少游依旧面不改色："要给你看化验单么？"

胜男不服气："要！"

梁少游便带她去正厅，包里的化验单赫然。

胜男仔仔细细地看过三遍之后，瘪瘪嘴："那我就放心了。不打扰你们了。"

梁少游左肋间又传来一阵隐痛，强忍着，笑问："怎么，要和那个小警察约会么？"

胜男笑得比哭还难看："分手了。"

第十一章 生命的裂缝

难道不成，丫头是来找我哭诉的？

梁少游忽然有些不自信起来，对于女人，这种不自信，多年来，算是头一次。

"能走到一起不容易，有什么不能解决的呢。"梁少游勉力笑着，将身子埋入沙发中，隐痛却加剧了，汗珠迅速贴上了他的脊梁。

胜男努力忍着泪水，使劲眨眨眼："嗯。所以，你和张颖姐要好好相处，我走了，姐夫保重身体。"

说完，悻悻转身，梁少游起身一把牵住胜男套着厚外套依旧稍显单薄的胳膊："胜男！"

胜男眼圈红红的，巴巴望着梁少游："怎么了？"

梁少游的鼻尖迅速蒙上了一排细密的汗珠，强忍着痛，笑说："不是你想的那样。"却就此噤声。

胜男勉力笑道："你不用内疚，你喜欢的人胜男也喜欢，你想做的事，胜男都会支持，我不生气，我回去了，你给我布置的作业我还没完成。"

"胜……"

梁少游眼看着胜男像一头受伤的小鹿似的垂着头离开，心理针扎似的，想追上她，却左肋下痛得浑身乏力，只得眼睁睁看着她背上挎包，不快也不慢地走出去，捂着自己的肋下，双目紧闭，脱力地斜倚在沙发上。

疼。

嗤嗤——

梁少游忽然脸上一凉。

微微睁眼，原来是文文。

"爸爸，胜男姐姐跑了？他不当你媳妇了？"文文一面说着，一面恶作剧地哈哈大笑。

梁少游吃力地将双腿挪上沙发，满身的汗，一会儿便昏昏睡去，醒来的时候，已经是第二天早上，睁开眼时，文文正欣赏一件古董似的打量着他。

"睡了很久。"文文手里拿着一把小水枪。

梁少游对文文微笑:"难得你没调皮。"

文文盯着梁少游疲惫的脸,垂下圆圆的大脑袋:"爸爸,你以前身体也那么差么?"

梁少游抚摸着文文的大脑袋:"当然不是。爸爸年轻时候可是篮球队员。"

文文开始使劲抠水枪的开关:"那你是被我气的么?"

梁少游笑着摇头,坐起身来,拧拧文文的小脸:"傻孩子。对了,如果你不喜欢爸爸,爸爸就送你回上海。"

文文使劲摇头:"妈妈不要我了。"

梁少游叹息一声:"爸爸很想把你养大,可惜没精力了啊。"

文文开始哇哇大哭。

"爸爸,文文错了!呜呜呜——,文文自己在家很孤单,想你陪,呜呜——"文文先是大哭,哭着哭着,就干号起来。

梁少游叹息一声,一面抹着文文的眼泪,一面笑说:"别哭了,爸爸带你去欢乐谷玩摩天轮。"

文文继续大哭:"我要胜男姐姐也一起去,你却把她气走了,呜呜——"

梁少游略一思忖:"不行。"

文文开始就地打滚,在梁少游的卧室里滚过来滚过去,嗷嗷嚎叫着。

梁少游终于知道,为什么那个女人要让他来教育这个孩子。

保姆听到干号声,也过来求情:"梁先生,这个孩子很孤单,只有胜男姑娘陪他玩,让胜男姑娘一起去吧。"

梁少游觉得自己也坚持不下去了,只得给自己个台阶下,装着严厉说:"文文,那你以后还欺负胜男姐姐么?"

文文拍拍屁股站起来,停止了没有一滴泪的干号:"不欺负她了!"

梁少游嘴角闪过一丝苦笑。

胜男答应了文文。

梁少游便开车去琳琅苑接胜男，同文文一起上楼找到胜男的时候，却见胜男忽然间长了一头飘飘长发。

"姐夫，我的头发好看么？"胜男抓起一绺长长的青丝。

梁少游吃惊地望着胜男：睫毛被涂了，长长的，卷曲浓密，眸子幽幽闪烁着，挺秀的鼻，巴掌大的小脸。恍恍惚惚之间，便觉得，当年的美琳穿越时空而来。只不过，这个美琳更高了些，骨骼更硬了些，胸部更……太平公主了些。

"好看。"梁少游刚要摸摸那头青丝，却又忍住了，笑问："什么时候买的假发？"

胜男咬咬唇，垂下肿胀未消的眼皮："昨天。"

梁少游眉头一紧。

"明天就要去你的公司上班了。我知道我长得不如姐姐，也不如张颖姐，怕人家笑话我难看，丢你和姐姐的脸……"胜男抿唇，强颜欢笑。

梁少游的右肋又吃痛起来。

"摘下你的头套。"梁少游上前几步，一双优雅漂亮的大手一把将胜男的头套扯下。

可是，胜男原先的头发因为头套的按压，竟像一个小锅盖似的扣在了她脑袋上。

文文哈哈大笑。

胜男照一下穿衣镜，尖叫一声，冲进洗手间。

文文继续大笑，梁少游却再也笑不出来，掏出早已撕掉包装的药瓶，吞下几颗药粒，又趁中午吃饭的时间去洗手间偷服了几颗，整整一天，疼痛居然没有发作。

那是文文和胜男，也是梁少游许多年来最快乐的一天，乘上一辆电瓶车，自"爱琴港"出发，依次缓缓穿越"失落玛雅""香格里拉""蚂蚁王国""亚特兰蒂斯""峡湾森林"六个主题区。一座座小镇、古塔、码头、桥梁，一处处山峰、森林、海滩、花园，一方方雕塑、雕刻、壁画……从三人眼前一一闪过，三人像三口一家人似的，于飞车之间狂喊，在崇山峻岭和玛雅人对太阳的崇拜中穿梭，坐上那座巨大的过山车"雪域金翅"，变身传说中香格里拉的守护神金翅鸟，正在俯冲过去帮助那些在茶马古道上遇到危急的人……

夜晚归家时，已是晚间。

梁少游同文文哼着走调的歌，驱车刚驶出琳琅苑，胃内便开始传来阵阵恶心。

梁少游强忍着，掏出几粒药大口吞下，将车开至附近的一家医院门口时，胃内一阵翻江倒海，再也忍不住，打开车门，狂吐起来，吐着吐着，胃里抽搐得像是被孙悟空狠狠搅打过，连胆汁也吐出来了，腿也支撑不住体重，瘫软成一团，文文吓得大哭起来："爸爸，你怎么了！"

梁少游被胆汁呛哑了嗓子，说不出话来，眼线也越来越模糊，随着身体倒下的一霎间，意识全然消失。再次醒来的时候，如意料中躺在医院的病床上，勉力睁开眼睛，却见陈家琪一双小眼睛一眨不眨地瞪着他，满脸哈士奇一样的虔诚："梁叔，怎么样？"

梁少游吃力地笑笑："没事了。"嗓子沙哑得如恶魔。

陈家琪喂他喝一口热水，梁少游努力咽下，环顾下病房，一边寻找着："文文呢？"

陈家琪看一眼点滴的进度，说："你的手机他只认识陈家两个字，就打电话给我，我来之后，就让保姆送他回去睡了，他本来不走，被我哄得哭着走了。"

梁少游看一眼墙上的挂钟，怏怏地说："两点多了啊，今天上午九点十五要开选题会……"

"住院吧。"陈家琪打断道。

"家琪你回去睡一觉吧，别耽误上午的会……"

第十一章 生命的裂缝

"住院吧！"陈家琪继续打断。

"让胜男坐在你隔壁的格子间，怎么样？"梁少游继续说。

"住院吧！"陈家琪提高了嗓门："不能再拖了！扩散的很快！"

梁少游侧过脸去，不再说话，显然，面前的傻小子已全然知晓。

梁少游思忖了几分钟之后，努力支撑着因胃部痉挛而没有一丝力气的身体："先不要让人知道，好不好？"

陈家琪忍不住问："为什么！你发病的时候骗得了谁！"

知道的人多了，游天琳就会危在旦夕。如果不治疗，剩下的半年怎么活？周游世界，死在为人不知的地方，让他的消失成为一个传说？可是，家琪尚且不成熟，那个傻丫头更是什么事也不懂，文文还是个孩子……

于是，早上九点十五分，所有编辑在会议室看到了容光焕发的梁少游，和眼袋肿了一片的陈家琪，还有一个新来的女孩子，个子挺高，大眼睛。

陈家琪不知道梁少游是怎么做到的，虽然他的嗓子哑得厉害，可是，谈笑风生，与编辑们讨论选题的时候更是精力充沛，惹得女编辑们花痴得眼珠子都要瞪出来。可是，众女编辑一致否定了陈家琪费尽心思拟出的目录。

会议结束之后，陈家琪气呼呼地推开梁少游的办公室门，见梁少游正躺在沙发上闭目养神，气势便弱了三分："梁叔，你不好受么？要去医院么？"

梁少游依旧闭着双目："有点困，我没事。"

陈家琪见他没事，气又上来了："你不是累糊涂了吧！这本书不是挺好的么！怎么我都写好了目录，又不出了！"

两人交流了一上午，陈家琪终于心悦诚服出门，忽又想提醒梁少游注意身体，刚一进门，只见梁少游正用针管往胳膊上注射什么。

陈家琪第一反应便是那种东西。

"梁叔，你疯了！"陈家琪一把夺下。

梁少游伸手："还给我。"

陈家琪摇头："不给！"

梁少游神情严肃："我一会有重要的事。"

陈家琪干脆将针管扔进垃圾桶："别找死了，梁叔你赶紧接受治疗吧！"

梁少游摇头："在事情没安排好之前，我不会入院的。"

"那我就告诉胜男！"陈家琪咬牙切齿地说。

梁少游心跳加速，唇角微微抽动。

几秒钟之后，他却恬然一笑："对了，我可是安排你们在相邻格子间，珍惜这个机会啊。还有，中午我去见新华书店的老总，你得替我挡酒去……"

陈家琪气得拍着梁少游的桌子打断道："够了，什么挡酒！你是想把我引荐给他是吧？安排后事么？他们下午喝酒、唱歌、玩女人，你走开不就成了！就因为这事就要打乱治病的疗程，要打吗啡止痛？那中午的活动你取消吧！"

梁少游若无其事地说："当然不止这件，下午还要参加文文的家长会，都不知道能参加几次了，他的学校离家比较近，但是好像一般，我想给他转校……"

陈家琪捏着拳头："梁叔你真他妈是个傻子！别光安排我们，你什么时候接受治疗？"

梁少游敲敲笔，忽然就一副终于想起来的表情："对了，我让胜男写的对畅销图书的认识，她还没交给我呢，你让她过来交份打印稿。"

陈家琪摇头："不去！"

梁少游笑着打趣家琪："还像个小孩子呢，几个月之后，我在那边见到你爸，他会怪我没教好你。"

陈家琪认真地看着梁少游："那你多活几年，明天给我住进医院去！"

梁少游将自己的表指给陈家琪看："明天是胜男的生日。"

"后天。"陈家琪说。

"后天我回一趟青岛老家。"梁少游笑说。

陈家琪摔门而去,梁少游叹息一声,从抽屉里掏出一包烟,点上,刚吸一口,右肋便开始阵阵抽痛起来,只得狠狠将烟掐灭于水晶灰缸中,掏出药片,一仰头吞下,大口大口喝水。

右肋的疼痛加剧了,一阵又一阵的胀痛疼得梁少游双目睁不开也合不上,整个人蜷缩在转椅中,一滴滴汗珠从他的太阳穴处大颗落下。

不能在这里发作,坚决不能!

梁少游哆嗦着手,紧捂着右肋处,疼痛没有因此而减轻半分。梁少游努力挣扎着,用另一只手摸出包里的一只针管,还有一小玻璃瓶止痛的,奇效药……

"妈,我回来了。"

梁少游带着文文敲门的时候,才意识到,自己竟没有家里的钥匙。喊妈的时候,梁少游的声音有些微颤。

环顾一周,家里的一切摆设依旧,三室一厅内没有任何变化,只是空着的两间屋子让这个120平的房子略显空荡而苍凉,苍凉如母亲的白发。可是,母亲的变化并不大,不像这个城市——一路上,广告牌是陌生的,许多楼也都拆了盖上了新的,只有在不变的县级市中心的家的树,因为靠近市政府,大树参天,亭亭如盖。

"老二?哎呀妈呀,怎么瘦成这样了?这个是?"梁母接过梁少游手上提着的营养品放在地上,轻轻摸摸少游瘦得刀削过似的尖脸,摸着摸着,梁母满脸的纹路就似乎重了些。

"最近有点忙,过了这一阵子就胖回来了。这是你孙子,梁东文,文文,快叫奶奶。"梁母探下身去摸文文的头,梁少游笑着微微拢起梁母垂到视线里的一绺白发。

"奶奶!"文文朗声喊着。

"孙子?什么时候的?这么大了,我怎么不知道?唉,文文真乖。他妈妈呢？"梁母一边刮着文文的小鼻子，一面嗔怪着："忙，忙，忙，就知道忙，傅彪和罗京忙出什么结果来你没看见么？"梁母紧着有些花的双目仰头打量着儿子，嗔怪着。

梁少游心里咯噔一下，脸上却是微笑："他妈妈不在呢，这事您就甭管了，以后给您娶个比美琳还好的儿媳妇……"

梁母端上一盘香蕉、一盘橙子，一面给文文剥香蕉，一面抱怨："你就挑吧。回来也不说一声，对了，你怎么不是周末就回来了？"

"哦，"梁少游笑说："刚忙完一阵子，又将儿子认回来了，一忙完就抽空领回家给您和爸看看。"

"回来就好，给你哥打个电话，让他一家三口晚上回来吃饭。"梁母知道是梁少游在外面的风流账，当着孩子的面，也并不多问，一边说着，走到门前开始换鞋，梁少游急忙握住母亲干涩的手腕："妈，我和您孙子刚回来你怎么就出去了？"

梁母一面换自己的平底布鞋，一面抬头看自己的儿子："看你瘦成这样，家里又没有小孩吃的，妈去买点菜，顺便买点肉，晚上老大带着霏霏和惠娟来吃饭。"

换做以前，梁少游肯定是哦一声，便倚着沙发敲着二郎腿看球赛或者经济频道，这次，他却连忙起身："妈，我去吧。文文，你留在奶奶家看电视，不准捣乱。"

文文拼命点头："好！"

"你们年轻人哪会买菜！"梁母看一眼少游，一脸的宠溺。

年轻人。父母面前果然如此，多大的子女都会被看成小孩子。

梁少游眼圈有些发热："我还年轻人呢，要买的东西不少，我陪您老人家去？"

"算了吧，你开着你那车，在菜市场刮一下我还怪心疼的。"梁母已经开始穿外套。

"我这次没开车。坐飞机回来的。"梁少游急忙穿上鞋，脚有点肿，穿

第十一章 生命的裂缝

鞋时稍微费了点力气。

梁少游勉力赔笑，挽了母亲胳膊去买菜，购买了一堆战利品回来的时候，梁父已经在和文文笑着、闹着，沙发上的垫子、抱枕，桌子上的盘子、杯座掉了一地。梁父没退休的时候，是县里的某局领导，多年来一直板着一张老脸，号令全局人和全家人，因为梁少游当年毕业的时候没有听从他的安排，多年来父子一直关系僵硬。没想到突然多了个孙子，他竟然乐出一脸笑纹，像个老小孩似的。

"死小子，我不管他是你和哪个女人生的，他是我梁浩远的孙子，你就得给我好好教养他！"父亲的声音依旧底气十足，教训人的腔调，这是多年来梁少游一直耿耿于怀的事，可在这一刻，梁少游耳中竟听出无限的亲切。

梁少游忽然就觉得眼角有些湿润。

"那是必然。"梁少游从自己的休闲西装里掏出一只碧玉鼻咽喉："爸，给你的。"

晚上，少游的大哥一家三口回来，全家七个人吃了一顿团圆饭，因为有两个孩子，这顿饭前所未有的热闹，饭后，梁少游和哥哥梁少钦一路在市中心的大桥上漫步，梁少游想拜托少钦以后照顾整个家，却终究没有说出口。

梁少游带着文文乘第二天7点50起飞的航班，一路上，梁少游闭目养神，连航班提供的饮料都未动一口，生怕在空中发病，8点55到达机场，解下安全带时候，终于送了一口气，但右肋处的胀痛感却应时而来。

吞下几粒止痛药，梁少游装作若无其事地领了文文下飞机，走在阶梯上时，梁少游视线有些模糊，脚下也有些发软，他咬牙挺着，带文文下了飞机，周三的早上人并不多，人来人往的对话声、行李箱咕噜咕噜的摩擦声却让梁少游闻之如雷，右肋处的胀痛更是犹如皮球要撑裂一般，走着走着，梁少游牵着文文小手的手便颤抖起来。

文文仰头看一眼梁少游："爸爸，你怎么了？要打120么？"

梁少游的手抖得越来越厉害，浑身也开始颤抖，痛苦地紧闭双目："手机在我包里……"

文文急忙去摸梁少游的包，手机尚未摸到，梁少游脚下已软得犹如陷入了沼泽地一般，下陷，下陷，文文拖着哭腔，冲着人群大喊："救命啊！"

"不要告诉……胜男。"

梁少游双腿一软，呕出一口血，跪倒在地的那一刻勉强说。

陈家琪赶到医院时，急救还在继续，文文一个人背着小书包坐在休息椅上，没有像上次那样大哭，皱着小眉头，嘟着嘴，一言不发。

"文文！"

陈家琪一把将文文抱住，"你爸爸怎么样啦？"

文文像小大人一样，神情严肃："家琪哥，爸爸刚才被送来的时候，脸上脖子上身上全是血，不过，我相信爸爸会没事的，他答应过爷爷他会把我养大。"

陈家琪拍拍文文的小肩膀："文文你真是个小爷们！"

文文挺着小胸脯说："我是男子汉！"

陈家琪像拍大人似的拍一记文文的后背，文文被拍下了椅子："好样的，男子汉，以后不准惹你爸生气了！你爸爸现在身体相当虚弱，不经你气，知道么？"

文文点头："知道了！"说完之后，却搂着家琪放声大哭："家琪哥哥，爸爸会不会死啊，呜呜呜呜……"

家琪忙捂住文文的嘴："嘘——别影响抢救！"

文文的鼻涕眼泪混在一起，将陈家琪的手掌糊得粘糊糊一团。

几分钟之后，康医生和几个护士缓缓推着病床出来，康医生的背后湿了一大片。陈家琪急忙凑上前去："舅！梁叔怎么样？"

康医生摘下口罩："暂时脱离危险了。他到底干什么去了？上消化道大出血，肿瘤也有增大趋势？"

第十一章 生命的裂缝

家琪摇头:"他就是回家了一趟啊?"

康医生镜片后的眼睛透着一股冷血式的冷静:"这个人总想什么事都自己担着。他让我们替他保密,反而让他心理压力更大,我看都不如让该知道的人都知道。"

"可是,如果他病的消息传出来的话,他的股票就得跌,很多事情就不在控制中了,他会受的刺激更多啊!"陈家琪解释着。

康医生的冷静超乎家琪的想象:"都病成这样了,还做什么商人?把股票和公司都卖了能换一条人命也算他赚了。"

陈家琪挠挠头:"那现在怎么办啊,切除肿瘤还是肝移植?"

康医生摇摇头:"他现在很虚弱,这两样都无法进行,先让他恢复体力,补充营养,等白细胞数目达标了再说。"说完,一面摘手套,一边往洗手间走。

陈家琪一愣,追上推床,床上的梁少游虽然脸深深埋在氧气罩之下,却掩饰不住失血后的煞白。

"爸爸,爸爸你睁开眼吧。文文以后再也不惹你生气了。"文文一边抹着泪,一面盯着双目紧闭的梁少游说。

陈家琪搂住文文:"乖,别吵。"

直到暮色已深时候,梁少游才微微睁开眼睛。

视线里模模糊糊有个人影在慢慢清晰,梁少游心里咯噔了一下,浑身像是被一块巨大的石头压着似的,纹丝动不了,视力渐渐清晰,梁少游见是陈家琪,心方安了些,陈家琪见梁少游醒来,急忙握住梁少游那只没打点滴的手:"梁叔,你怎么样了?"

怎么样,浑身动不了,难受死了。

梁少游想安慰陈家琪,我没事,却力乏得发不出声,吃力地回给陈家琪一个笑,无奈脸遮在呼吸罩之下。

"别丫的笑了,笑得那么吃力。让胜男过来陪你吧!"陈家琪说。

梁少游痛苦地闭上眼睛,使出全力,摇头。

第十二章　真爱至上

"喂，陈家琪，昨天你干吗不接我电话？"

第三天一大早，陈家琪刚进公司，便见胜男站在座位边候着自己了。

"别提了！丫的我那个哥们儿失恋了，想跳楼。陪了他两天！"陈家琪装得十分气愤。

胜男有点怀疑地望着陈家琪那双有了大眼袋的小眼睛："是么？"

陈家琪被胜男盯得心慌："对了，你不是跟那个死警察分手了么？我给你介绍下我这个哥们怎么样？"

胜男摇头："不要。"

陈家琪拽着胜男的肩膀："别啊，我哥们人长得很帅啊！"

胜男一把拖下陈家琪的手："吓我一跳，我还以为你和我姐夫出事了。你的电话整整两天都不通，他的电话也关机。"

陈家琪小眼睛微微一闪，咬咬唇，大笑："哈哈哈！你不会以为我和你姐夫发生什么事了吧？你放心，真发生了，我也会很温柔对他⋯⋯"

胜男急忙双手捂住陈家琪的嘴，悄声说："喂，你注意点影响好不好！"

"唔唔唔——"陈家琪似乎还是在拼命说，无奈胜男的大手掌使劲捂着。

陈家琪只得住口。

胜男放下手，一把按下陈家琪："哎，你知不知道他去哪里了？"

陈家琪勾勾手指头："过来。"

胜男便急忙将耳朵凑到陈家琪的唇边，陈家琪悄声说："梁叔带着聘礼去你家，向你妈妈提亲去了！"

胜男冲着陈家琪的肩膀便是一锤，捶完之后，脸上飞上一层绯绯红云，血液和心跳瞬间加速。陈家琪拍一记胜男的脑袋："喂，小笼包，你丫就真的这么想嫁给梁叔？"

胜男低头，开始看电脑屏幕。

嫁？嫁。

她以前从未想过。凌查理未提醒她之前，她只知道，姐夫是她很重要的人，凌查理提点之后，她只知道，自己想和他在一起，嫁人……

他喜欢自己么？如果喜欢的话，自己真的要和他，那样么？

想着想着，胜男脸上一会儿恐惧、一会儿幸福，竟拄着腮，微笑着望起了白花花的天花板……

与此同时，梁少游也是第一眼迎上白晃晃的天花板。

前晚在强迫家琪不要告诉胜男之后，他便又昏睡过去，不知自己已昏睡了一天一夜。

手脚依旧软得厉害，像是被点了穴似的，梁少游想坐起来，可惜身子沉得像有千斤重。

呼吸罩依旧罩在脸上，梁少游想抬起手臂摘下来，手指动了动，办不到。

梁少游只得任自己的脑子开始遐想，突然就记起少年时候的篮球时光。那时候，梁少游的位置是小前锋，也曾因对方的王牌球员是后卫而让一米八四公分的他打过后卫，自己的每场平均得分是40分……

吱呀一声，病房的门开了，梁少游的心一阵紧张，却见是一个少女护士。

"你好，梁先生你醒了。"小护士的声音甜甜怯怯的，有些害羞，梁少游见惯不惊。自己让异性脸红的次数一个月内会发生多少次，他数不清。

梁少游回以礼貌的一笑，笑完之后，才发现自己脸上的表情人家看不到。

"请漱口。"小护士端过一个温水杯，将梁少游的头轻轻抬起，除下氧气罩，梁少游饮一口水，一面冲刷着口腔，对这种服务显然有些不习惯。

漱口之后，护士便开始给梁少游洗脸，洗脸之后，竟然连胡须也代劳剃掉了，梁少游不自在起来："谢谢你。"

小护士满脸微笑："不用，这是我的工作。"

小护士开始给梁少游擦手："梁先生的手真好看。"

梁少游于是想起胜男那双并不好看的大手。

"梁先生在想什么？您别难过啊，您现在身体很虚弱，过几天就有力气了。"小护士说着，问了一个让他非常尴尬的问题："梁先生，要给您擦身体了，可以么？"

梁少游双目一瞪，怔了一下。

不愿意。一百个不愿意，一千一万个不愿意……

初冬的阳光微微探进病房，康医生拉开窗帘，窗外的杨树上光秃秃的，偶有几片干叶子，黑里泛着棕黄，像老人老年斑的颜色。

窗外似乎起风了，凉得梁少游体力不支，胡思乱想着就睡着了，下午醒来时，手上依旧在打着点滴。

吱呀一声，门被打开。

梁少游正在默默地想自己也没法子反锁，也没法子开门时候，一声"爸爸！"，让他精神稍微清醒了些。

梁少游看到文文抱着一个保温瓶跑到自己面前，保姆刘阿姨紧跟其后。

"文文，放学了？"梁少游瞄一眼文文的背后背着的书包，那是从上海将他带回来的时候买给他的。

"放学了！爸爸，这是刘阿姨给你熬的粥！铁树叶红枣粥！能治你的病！"文文说着，将保温瓶小心地搁在床头的柜子上，有模有样地旋开保温瓶的盖子。

"别烫着。"梁少游忍不住侧过脸紧跟着文文的小手叮嘱道。

刘阿姨急忙去夺文文手中的碗，文文一把推开："我来！"

刘阿姨看一眼梁少游，梁少游轻轻颔首眨眼，表示允许。

只见文文肉呼呼的双手端着保温瓶，慢慢地将瓶倾斜，让粥缓缓从杯中流到碗里，碗满了，文文拱下脑袋，用嘴巴呼噜噜喝一小口，然后均匀地舀一小勺，送到梁少游唇边："爸爸，吃！"

梁少游启唇。铁树叶是甜的，红枣也是甜的，甜得他没什么胃口。

文文再舀一勺，梁少游勉强咽下，忍不住说："好孩子，爸爸饱了。"

文文拼命摇头。

刘阿姨忍不住瞧着梁少游苍白的脸色，叹一声说："梁先生，要不，您再吃点吧，都那么瘦了，而且……"

梁少游一听而且，脸色一变，文文使劲摇晃着刘阿姨的手。

梁少游板起脸："没事，说。"

"那我说了啊。这虽然是我们老家的偏方，却是文文亲手煮的，我搭了把手。"刘阿姨低下头："他怕你难受，才说是我煮的……"

梁少游心下一紧："二年级的孩子，学什么煮粥。"

文文又舀起满满一勺："文文要爸爸好好的！打起精神，爸爸你要坚强！要好好吃东西，病好了再去给我开家长会！"

梁少游眼角一湿，努力张开吞下。

文文再送一勺，大口吞下，父子两人吃着吃着，刘阿姨就背过脸，转身小跑进洗手间。

半碗粥之后，梁少游终于铁下心："刘阿姨，带文文回去吧，我累了。"

文文摇头："爸爸你睡吧，我陪你！"

梁少游求助地望一眼刘阿姨，刘阿姨只得摸摸文文的大脑袋，笑说："文文，你在这里，爸爸怎么睡得着，会影响爸爸病情，快跟我回去！"

文文这才跟着离开，走到门口时，回头坚定地对梁少游说："爸爸，你放心，你没好之前，我绝不告诉胜男姐姐！"

刘阿姨带着文文回到梁宅时，只见胜男正抱着双腿坐在梁家门口，一双大眼睛眼眶深陷，似是已等了许久。

"文文！刘阿姨，你们去哪了？"

胜男似乎腿麻，一瘸一拐地站起来，文文将身体靠后，用身体把刘阿姨手中的保温瓶遮了个严严实实。

"胜男姐姐，我和刘阿姨出去了！"文文晃着大脑袋。

胜男刚要继续问，刘阿姨掏出钥匙开门："姑娘，等了很久吧，进屋里坐。"

胜男便跟了进来，环顾了一下四周，径直走向梁少游的卧室。

卧室被刘阿姨打扫得干干净净，被子平铺在床上，整齐得像宾馆里的摆设。

被子凉飕飕的，被窝也凉飕飕的。

文文跟了上来："胜男姐姐，你是女生，不可以动男生的床！"

胜男一脸不屑："你懂什么。"

文文十分好奇地说："你想睡在这里？"

胜男气得举起拳头："你这个坏孩子！"

文文说："胜男姐姐，你来这里是找文文玩的么？还是想给我爸爸做老婆了？"

胜男气得一屁股坐在梁少游的床上："你这个孩子，你爸爸失踪几天不见了，你知道他去哪里了么？公司也不回，电话也关机，难道你不怕他出什么意外么？你爸爸身体不太好，你不怕他病了么？"

文文斜了胜男一眼。

胜男按住文文结实的小肩膀："文文，说实话，你是不是知道爸爸在哪里？"

第十二章 真爱至上

文文皱起稀疏的小眉毛,沉沉地叹息一声,一副小大人的语气:"我不告诉你,我们男人的一些秘密是你们女人不该知道的。"

"你!"

胜男怒目瞪着文文。

"那我就在你家等你爸爸,他什么时候回来我什么时候走。"

胜男起身,往隔壁的客房走去:"我今晚就住你家。你爸爸什么时候回来,我什么时候走。"

文文小大人似的摇头:"胜男姐姐,爸爸喜欢你,可是他想告诉你的话就告诉你的,不要触及男人的底线。"

胜男一听,吃惊地站起身来。她不知道这些话是家琪教的,只知道遇见小人精了。

低下头,抚摸着被子,抖一抖,被子上散发出少游身上的清雅体味。

胜男不知为什么一个小屁孩居然能两句话把自己说服。

将被子摊平,胜男望一眼密闭的窗帘,心里沉沉的。

姐夫,你到底在干什么?

胜男慢慢朝门外走去。

好吧,你们男人的事,我不管。

胜男开门,慢慢朝回琳琅苑的公交站点前移。

明天就是周四了,胜男抬眼望着黑洞洞的天空,不折不挠地继续给梁少游打电话,依旧是关机。

胜男摸索着自己的手机,一阵凉风吹来,手冷得有点疼。

入冬了。

胜男调配出一个号码,盯着看了许久,直到上了公交车,把着吊环,也没拨出去。

车到转弯时,公交忽然就来了个急刹车。一手抓吊环,一手抓手机,一不留神,按了一下,回过神时,电话那边已有了声响。

"喂,找我?"

语言一如既往的简洁。

"嗯。"胜男支吾道。

"什么事？"电话那头，凌查理迅速地问，好像对方的事就义不容辞。

"查理，梁少游失踪了。"胜男说。

对方停顿了几秒钟。

"慢慢说，告诉我怎么回事。"几秒钟之后，凌查理问道。

正在挂掉值班的凌查理帮胜男查了下梁少游的身份证号，思考了许久，终于拨过去告诉胜男："还没查出来，我明天答复你。"

胜男心下莫名其妙地光火起来。

大爷的，姐夫，连警察都找不到你，你哪里去了！

不知是不是被骂的，梁少游莫名其妙地在梦中打了个喷嚏。

许是药物作用，许是身体在积蓄能量，这几天，梁少游一直睡的多醒的少，再次醒来的时候，已是中午，抬一抬胳膊，稍微有了些力气，身体依旧沉得像大石头压着一样。

梁少游捏住拳头，暗暗在心里发誓，多撑几天，完成一些没完成的事。

然而，身体却不像想象中那么容易恢复，能抬起胳膊，能半坐，到能自己支持着身体坐起来，在医院住了五天之后，转眼已是第二周的周一。

"姑娘，你说，我现在可以出院么？"梁少游微笑着，一大早醒来便对查房的小护士说。

"可是，您下得了床么？小护士有些担心地隔着被子看一眼梁少游的腿。昨天也曾扶他起来走路，脚软得站都站不稳，更何况，他现在连自己的大小便都管不住。

"可是，我再不出现，公司里会沦为一摊散沙。"梁少游叹息一声。

这天，游天琳公司的编辑们依旧没见到自己的老总，果然乱了方寸。

"老板不会被绑架了吧？"

"梁总那么帅，该不是被人……"

"没你们说的那么夸张，他该不会是跑路了吧，可是，公司经营得挺好啊？

"没准梁总被……"

种种议论，听得胜男心慌。

胜男扯下家琪的衣服，此时，陈家琪正在看某盗文网站小说描写的关键部分。

"别打扰我，这 H 写得真 TMD 爽……"陈家琪说。

胜男继续给梁少游打电话，依旧是关机。

"姜主任，怎么办啊……"一群年轻的编辑围在策划编辑部主任的桌前："梁总不在，选题也报不上去，我们不作书，怎么赚钱吃饭啊！"

"是啊，编辑的主要收入就是策划书的钱，现在梁总不在，之前的策划费都没人给签字……"

"姜主任，这样下去，我们可是要辞职了……"

一阵又一阵民怨声听得胜男慌了神。

打电话，梁少游的手机还是不通。

"姜主任，您想办法联系下梁总好么？不然，我们真的不知道怎么办了。"民怨声开始沸腾。

姐夫姐夫！你在哪里！胜男急得像被烧了尾巴的猴子，开始在椅子上乱晃。

"谁都不知道怎么办？"

正在这时候，众人听到一声熟悉的、温和滑糯中略带沙哑的男中音。

大家循声望去，只见一个高挑的男子身着一身的白休闲运动衫而来，虽然脸颊略显消瘦，却整个人看上去精神奕奕。

"梁总？"

"梁总？"

"呀，头一次看梁总穿休闲，比穿西装还好看。"

公司的女同事们开始发花痴。

梁少游满脸笑容走进大厅："不好意思，上周家里有点事，所以耽误到现在，美女们，帅小伙们，是不是有很多选题要上报？OK，给你们一个小时时间准备，十点的时候在会议室集合，开选题会。"

梁少游说着，环顾一下四周，给在场的所有瞩目自己的人回以微笑，然后以迷人的背影转身回自己的办公室，关门的那一刻，整个人像被吸干了精神似的，挪着艰难的步子挨着沙发，斜倚上去，闭上眼睛，努力积蓄着珍贵的体力。

会议持续了两个小时，之后，便是吃饭时间，陈家琪帮梁少游订了清淡的粥和小菜，一个半小时之后，选题会议继续，一直持续到下午五点时候才结束，宣布散会时候，加了一句话："今天下班之后，不允许有任何人加班，在我这个领头人不在的情况下，你们坚持在信任我，小伙子们，美女们，辛苦了。"

可是，比那帮小伙子和美女辛苦的人不是别人，却恰恰是梁少游自己。

三个小时的会下来，他已经累得全身都没了力气，回到办公室之后，躺在沙发上，四肢一动也不能动，整个人只剩下呼吸。

天色暗淡下来，整个公司大厅里也只剩下陈家琪和胜男，胜男想进办公室去问梁少游个究竟，却被陈家琪一把按住："你不会也在等梁叔吧，我今晚有很重要的事情要和他说。"

胜男气得骂一句，便收拾着包走人，待胜男走后，陈家琪推开梁少游的门，见梁少游正躺在沙发上，办公室因关了灯，一片昏黑。

"梁叔，你没开车吧，我送你回医院。"陈家琪说。

梁少游没有回答。

半分钟之后，梁少游无奈地笑笑："好的，谢谢你。扶你叔一把。"梁少游自嘲地笑笑。

陈家琪气得走上前去："好好养病吧。养好了身体。等白细胞够了才能做介入。"

梁少游微微点头，任陈家琪将他背在宽厚的背上，负着他上电梯。

"谢谢你，家琪。"梁少游的声音里掩饰不住病人特有的惭愧。

"梁叔，别工作了。养好身体，换一条人命。"

陈家琪小心地背着梁少游下电梯，背他上自己的吉普车。他们不知道，有个人正暗暗注视着这一切。

"梁叔，你这次回来是安抚民心的对吧，还想继续经营公司？你这样马上就快了。"

陈家琪开车的时候说。

梁少游不语，他也有卖掉自己大部分股票的打算，却不想和陈家琪说，只得若有所思地望着前方的车。

北京东边的繁华，东边的现代化，尽收梁少游眼底。梁少游努力去捕捉着，似乎要在大限之后也记住似的。

待陈家琪驱车至医院，将少游背回他的单间病房时，发现小护士早已经在病房里等待。

"梁先生，我的化妆技术不错吧！"小护士甜笑。

"谢谢你。"陈家琪背后的梁少游疲惫地微笑致谢。

"先换衣服再上床。"小护士说"衣服沾染了外面的灰尘。"

陈家琪便将梁少游放在沙发上。

小护士刚找出一套干净的病号服，便听到了一个倔强而坚定的女声："我帮他换。"

梁少游循声望去，脸突然就涨得通红："我要休息了，探视者请回。"

陈家琪循声瞥去，一拍脑袋："那啥，我还有事。"说完，便逃出病房。

剩下小护士看着这两个人，一个坐在沙发上垂着长睫毛的眼皮，一个瞪着吃惊的大眼睛，却满眼的坚定。

"肝病的重症区？姐夫，你不会是？怪不得你总发烧……我！亏我还是学医的！"

胜男用双手捂着脸，吃惊地问，一双大眼睛迷濛着，满是梦魇一般的质疑。

"哦，病症报告不是给你看了么，是……"梁少游努力微笑。

"够了！你当我是白痴么！"胜男一头扑进梁少游怀里。

梁少游一阵心酸，想去抚摸那头刺猬钢丝一样硬的黑头发，想抱着这个傻丫头的肩膀轻轻抚摸，他伸出酸软的手臂，却又停在空中："放手，我想你是搞错了，我只是为死去的妻子做一点她会高兴的事而已。"

胜男抬起头，望着梁少游掩饰不住凄怆的双眸，一把夺过小护士手中的病号服："好吧！你这样说我就这样信了，从今天开始，我就在这里陪你！你什么时候好了我什么时候离开，这也是我死去的姐姐会开心的事！"

梁少游使出全力，指着门口："出去，不要妨碍我休息。"

胜男撅起小嘴："我要照顾你！你发烧的时候，不是一直我在照顾么？"

那怎么能是一种性质。

梁少游撑不住体虚，胳膊松下来："我再说一次，出去，我要休息。"

胜男开始脱梁少游的外套扣子。

梁少游咬咬唇："干什么？你一个小姑娘，有没有点羞耻之心啊？"

胜男一听，抹一把鼻涕在梁少游的衣服上："我不管，你说什么我也不走！"

梁少游刚要说什么，右肋下一阵撕心裂肺的胀痛阵阵传来。

"姐夫！姐夫你怎么了？"胜男盯着疼得捂着右肋处，牙关紧咬的梁少游，乱了方寸。

痛。痛得梁少游无力发声，汗如雨下。

痛，痛得他直不起腰，弯腰如虾米。

小护士吓得急忙按一下床头的铃，对胜男说："快把他抬上床！"

两个人忙不迭地将一米八多的颤抖身躯抬上病床，胜男的心一阵撕心裂肺的痛：他什么时候那么轻了！

毕竟是学医的，胜男急忙倒一杯热水，小护士找出药喂到梁少游嘴里，梁少游吃了药之后非但没有减轻疼痛，反而疼得他浑身抽搐起来。

第十二章 真爱至上

"喝点水吧。"胜男将水杯递上,梁少游双目紧闭,已抽搐到喝不下去。

"闪开。"

梁少游即便如此,却依旧拒绝胜男:"卓胜男,滚开!"

胜男从来都没听到认识了十几年的梁少游说出如此无礼的话。

姐夫很痛么。痛得他似乎呼吸都没了力气。

胜男被吓得脸色发青,一把抱住抽搐中的梁少游,梁少游不知哪里来的力气,将胜男瞬间甩出去。

康医生小跑着匆匆赶到:"怎么了!是不是肝区又开始痛了?"

小护士点头,康医生急忙问:"给吃药了么?"

小护士连忙说:"吃了!"

梁少游英俊的五官痛苦地扭曲着,扭曲着,眉毛也皱成一团。

"出去。"梁少游晕厥之前,用最后的力气喃喃呻吟道。鲜血顺着他的口腔流出。

望着护士人仰马翻的处理,胜男冷静地站在一旁,却没了眼泪。

胜男转身去洗手间,用冷水对着水龙头狠狠冲一把脸,再冲一把,滚烫的泪和着冰凉的水,打一盆温水,从架上挑一条看上去最白洁的毛巾,出现在病床面前。

"我来。"胜男牵牵小护士的胳膊,一脸的义不容辞。

小护士便站到一旁,眼睁睁地看着这个好像是叫胜男的女孩子仔细地为那个虚弱的男人清洗掉每一寸肌肤上的污物,前、后、两腿间,整个过程中,她没有一丝抱怨,没有半句嫌怨,仿佛两人已相濡以沫了多年,这就是她该做的似的。可是,他俩的年纪明明相差——

中间,胜男又换了一次水,整个过程结束后,胜男着急地问:"爽身粉呢?"

小护士递给胜男。胜男熟练地操作着,小护士看得出神。

扔在地上的废弃纸尿片让胜男意识到梁少游的身体状况,胜男急忙问小护士:"请问,这是最好的么?"

小护士点头。

"那么，新的放在哪里？"胜男一边说着，一边开始翻柜子。

也见过许多照顾病人的妻子，像这样年轻、这样专注的，却第一次看到。她不知道，有一种汇集了多年的爱，已在这一刻交织成一股默默涓流的温泉。

忙碌完毕，两个人小心翼翼地更换了床单和被褥，之后，胜男坐在病床边，一直目不转睛地盯着病床上的那个男人。她不知道那个一直以最坚强的姿态出现在众人面前的男人醒来之后会怎么对她，那个聪明的男人绝对有办法让她离开，可是，她知道。她再也离不开、放不下了。

换点滴的护士来给病人注射，她便小心地给护士让开，轻轻捂着昏睡的男子冰凉的另一只手，用口轻轻呵着，男子日趋纤细的手腕插上针头时，她的眉头也跟着紧了一下。

"给他吸点新鲜氧气吧。"

护士注射点滴结束，胜男兀自取下呼吸罩给梁少游带上。

一年前，胜男的父亲去世之前，她也曾照顾过几次，可惜的是，正在读书的她不可能总和妈妈一起呆在医院。那时候，姐夫也曾探望过，每次大包小包买一大堆补品，每次都留下一张密码是美琳生日的存折。

带上呼吸罩之后的姐夫眉头稍微舒展了些，却依旧是心事重重的样子，胜男一次次抚平着梁少游的眉心，轻轻问寻："姐夫，你为什么要赶我走？我要照顾你，我不走。"

可是，梁少游像是躲着胜男似的，一直依旧不醒。

傍晚的时候，文文和刘阿姨带着熬的"乌龟双药粥"的保温瓶轻悄悄进来。

文文看到梁少游带着呼吸罩的样子就咧开嘴哭了："爸爸又严重了么？"

胜男摇头，抱抱文文健壮的小胳膊："别怕，爸爸只是睡着了。"

文文便开始瞪着胜男。

一个劲儿地瞪。

不眨眼地瞪。

胜男被看得不好意思，便问："文文你干吗这样看着我？"

文文一语惊人："胜男姐姐，你做我妈妈吧，你亲爸爸的嘴，他就醒了。"

胜男脸又是一红："乖，让爸爸好好休息，他想醒的时候自然就醒了。"

文文这才点点头，伸出胳膊去拥抱胜男，紧搂着胜男的腰，拱在她的怀里，撒娇地晃动着身子，像是在拥抱自己的母亲。

送走文文，胜男在走廊的角落里看到了一个黑影。

该黑影周身散发着寒气，将初冬时的温度演绎到了极致。

"查理？"

胜男叫了一声。

对方没有回答，慢慢走过了，手中带了一堆补品。

"何必破费呢，谢谢你。"胜男说。

凌查理剜了胜男一眼："说得像人家的妻子似的。他教过我投三分球。"

胜男眼圈一红："要进去看看么？"

凌查理便不出一点声响地进了梁少游的病房，见梁少游睡得一脸心事，轻声问："他让你来照顾他的？"

胜男摇头："他说他不想见我。"

凌查理皱眉，"那你怎么想？"

胜男回头看一眼雪白被子里裹着的梁少游，"我要一直照顾他！"

凌查理轻轻捣胜男一锤："真是笨蛋。"

胜男点头："我知道我傻，他最爱的人是我姐姐，爱他的人里比我漂亮的有的是，可我就是要陪他。"

凌查理凝望着胜男详明而坚定的小脸，忍不住道："果然是我看上的人。"

说完之后，便要离去，走到门口时，轻轻抛下一句："有个肩膀，你随时能靠。"之后，迅速消失了踪影。

胜男回到床前时候，梁少游已睁开了眼睛。

胜男看到姐夫唇正开合着，急忙给他揭下呼吸罩。

"为什么会在这里，出去。"

梁少游说。

胜男已经在脑海里导演了无数次这种场景，便按照自己的思路说："嗯，好。"

说完，胜男转身就去了洗手间。

梁少游于是心慌起来。

真的就走了么！她去洗手间做什么！

梁少游开始后悔，动动身体，却虚弱得胳膊都抬不起来。

几分钟之后，胜男从洗手间走出，左手端着一个温水盆，右手拿着一条毛巾步步逼近。

"不是让你走么。"梁少游努力保持着平静而冷漠的状态。

胜男也不理会，掀开被子，开始解梁少游上衣的纽扣。上衣解开，迅速去解他的下衣。

梁少游拒绝道："别碰我！"

胜男笑说："这几天一直都是我在做的。"

梁少游闭上眼睛："我不要粗枝大叶的护工。"

胜男看一眼自己难看的手，摇头："医生和家琪，包括你儿子都觉得我是最合适的，换不了呀。"

一边说着，便开始擦梁少游的手心，梁少游扭过头去："好凉。"

"不可能。"

胜男便低下头，吻一记梁少游的唇。

胜男开始擦拭梁少游的胳膊，便听梁少游说："拜托不要那么用力……"

话未说完，胜男又将唇堵在了梁少游的唇间。

梁少游的大脑开始缺氧。

毛巾转身已游离至腰间。

胜男的手继续下移着："姐夫啊，昨天的药水用着伤皮肤么？伤的话，

第十二章 真爱至上

今天我少用些……"

许是病人的大脑受影响，此时，梁少游竟束手无策了。

梁少游不再出声，望着白的天花板，在胜男给他扑爽身粉的时候，像是做梦一样地说："那么，你是想做一个重病病人的伴侣，一个八岁孩子的小后妈了？"

胜男情不自禁地一笑："不准打扰我工作。"

梁少游咬咬唇，仔细端详了胜男一眼，一横心道："胜男，文文的事你真的不介意？他是你姐姐还没去世的时候，我和另一个女人的，现在她妈妈嫁人了，孩子不得不带到我这里，你真的不介意么？"

胜男面色一沉，仔细处理完手上的工作之后，在梁少游的脸上不轻不重地抽了一耳光。

梁少游被打得一阵微咳。

"你不信的话，可以去做DNA。"梁少游微微咳嗽着，笑说。

胜男刚要上前喂水，听到这话，脚步却停住了。

"梁少游，我恨你！"

胜男说着，抓起外套和包就往外跑。

第十三章　义无反顾爱上你

"咦？胜男姐你要出去么？"

胜男刚要走出医院大门的时候，迎面碰上梁少游的小护士。

胜男瞪了她一眼，气呼呼地急速往外走。

其时已近晚上八点，冬天的风嗖嗖刮在她脸上，像是冰丝迎面。

胜男就这样咬着唇往公交车站的方向张牙舞爪地奔去，走到公交车站时候，不由想起上次姐夫住院时候，自己也是这般的愤然，这般的离去，上次自己蹲在公交站点处哭得大水漫灌，这次，已经哭干了眼泪。

胜男狠狠地抠着自己的手指头，猛撕一下，大拇指的皮出血了。

胜男闻到一股熟悉的烟味——梁少游身上常有的烟草味道。

她忍不住转头，黑暗中，相似的高度，却是截然不同的面孔。

"查理。"胜男喃喃地叫道。

"你也等车？"凌查理问。

胜男点头。

"和他吵架了？"凌查理继续问。

胜男转换话题道："查理，你怎么也吸烟了？"

"我喜欢。"凌查理冷冷地说。

第十三章 义无反顾爱上你

胜男道:"太伤身体,别吸了。"

凌查理轻轻拍一记胜男的脑袋:"我可以理解为你是关心我么?"

胜男微微垂下头。

"你只是不想别人也生病,仅此而已。"凌查理眼神犀利而明亮:"有心事?"

"他……他有个私生子,我一开始一直以为是他收养的。"胜男苦笑。

凌查理冷哼一声:"真是只狐狸,果然知道你最在意什么。"

正在这时候,公交车呼噜呼噜着沉重地咏叹而来。

凌查理跟着胜男上车。

"有什么打算?"坐下之后,凌查理径直问胜男。

胜男摇头,摇头,拼命摇头。

凌查理眉心一拧。

"你觉得文文真的是他亲生的?"凌查理心痛地问,双手按住胜男不停摇晃的脑袋。

被按住脑袋的胜男苦笑:"他说有亲子鉴定的,我还说什么。"

凌查理深呼吸一口:"你就那么相信一张纸?"

胜男眼睛一瞪,拆下凌查理按在自己脑门上的手:"查理,你是说,亲子鉴定是假的?"

凌查理狠狠白了胜男一眼。

"他怕拖累我!"胜男忽然眼前一亮。

"可他为什么要认文文啊?"胜男十分好奇地问凌查理。

"我又不是文文,我怎么知道。"凌查理冷冷地望着窗外,拳头捏得紧紧的。

一站将近时,凌查理逮着胜男离开了座位。

"查理你干吗?"

胜男一边说着,被凌查理老鹰抓小鸡似的逮着下了车。

"送你回医院。我不想让你在他死之后再后悔。"凌查理说着,逮着胜男便往医院的方向走去。

胜男怔住了,站在原地,一言不发。

凌查理启口,欲言又止,最后,摸摸胜男的短发,开始往医院的方向走去,那段路程,胜男像尾巴似的跟着凌查理,两人一句话也没说。

风越来越大,凌查理倔强地抿着薄薄的嘴唇,看一眼缩在棉外套中的胜男,想要一把搂住她,却使劲在裤兜里捏着拳头。然后,仰起头,迎风。

走进医院的病房,凌查理也不敲门,嗖地打开门,只见梁少游正蜷缩着身体,五官抽紧着。

小护士喂水,似乎已经吃了药,可他疼得连嘴唇都张不开。

"人我送回来了。"凌查理俯视着牙关紧咬的梁少游:"一个赶也不走,一个走了还舍不得,就别折腾了。"

凌查理说完,头也不回地离开。

胜男双臂张开,透过被子,轻轻拢住梁少游已单薄了许多的身躯,慢慢地将自己的下巴靠上梁少游的后背:"我回来了。"

梁少游的身体微抖着。

胜男握住梁少游打着冷战的手,梁少游先是没有反应,紧接着,修长瘦削的手指微微贴住胜男的手指,两人的手掌也慢慢摩擦,摩擦,合拢。

梁少游身上的颤抖越来越轻,呼吸也越来越均匀,直到胜男将自己凉飕飕的身子挨着他的被子暖和过来的时候,梁少游的呼吸已平稳下来。胜男仔细地将他翻过来,枕头上的血迹顺着唇缓缓流下,脸上划过一道红色的印迹,像是疼得咬破了舌头,然而,他的表情却是安详的。

这一夜,胜男抓着梁少游冰凉的手迟迟不肯入睡。想起少游扭曲的五官,她心如刀割。

夜阑人静时,凉风再涌。

天蒙蒙亮时,她才稍觉困乏,轻声回陪护床入睡,醒来时,阳光丝丝铺在她脸上,拉开窗帘,天空无云,又是一个明朗的天。

忽地爬起来,转脸一看,梁少游正侧着脸冲她微笑。

第十三章 义无反顾爱上你

"早啊。"胜男说。

"男男，morning。"梁少游安详地仰躺着，温柔回应。

本来，这是美好的一天。

胜男帮梁少游刮完胡子时，忍不住撅起嘴对准梁少游的唇，学着上次凌查理的样子，将自己的舌探入梁少游的口腔，梁少游也积极回应了，可是，胜男的肚子咕咕叫得厉害。

梁少游轻声道："胜男，帮我买份早餐，顺便带一份报纸，谢谢。"

胜男忙去照办，回到病房之后，喂少游喝下牛奶，在她的劝说下，梁少游硬是咬着牙咽下去一碗鸡蛋羹，这本是美好的事，可是，坏就坏在那两章报纸上。

"姐夫，我来读报纸。"胜男说着，张开报纸，大致地扫了一眼，再抓起另一份报纸大致扫一眼，登时吓得心惊肉战。

《出版大鳄身患绝症，游天琳集团型如散沙》

《游天琳还能游刃业界多久？——传梁少游已是肝癌晚期》

京城颇有影响力的早报和专业报纸，竟然分别都用整个版面报道了梁少游的病情！期间还有偷排的梁少游昏迷照，照片梁少游的脸煞白，双目紧闭，五官残痛得几乎可以立临终遗言。

"怎么了，胜男？"躺着的梁少游已察觉到胜男面部肌肉的微微抽搐。

胜男的心在狂跳，眼神躲闪着："没事啊！"

她努力让自己保持平静，避开不该念的部分。可是，两张报纸读完之后，梁少游依旧没有倦意。

胜男眼前灵光一现："你想吃什么水果？要吃猕猴桃么？我去买。"

梁少游摇头："不想吃。"

胜男轻轻抚摸着梁少游消瘦的面庞，道："做成水果粥就没有味道了！"

梁少游蔫蔫地说："不如服 VC 药片吧。"

胜男心下一焦。

梁少游抬眼："胜男，你着急出门么？"

胜男急忙摇头："没有啊！只不过，"胜男挠挠头皮，理由还没编好。

梁少游问："不习惯我这个病人，想逃么？"

"不是不是，"胜男咧开嘴，不好意思地一笑，"我没吃饱，有点饿，想去买点东西吃。"

梁少游迟疑了几秒钟，道："你要照顾我这样累人的病人，怎么能不好好吃东西呢，钱包在衣橱的包里，银行卡密码是你姐姐的生日。"

"我还有。"胜男拼命笑着，一路小跑出医院大门，便拨通了陈家琪的电话："家琪，我是胜男，你看今天的报纸了么？"

"我看了。"陈家琪的声音也是沉重的。

"你说会不会影响游天琳啊？"胜男的心揪成了一团。

"会。""书会越卖越好，可是，股票要大跌了。对方真他奶奶的狠，一方面捅出这事让股价大跌好去买股份，另一方面，万一梁叔有个三长两短的……他还能赚笔死人财。"陈家琪愤愤然。

"别胡说！那怎么办，他知道的话，会影响他病情的！"胜男气得浑身出了汗，脊梁后的汗珠在大冷天津津贴在她的衣服上。

"你先别着急！这事你有没有和你同学说啊？"陈家琪问。

胜男摇头："怎么可能！只有凌查理知道。你呢，你那帮狐朋狗友们知道吗？"

陈家琪急忙反驳："那个冷面神好像不可能，谁告诉那帮狐朋狗友是孙……子。"说到最后，他竟然支吾起来。

胜男忙问："家琪，你想到什么了么？"

一阵忙乱的声响之后，家琪匆匆道："没什么，总之，你先别告诉梁叔！快回去吧，好好照顾他，别让他发现！"说罢，便挂了电话。

胜男只得匆忙买了包子回到病房，推开门，梁少游正安详地躺在病床上挂点滴。

第十三章 义无反顾爱上你

"男男，你回来了？"梁少游微微动下胳膊。

胜男急忙拦住："你别乱动。"

梁少游仰头望一眼胜男，淡淡地说，"好吧，那你替我拿来手机，给推广部的刑广园打一个电话。"

胜男的心脏狂跳着："你好好休息，公司似乎也没什么大事……"说完，却见梁少游神色平静得像一把未打开的古扇，古香古色，古得静幽。

"还说没有大事？公司的股票将要大跌。"梁少游笑得云淡风轻："男男你知道么，很多文化公司收集了很多年纪大的名人资料，只等他们一闭眼，几天之后，相关书便大量上市，迈克尔杰克逊死的时候，就有人因此大赚一笔。哦，他们如果多贴几张梁少游生前的照片，没准也能赚一些。"

"不准这样说！你不会死的！"胜男眼圈一红，伏在梁少游的身上，声音都变了调。

梁少游微微抬起插着点滴针的胳膊："胜男，帮我把电话拿来，乖。"

胜男抬起头，望着梁少游那张瘦削却依旧英俊的脸，阳光照在那张自信而平静的脸上，给他略微带来些健康之色。

"乖，去拿手机，我走不动，你要当我的腿了。"梁少游吃力地抬起胳膊，拍着胜男的肩膀。

胜男犹豫了一下，寻来他的手机，开机，拨通推广部刑经理的电话凑到梁少游的耳边。

"喂，广源，我是梁少游。对，我已经知道了。肝癌晚期，亏他们想得出，急性肝炎而已，媒体那边你负责搞定，明天我要见报，顺便宣传我们的新书，另外，最近南方的旱情严重，安排一场义卖，卖书的50%所得码洋全部捐给灾区……对，我会到现场，股民见我还生龙活虎的，股民们就安心了。好的，就这样，OK，拜拜。"

挂断电话之后，梁少游继续微笑，胜男忍不住问："对了，姐夫，你怎么知道报纸有事的呀？"

梁少游眉毛一扬："掐指一算，算到的。"

梁少游闭上眼睛:"任佳人调戏。"

可是,胜男将他的被子掀开时,他微闭的双目依旧有些紧张,正在这时候,梁少游似乎听到了什么声响,睁开眼睛,只见门口闪过一个人影,勉力提高嗓门:"什么人!"

胜男迅速把梁少游盖好,飞奔到门口的时候,那个人影早已消失得连一根头发也不剩。

"别追了。"梁少游淡然制止。

望着空荡荡的门口,梁少游于是想起家琪的那句:"梁叔,卖了你的股票吧。养好身体,换一条人命。"

"胜男,如无意外,明天早上的报纸还会有我梁少游的丑闻。"梁少游冷笑。

"啊!那怎么办?"胜男惊得后退两步。

梁少游恹恹闭上眼睛:"我先休息下。"

胜男不再多问,将梁少游的手腕盖住,帮他仔细掖好被角,却见梁少游又睁开了眼睛:"再帮我打个电话。"

胜男端详着梁少游瘦削的下巴,一阵揪心:"要不要休息下?"

梁少游欣慰地笑笑:"没事。拨康明君。"

胜男依旧不放心:"那你只准打电话,不准出门。"

梁少游看一眼自己的点滴针:"好。"

电话拨通之后,胜男便听梁少游的语气不太正常:"喂,您好,哎,我是管您叫康总呢,还是叫嫂子,或者师娘?都行啊,好的,康总,本来该好好找一处请你喝杯咖啡,可惜我走不动,上次出行还是你家家琪背回来的,只能劳您下午来一趟医院,好么?OK,康总下午见。"

康总?陈家琪?

胜男正胡乱琢磨着,梁少游已示意胜男挂掉电话,然后沉沉入了睡,胜男一动不动盯守着,下午两点五十八分的时候,梁少游准时睁开了双眼。

第十三章 义无反顾爱上你

高跟鞋的脚步声已在走廊上激荡。

胜男回望一眼梁少游，见他神情中一派淡泊，便前去开门，以为是何等嚣张跋扈的灭绝师太，在开门的一刻，香奈儿5号香水的香风熏煞人。

皮草上衣，卡地亚手镯，镶钻的香奈儿包，康明君的视线直接越过她，钉在了梁少游的身上："怎么病成这样了？"康明君说着说着就声泪俱下。

梁少游微微一笑："可惜不如你愿，还没病死。"

康明君哭声停止，一双精致的指甲轻轻抚上梁少游清瘦的面庞，胜男急忙将那手摘下。

康明君冷冷地瞟一眼胜男，深红色的嘴唇挑起一抹讽刺的笑："想不到，这么多年，你的品味与日俱下。"

梁少游忽然就猛烈咳嗽起来，胜男急忙给他抚胸，康明君也慌乱地给梁少游倒了杯热水。

梁少游的咳嗽终于止住了，冷眼瞥康明君："妒忌美琳这么多年，有意思吗？"

康明君涂了紫指甲的手指轻摇："当初我只不过是想找人吓唬她一下，发生了意外的事，不能怪我啊。"

梁少游望一眼天花板："不用那么嚣张，要不是陈牧阻止，我早就把你指示手下欺侮女性的事报告给警方了。至于你贩卖军火的事，天网恢恢……"

康明君一听，杏眼一瞪："少血口喷人，你哪只眼睛看到我做这种事了！"

梁少游自言自语："哦，今天的早报我看了，谁家的枪支那么倒霉，昨天被缴获了的？真是不幸。可惜我看不到你入狱的一天了。"

康明君冷笑："你今天是来和我说这个的么？"

梁少游释然一笑："当然不是，我只是想说，我会用你满意的价格将我手中所持的游天琳股份卖给你，因为，我真的不想再操心了。"

康明君脸色稍微缓和："算你识趣。"

梁少游认真地看着康明君："还有一句忠言，收手吧，家琪还小，别教坏他。"

"哼。"康明君冷笑道："这是我和陈牧的事，与你无关。要不是陈牧天天想着你家妖精，我不会找人去轮奸她。"

梁少游道："这事怨陈牧，那军火呢？陈牧已经去世近半年了，你昨晚交易也怨他？"

康明君打断道："当然！要不是我做这行，你以为他当年拿什么起家的？你以为做这行说停下就停下？"

话音刚落，砰的一声，只见凌查理和几个警察已持枪冲进了病房，康明君意识到上当了，一闪身，刚要抓住胜男当人质，胜男一屈膝，躲下，康明君从皮衣里抽出一把枪刚要去抓胜男，只见凌查理十分凌厉地飞起长腿，康明君手中枪落地时，优雅的手腕已被一冰凉的金属铐了起来。

"病房里早已装好监控设备，康明君，这次你逃不掉了。"卢队长笑得满脸灿烂。

"谢谢。"凌查理看一眼胜男，冲床上的梁少游道。

"梁少游！你给我等着，我做鬼也不放过你！"康明君挣扎着，被警方扭出病房。

胜男紧紧拥住梁少游："姐夫，我们终于给姐姐报仇了！姐姐终于可以瞑目了！"

梁少游浅笑，侧过脸，情不自禁地将淡色的唇印在那张青春洋溢的脸上。

原来，当年陈牧的妻子——黑社会千金康明君命手下们强行绑架美琳，并将其玷污。阿翰也身在其中。后来，阿翰杀掉沈清斌，被康驱逐，阿翰便走上了杀人的不归路。中间，陈牧被怀疑为凶手，为了妻子和美琳的声誉，选择了守口如瓶。后来阿翰被捉，在众人都不知情的情况下，梁少游也隐瞒了此事，一直隐忍到今天。

梁少游只觉得一颗无比沉重的石头落到了地上。好轻松。眼前的东西

第十三章 义无反顾爱上你

也轻松起来，胜男的脸开始蒙了一层纱，墙上的表了隔着水雾。可是，胸口很疼啊，疼得她打了个冷战，胸腔反而热起来，胜男也觉得自己的脸上又腥又热，一摸，竟然是一手的红色。

胜男急忙松开梁少游让他平躺着，梁少游的头无力地向床头一歪，鲜血濡湿染红了大半个雪白枕头。

之后的半个月，胜男一直陪着梁少游。

心事终于了解，他恢复的倒也不慢，慢慢地能自行坐起，肝区的肿瘤也一直没有继续长大。梁少游本想以十分优厚的价格将股票卖给家琪，家琪却在电话中一口拒绝："梁叔，我不恨你，而且都是我妈害你变成这样，也是妈害死我爸，可是我真的无法接受。"

梁少游便将手持50%游天琳的股票以高价全部卖给了业内他人，半个月后，医院准许他出院时，家琪方才在收拾整齐的病房出现，手提一大堆补品。

"梁叔，我送你回去。"陈家琪怯怯地看一眼轮椅上的梁少游，低声说。
梁少游恬淡一笑："谢谢你，家琪。"
家琪便将手里的礼品盒子递给一旁发愣的凌查理，双手推起轮椅。
一行人走到他的吉普车前，家琪意外轻松地抱梁少游坐上车时，眼睛通红，开车之际，他抹鼻涕之时，胜男这才发现，本以为他已长成大人，却还是个单纯善良的孩子，永远都是。
将梁少游送到家中的卧室安顿好之后，家琪坐在床头，握住梁少游冰凉的手，咬咬唇，不知想说什么，梁少游便对胜男和凌查理笑说："胜男，我想吃甜橙，能不能帮我去买？"

胜男十分奇怪，却又十分开心："你终于肯吃水果了！我这就去买！"
原来，梁少游卧床之后，怕腹泻给胜男再添麻烦，很少吃水果。

陈家琪伸手一挡："胜男，你等会再去，我的话怕人听。"

凌查理瞪一眼陈家琪："你们慢慢说，我回局里。"

梁少游便让胜男给家琪倒杯茶，陈家琪摇头："我要喝可乐。"

胜男取给文文准备的可乐时候，陈家琪十分郑重地望着梁少游："梁叔，我要去美国了。"

梁少游一愣，继而微笑，陈家琪做出这种决定，并不意外。

"去了那边常联系，有什么大事想和我商量，梁叔还健在的话，一定帮你提参考意见。"梁少游含笑道。

"我根本没有能力管理我爸留下的东西，被我糟蹋了，还不如给别人。"陈家琪有点惋惜地说。

梁少游拍拍陈家琪的肩膀："这就是你不接受游天琳的原因么？"

陈家琪摇头："不是。你给我的话，价格你肯定不会多要，我希望你的钱花在治病上，花在胜男身上，我已经给你设立了梁少游治病的基金，当作我们家对你的一点歉意的表达，我爸当年贪我妈的钱娶我妈，他有今天我很难过，他罪有应得，可你和美琳姐没有罪，所有的事都是我妈妒忌美琳姐造成的……"

梁少游深呼吸一口："家琪，过去的事情就过去了，你的钱我不要。"

陈家琪打断道："你不要也得要。还有，胜男这边，你得给她一个交代，你得娶她！"

梁少游一听，脸上的表情虽是平静，却也说不出话，站在一旁的胜男听得更是满脸通红。

"陈家琪！你胡说……什么。"胜男的声音弱下来。

梁少游苦笑："家琪，你倒是告诉我，以我现在的样子怎么娶她？"

"废话，我是成年人！我看的AV比你看的书都多！"陈家琪起身一把拽过胜男，将胜男的大手放在梁少游优雅削长的手上："梁叔，你生病之前照顾她我都看在眼里，可是你病了之后，你的吃喝拉撒全都是她在照顾，她什么都不图你，可是，我总觉得，你该给她一个名分！"

第十三章 义无反顾爱上你

"陈家琪,姐夫不会有事的,还有,你怎么那么老土,我照顾他一下,不要名分!"胜男气得直跺脚。

梁少游斜倚在靠枕上,望一眼头发已长成童花头的胜男,忽然就束手无策了。

自己几十岁的人了,怎么就没想过这些呢。

梁少游啊梁少游,你真以为你能和她白头到老是不是?或者,你真以为你明天就能一闭眼,什么事都不管了?

梁少游看一眼窗外的枯叶,扪心自问。只要自己开口,不用说让她嫁给自己,说什么她都甘之如饴,可是,这样做真的正确么?

"我下个月初走,在这期间你们给我把这个事办了。胜男,等梁叔身体好点的时候,你可以主动点……"

之后的话,更是不堪入耳,胜男羞得跑出卧室,家琪站起身追上去:"喂,梁叔的哪儿你没看过么?害羞什么?"

"家琪。"

梁少游制止道,依坐在床上,扭动一下上身,神情窘迫起来。

家琪慢慢坐回梁少游身边,一脸持重:"我说真的,梁叔,万一哪天你有个三长两短的,还能给她留下一些,一些……"

"遗产,对不对?即便不结婚,我也可以立遗嘱给她。"梁少游说,"我现在还死不了,这事让我好好考虑下。"

家琪点头,望一眼梁少游十分消瘦的单薄身子,张开双臂拥抱住他突兀的肩膀,锁骨和肩胛骨的硬度让家琪眼睛一涩。

"那我走了。走前我还会来看你。"

陈家琪松开梁少游,扶他躺下之后,转身去了厨房,此时,胜男正在熬制鲤鱼姜糖赤豆汤,蹲在电煲砂锅前用白瓷勺子搅拌着,套在浅黄色毛衣里的背影,似乎为梁少游操心而更加纤细了。厨房里还有一堆瓶瓶罐罐,都是从民间得来的秘方,像白术属双肉饮,平肝芍药汤,都是常给姐夫喝的。刘阿姨正摘油菜。

"金刚妹,我走前要喝到你的喜酒!"家琪拍一记胜男的肩膀。

"你别乱讲!"胜男打掉陈家琪的手,陈家琪沉沉地看着胜男的眼睛,不露齿地一笑,一双小眼睛写满祝福:"好好照顾梁叔。"

陈家琪转身,以为胜男会来送自己,却见她瞅一眼砂锅,抄着勺子冲自己挥手:"走之前有空常过来吃饭。"

陈家琪咬咬嘴唇:"好,下次我给你拿一堆好看的A片。"

胜男羞得低头不语,生怕陈家琪再说出什么见不得人的话,便闷头回到梁少游的卧室,梁少游刚睡下,并未入眠,听到有人进来,以为是家琪,刚睁开眼睛,见是胜男蹑手蹑脚关门,赶忙闭上眼睛装睡。一如躲避妻子唠叨而装睡的所有丈夫。

能与这样可爱的小妻子共度一生,该多好。

梁少游努力保持着呼吸的均匀,沉沉地想。

见他尚穿着外衣,胜男便将手伸进被子里,触及他的温热的皮肤时,梁少游睫毛微动,脸刷得一红。胜男想起陈家琪的那句"主动点"脸上也燥热起来。

家琪一本正经的色情话在她的脑中回荡,胜男忍不住轻轻抚摸着他温柔的皮肤,来回抚摸着,最后竟无师自通地拥握住。可惜的是,那里依旧沉睡如梦中的雄兽。

梁少游只觉得脑子一圈一圈,像紧箍咒似的,被家琪的话箍住了,越箍越紧。

胜男硬着头皮,托起梁少游的腰时,发现梁少游本来无力的肌肉现在僵硬着。

原来他醒着。

胜男不知该说什么,胡乱说道:"帮你洗个澡吧。"

梁少游索性装睡装到底。

胜男干脆掀开被子:"你再装睡,我就把你抱进浴室,反正……"

反正都是一家人了。

"胜男，"梁少游说："晚上请凌查理来家里吃饭好么？"

胜男一听，后退几步："你是想把我推出去么？"

梁少游轻轻摇头。太多事，他尚且要仔细衡量。

"那是为什么？"胜男忍不住好奇地问道。

梁少游不答，任胜男站在床头，两人僵持着，梁少游隐忍一如所有面对闹别扭的小妻子的成熟丈夫。

正在两人不尴不尬时，刘阿姨敲门说："梁先生，您的母亲来了。"

梁少游一听，脸上表情虽未大变，深邃的双眸却瞳孔放大。

大约过了半分钟，梁少游的神采才恢复正常。

"男男，去开门。"梁少游平静地说。

结果，一开门，果然是一个贤良清秀的老人，身后还跟着一个女子，不是别人，却是张颖。

"妈。"

梁少游望着母亲鬓前的白发，喃喃叫道。

"老二，怎么瘦成这样了？"

梁母快步走上前，哆嗦着新生了老年斑的形状姣好的手摸着梁少游清瘦的面庞，眼泪顺着皱纹缓缓流下。

梁少游在胜男的扶持下勉强坐起，双手抹着母亲面容上的颗颗珍珠，"没事，做完手术之后就好了。"

老太太冲着张颖挥手，"真的么？那你好了之后就娶了颖儿吧，你把人家肚子弄大了，就得对人家负责。"

胜男和梁少游相视一望，面面相觑。

梁少游瞟了张颖一眼，张颖微笑，一副胜券在握的自信之笑。

梁少游抹一把梁母的泪："妈，您大老远来的，也累了吧，让男男带您去房间休息，我有话和张颖说。"

梁母是个通情达理的人，看一眼儿子淡然的笑容，点头："好。"

待众人出去之后，梁少游直言不讳地说："打掉他。"

张颖如花的笑容僵住了，紧接着，怒目圆瞪："为什么？就因为我用了特殊的手段？可是，孩子毕竟是你的！"

梁少游重复道："打掉他。"

张颖有点不相信自己的耳朵，掐一下自己的胳膊，再试试梁少游的额头，略烫，却并非高烧。

"若他真是我梁少游的骨血，我不该说这句。"梁少游说。"只是，梁少游已是肝癌Ⅳ的病人，你孕育的胎儿，身体会好么？怕是来到世界上，也是受苦。他不该来。"梁少游无情地陈述着自己的病情。

张颖捂着业已失色的花容，尖叫一声。

第十四章　漫长的婚约

"不是肝炎么！"

张颖嘶喊着。

她本以为，自己搞定了梁少游的母亲，就是抓住了木村拓哉的工藤静香，可是，梁少游不是常青树木村拓哉，他是一只挺拔的风中之烛，未燃尽一半时，火焰却幢幢欲熄。

张颖将手挪开时，看一眼梁少游的卧室，很大的卧室，差不多有自己月供着的一室一厅么大，希腊风格的卧室，洁白、简单，像梁少游这个人那么有品位，三个拱式的窗户让她心动了好久，洗手间就在卧室内，她只进入洗过一次澡，就是给梁少游下药的那次，那次一进入，她就惊呆了。洗手间或者说浴室不像他的整个家一样简洁，用的却是西方的名画《普桑画阿波罗与达芙妮》拼成的瓷砖，画中的阿波罗置于一群裸体女神之间，坐在月桂树下，身后是攀着月桂树的达芙妮，在阿波罗眼前的女神，头上都没有月桂枝，她们也不理阿波罗，一味在寻找自己的幸福。右侧一女神已与一精灵搂抱一起，小厄洛斯却向他们射去金箭……

置身其中，既有神圣感又繁华绚烂到让你情欲旺盛。

多有品位的男人。

品位的另一个说法，似乎被狭隘里理解为消费能力，张颖本能地想到了一个非常冷血的词：遗产。这个词，足以让她瞬间冷却的血液沸腾如炽。

张颖面颊通红，冲上前，抱住梁少游的脖子，泪眼婆娑："这是你的骨肉，是你唯一的骨血啊！我怎么舍得打掉，这是我强迫你送给我最好的礼物啊！我会经常去检查咱们的宝贝，确定他是健康的，然后把他生下来！"

"你等下，文文也是我的儿子。"

梁少游盯着张颖那张姣好的脸，淡淡地说。

这是一个严格意义上说也很漂亮的女人，三十岁，却因保养得好看上去却像二十五六岁，业绩优秀，明目善睐。梁少游知道，她一直未嫁，是在等金龟婿。

梁少游一脸的苦闷："我的财产除了安排好我的父母和男男以及她的父母，还有安顿文文的十八岁之前以及去美国读书的钱，其他所剩无几，你要是生下他，你和孩子怎么办？"

张颖偷窥一眼梁少游的房门，心道，即便如此，300多平方米的房子，却也价值不菲。

梁少游抓着张颖可人的小手，浅笑道："房子的话，以后男男和文文住这里，她会抚养文文长大，那辆X6让男男送文文上学用，我在××路倒是有一处58平方米的房子……"

张颖的手猛地一抽："为什么那个小丫头要住这个大房子？"

梁少游点头："她一个小女孩在北京，很不容易。"

张颖倏地挣脱开梁少游，怒道："梁少游，你可以把为文文去美国读书的钱都准备好，却一定要这样对我们母子么？"

梁少游满脸的无辜："哦，原来，在我要死的时候，你只关心我的遗产呢。"

张颖一愣。

此时，胜男正用凉水拼命拍打着自己的脸，冰凉的水将她的脸冰得煞白。

不是不想再扇梁少游一耳光,可是,他忍受了太多病痛,她不想再给他增加一点疼。她瑟瑟地想,那时候,两人不是还没确定关系么。他是男人,男人是下半身动物呢,怎么可能不不犯错呢,他鳏寡孤独了七年……如果他愿意娶张颖,他就娶了她好了,他开心就好……

胜男终于觉得自己可以说服自己,头发微湿,抱着营养液的挂水瓶子敲梁少游的卧室门,听到梁少游非常干脆利索地说,"COME ON,BABY。"

张颖眉头一紧。

"姐夫,你快点躺下。"胜男说着,就去搀梁少游的胳膊,扶他躺下之后,熟练地抓住梁少游骨骼分明的手腕,仔细用酒精棉棒消毒,神情专注地一如既往。

"男男。"

梁少游轻唤。

胜男的手停了一下。

"男男,"梁少游继续呼唤。

胜男也不抬头,拔出针头,声音低得只有梁少游才听得懂:"帮你打完针再说。"

胜男的针扎得很准,一针到位,针头入手臂,梁少游觉得疼的确是别处。

"男男。"梁少游继续固执地呼唤。

叫得胜男浑身没一个细胞都在唤醒,却又精神涣散。

"姐夫,还有什么事?"胜男也不抬头,声音再也无法平稳,"哦,你的饭马上就好了,一会儿我端过来。"

"少游,你饿了么?我在。"张颖说。

梁少游淡淡回答:"胜男,你一会儿端过来,我手不方便,麻烦你了。"

胜男机械地说:"好的,姐夫。"

梁少游无辜地问:"不是要明天去领证么,怎么还不改口?"

胜男的脑子轰的一声。

梁少游满眼含笑，略带几分凄迷。

她知道，那是求婚的目光。

张颖盯着胜男迷失的眼，冷笑一声："既然你已经要结婚，我也不勉强，我这就去把孩子做掉"。说着，就往外走。

胜男本能地挥双臂挡住门口："不准打！"

梁少游面无表情地制止："让她去。"

胜男将门口挡得严严实实："那是你的孩子！"

梁少游惨笑："正因为如此，更不能让他出生。"

张颖的脚步停住了。

"你想让我剩下不多的生命有所延续，却没为孩子考虑过。"梁少游冷冷地道："他的父亲在肝癌晚期的时候让他萌生在这个世上，还是肝病，他的母亲也三十一周岁了，你们说他降生之后身体会是什么样？或许，他会长命百岁，可他最大的可能就是比我还短命，他身体孱弱地来到世上也许本身就是痛苦。"

胜男愣住了。

张颖站在门口不言语。

"我有点累了，想休息。"

梁少游恹恹闭上双目，张颖默默跟着胜男出去，胜男去厨房，她也尾巴似的跟了上去。一面细细打量着梁少游家三百二十平方米的房子。本来被画得乱七八糟的墙面早已在梁少游生病期间重新修正好，大厅上方的船舵和中央的墨绿浮雕，凸出的人是古希腊神话中爱神丘比特和他的妻子Psyche，丘比特展翅在飞，一双深邃的眼望着前方，怀抱里的妻子双目闭着斜靠在他肩上，似乎是刚刚被丘比特从睡魔手中救下，又像是睡魔附身的时候在沉睡……

张颖的眼中，这个浮雕可爱得很。

"啊！"

张颖忽然就眼珠子一转，向后退至沙发旁边，大叫一声。

第十四章 漫长的婚约

胜男转身,双手去搀张颖。

"胜男,你是怕我破坏你和少游么?可孩子是他的呀,你何必这样!"张颖的声音并不小,惊动了正在厨房里盯着砂锅里煲汤的梁母。

"张颖姐,你何必血口喷人!是我要求少游哥留下这个孩子的!你想让我退出你可以直接说!"胜男气得瞪着一双大眼睛怒视着张颖。

梁母急速奔走到客厅,只见张颖正倚着沙发,胜男正挽着袖子,指着张颖的鼻子。

见梁母出来,张颖却面带微笑:"伯母,对不起,我滑了一跤,没事。"

梁母叹息,张颖笑着走上前去,"伯母,您歇着,别累坏了身子。"

胜男低头去厨房看那锅鲤鱼姜糖赤豆汤,少游这几天胃口稍微好了些,难得他提出要吃东西,胜男满满盛了一碗,用托盘端着,也不敲门,自顾自地打开卧室门,一进门,却双手一松,整碗汤洒在地上。

胜男见梁少游弓着身子,紧闭的双目满是痛苦,急忙从床头的柜上按出几粒止痛片喂他服下,杂乱的呼吸声中,她听到梁少游正轻声说什么,起初,胜男没有听清楚,梁少游不断重复着,胜男终于听得分明了:下午我要去国贸……

国贸?

此时,梁母和张颖也赶了过来。

胜男犹豫了一下,终于点头:"好。"

梁少游下午三点的时候果然如约睁开了双眼,迎上了母亲满是红血丝的浑浊眸子。

梁少游清晰记得,母亲年轻时候是个极度有魅力的女子,风姿绰约,即便年事越来越高,站在诸多老妇人中,也是最耀眼的一位,六十多岁的女人,看上去只有五十出头的样子,高挑,优雅挺拔,可是,今天看来,母亲的白发多了许多,老得法令纹越来越重,下垂的腮又有谁知道可曾笑靥如花。

"妈,"梁少游环顾一下四周,笑说:"睡了那么久,你们也不叫醒我。胜男呢?"

梁母勉强一笑:"她在厨房给你熬汤,准备等你醒之后就让你喝。"

"哦。"梁少游淡淡地应声道,抬眼看母亲满是疼爱与挂牵的脸。

"老二,张颖我先让她回去了,你妈不是老糊涂,你放心。"梁母笑着抚摸梁少游柔软的头发。

梁少游恹恹地闭上双目。他庆幸起来,幸亏来的不是父亲。正想着,胜男端了一碗汤也不敲门就径直进来。

梁少游轻轻握住母亲的手:"妈,这里有胜男,你先休息去吧。"

梁母是个明白人,拍拍儿子冰凉的手:"那我给文文煮东西吃去。"

剩下胜男坐在梁少游的床沿,端起一碗乌龟双药汤,舀起一勺吹一吹:"还疼么?"

梁少游端详着那张脸,很好看的一张小脸,白净,高鼻梁,眼睛大大的,越来越像她姐姐了,可是,她姐姐没有那么浓的眼袋,美琳因生前素来注意,皮肤也更细腻些。

胜男冲着汤勺再吹一口气:"姐夫啊,我刚找到一个偏方……"

梁少游打断道:"我记得好像有人上午改了口的。"

胜男想起上午曾在张颖面前喊他少游哥,脸刷地一红。

梁少游道:"和张颖的事是因为她偷偷在我杯中下了东西,她自己吃了能结胎的药,所以才有了BABY,文文是沈清斌的儿子。"

胜男用白瓷勺不停地搅拌那碗汤,汤汁溅出一滴在胜男手上,胜男唇角一动。

"男男,你有在听么?"梁少游抓住胜男搅拌汤药的手。

胜男低头看一眼梁少游的眼睛,看到了一种专属性的、唯一性的渴望,她知道,那种渴望,名叫霸道。

胜男抽手,用力点头。

"做丈夫的不是每一样事情都必须告诉妻子，可是，这些事必须要跟妻子解释清楚。"梁少游认真地说。

胜男不语，慢慢抬起头，声音微颤："你一定很舍不得那个宝宝吧？记得姐姐流掉宝宝的时候，你们很难过，给宝宝买了很多东西，尽管张颖的孩子可能身体不好，可那也是你的……"

梁少游打断道："帮我换下衣服好么，对了，打电话给家琪。让他开车送咱们去。"

"你真舍得么？"胜男依旧固执地问。

梁少游咬唇，瞪了胜男一眼："比起让他降生之后痛苦，我选择让他不受半点苦。"

胜男望着这个嘴角坚硬着的男人，终于，一横心，点头。

她打开橱柜开始挑西装：休闲西装？正式装？外面冷，该加一件棉衣。她转过头问：

"少游哥，你要穿什么颜色的棉衣？"

梁少游没有回答，胜男凑过去一看，原来，他呼吸均匀，已是睡着了。

胜男左顾右盼，见卧室没人，忍不住探下身子，在梁少游微微勾起的唇上深深铺下一个印记。

梁少游这一睡，整整睡了三天，再次醒来的时候，精神舒畅，像是在大海边吹过海风似的，体力也似乎充裕了些许，似乎每个细胞都焕然一新了，动动胳膊，关节也灵活了许多，睁开眼睛的时候，却被整个屋子的惨白刺得眼睛生疼。

"老二，你醒了？"

梁少游睁眼就见老爷子和哥哥围在床头，母亲和胜男也在，还有那个张颖，坐在一旁。似是在医院。

梁少游吃力地摘下氧气罩，勉力笑道："怎么都来了？好像要遗体告别一样。"

老爷子一副白胡子一翘一翘的："胡说！"

梁母轻轻捶一记梁父的背后："老二身体都这样了，他昏迷刚醒，你跟他好好说话！"

梁少游撑着胳膊坐起来，笑着对梁母说："妈，我就是睡了一觉而已，你看，我精神不是挺好的么？"

梁母强颜欢笑，低声嗔怪着："睡了三天，还说自己精神好。"

梁少游看一眼父亲和哥哥，再看一眼床尾处满眼焦虑的胜男，语气平静而如通牒："爸、哥，正好你们也来了，我要结婚了，和你们打个招呼。如果有人持反对意见的话，意见可以去洗手间提。"

梁少钦责怪着："老弟瞧你是怎么说话的。爸爸不是……"

"不是什么！不孝为三，无后为大！"老爷子一双猩红的眼睛怒视着少游。

梁母再捶打老爷子一记："老头子！"

梁少游看一眼胜男："男男，你那天给我挑的外套呢，帮我换衣服。"

胜男看一眼横眉竖目的梁老爷子，有些惴惴不安地抠着手指头。

"爸、妈、哥，你们是不是回避下。"梁少游的语气不容商量。

"回避什么？你浑身上下我哪里没见过？"梁老爷子瞪一眼梁少游，又指着胜男的鼻子："倒是你，一个小姑娘家的，人家已经有了老婆……"

胜男羞得垂下头，继续抠手指头，狠狠一撕，大拇指被撕掉一块皮，出血了。

"爸，她才是你儿媳妇。"梁少游道。

"我什么时候承认的这个儿媳妇！"梁老爷子提高了嗓门。

"我只是和你打声招呼，不需要你承认。"梁少游的回答干脆利落。

"爸！您别生气。"梁少钦劝说着。

"够了，老头子，你给我出去！"梁母指着门外，"老二是不是你儿子啊？他都这样了你还要刺激他，虎毒还不食子呢！"梁母一边说着，对梁少钦使了个眼色。

梁少钦便挽了老头子的胳膊："等我弟病好了，你揍他的时候我给你举家法，行不？走走，爸，咱们去走廊抽支烟。"

"走廊不是不让抽烟么？"老爷子依旧固执得像硬石头似的。

"咱偷着抽。"梁少钦说。

梁母和梁少钦一边一只手拽着，梁老爷子这才不甘心地被拖了出去，张颖看一眼胜男，也指着他的鼻子痛斥道："卓胜男，你是凶手，你是杀死我和少游孩子的凶手！"

胜男一怔。

梁少游做一个请的姿势："闲杂人等请回避。"

张颖袅袅离开。

帮梁少游换衣服时，梁少游有些不忍地摸摸胜男的小脸："让你受苦了。"

胜男眼巴巴地问梁少游："我很不害臊么？"

梁少游忍俊不禁，刮一下胜男的鼻子："是我爸不害臊，那么大岁数还胡思乱想，你别理他。"

胜男问梁少游："姐夫你去国贸看什么？"

梁少游看一眼胜男的大眼睛，宠溺地微笑："去了你就知道了。"

胜男便只装作不知，扶梁少游坐上轮椅，推他走在医院的走廊上，梁父果然正站在一处，梁母和梁少钦说什么也拖不走："他还有没有把我放在眼里？他病了了不起了？老大家生的是闺女，他再不生个儿子，以后清明扫墓都没人扫！"

张颖在一边抹泪。

"不是有文文么？老头子，你还是人么！儿子都这样了你居然还会说出这种话！"梁母气得忙捂住梁父的嘴。

"文文是文文！你当我不知道他不是老二的呢？那孩子一口上海话你当我傻啊！"

"要个孙子就有人给你扫墓么，你儿子不也死在你前头了？"梁少游淡淡地说。

"你！"老头子气得脸红得像个红萝卜。

"够了！伯父，他究竟是不是您的儿子！我见过很多父母，儿子生病的时候，他们都百依百顺，你现在是想气死你儿子，就是为了有人扫墓，姐夫的儿子怎么肯给你这个冷血的坏老头扫墓！"胜男忍不住跳出来和梁父争辩。

"和他没有什么好说的，男男，咱们走。"梁少游制止道。

"今天我就在这里挡着，我看你怎么走！"梁父把着梁少游的轮椅，一副大义凛然的样子。

已经有三三两两的病人和家属出来看热闹。

几个护士出来阻止："老爷子您就别在走廊上喊了，病人们还要休息……"

"病人要休息，你就不怕我被气得两眼一闭！"梁父气得回敬小护士道。

正在这时候，梁老爷子忽然觉得肩头被重重拍了一记："嘿！老爷子，您怎么那么激动啊？儿子娶媳妇又不是您进洞房！莫非您是进不了洞房干急眼气的吗？哈哈哈！"

众人被这放肆的笑吸引过来，梁少游和胜男循声一看，果然是陈家琪。

"不对啊，老爷子，"陈家琪一脸无辜，"你儿子的那个小媳妇和你年龄差距太大了，你就是看上人家人家也看不上您啊，您看，您家儿子多英俊，跟明星似的。要不，你是看上这个美女姐姐，帮她出气来了？"

陈家琪指着张颖，十分好奇地高声问。

"逆子！他放着那么好的老婆和孩子不要，偏偏要娶个黄毛丫头……"

陈家琪站在中间，煞有介事地问："你等等，老婆和孩子？孩子在哪？"

梁父看一眼张颖，陈家琪点头："啊，明白了！原来是这样啊！也就是说，张小姐怀了你家少游的孩子！梁叔，这就是你不对了！你被那个女人下了药也得抗药啊……"

陈家琪说着，张颖羞得转身去洗手间，陈家琪继续皱眉好奇着："不对啊，看她身材一点都没走形，孩子才一个月那样吧，老爷子，你儿子病得那么厉害，怎么这时候有的孩子啊，你那么激动，莫非，那孩子是你的，你嫁祸给你儿子？其实，刚才那个美女姐姐肚子里的不是你孙子，倒是你的小儿子？哈哈哈！！！"

"住口！"

"住口！"

梁父和梁少钦指着陈家琪的鼻子齐声呵斥。

众人也都被陈家琪的无赖话惊得好一阵子说不出话来。

"梁叔，走。"陈家琪推起梁少游的轮椅。

吉普车行驶在路上，时而堵车，时而红灯，陈家琪一面催动，或刹车，扭头望一眼倚在后座的梁少游，十分不解："梁叔，国贸有什么？"

梁少游微笑："哦。"

胜男看一眼梁少游深不见底的眸子，黯黯地说："我猜和我姐姐有关，我记得姐姐说过，戒指就是那边买的。"

梁少游笑得沉沉的。

美琳那次的生日，两人要过护肤品之后，在一楼逛着逛着便顺便走到了珠宝专柜，冲动地选了戒指，之后，两人便冲动地拍了婚纱店照片。照出的效果很如诗如画。

影楼没有收两人的拍摄费用，而用来做了近两年的招牌广告……结婚，也就顺理成章了。

算起来，还是美琳向他求的婚。

美琳钻戒上的钻石不大，她却得了无价宝似的，用雪色纸巾包好，又拆包，然后戴到那白嫩得葱根似的指头上，最后锁起来的那种神情，梁少游记忆犹深。

梁少游看一眼胜男，相似的眉眼上演了不同的命运，嫁得却是同一个男人……

"你想什么呢，到了！"胜男兴高采烈地下车，安置好轮椅。

可是，看到满柜台的珠宝的时候，胜男却满脸迷茫。

"喜欢哪个就挑哪个。"梁少游笑得一脸和煦。

琳琅的首饰，看得两人要患选择困难症，正在这时，一颗蝴蝶首的镶钻的戒指映入眼帘。

蝴蝶的翅膀舒展着，像是要寻它的另一只，又像是栖息在戒指上暂时休息，于是，一首被流传到烂俗的千古情诗从梁少游唇间脱口而出：

我生君未生，
君生我已老。
化蝶去寻花，
夜夜栖芳草。

梁少游牵过自己小妻子的手，细细摩挲着她粗糙手指的骨节，是戴在无名指还是中指上呢？犹豫了下，梁少游吻过那男孩子气十足的无名指，轻轻将钻戒套上……手指太粗，卡在骨关节的前头了。

店员急忙帮着修整。

三十多岁的未婚女店员肥硕的脸上挤出一个酸溜溜的微笑："这位小姐好幸福。"

梁少游还想陪胜男购置新衣，胜男摇头拒绝，梁少游毅然道："哦，也好，还有更重要的地方要去。"

"什么地方？"胜男问，问完之后，就脸红了。

领证时比较顺利，因为不是什么黄道吉日，也不是周末。红色的本子，两人一手一本，梁少游将自己的那本也放在胜男的手上："永远不会过期，收着。"

胜男便全部收起来，扶梁少游上车的时候，忽然就觉得眼前有东西飘飘的，掬一手，原来是纸片。

第十四章 漫长的婚约

"当当当当,当当当当!"

陈家琪把报纸撕碎了当新婚的纸花。

陈家琪撒完纸花,催车出发时候,忽然就转过头,一本正经地问:"梁叔,我还送你回医院么?要不,去我的一套意大利风格的房子住一晚,当你们的婚房?放心我不会给你们录下来当 A 片看的,哈哈哈!"

梁少游自然知道他是暗示自己不能回医院也不能回家,便说:"去琳琅苑,家琪你要是有空今晚一起吃饭吧,当作简单的婚宴,怎么样?粉红色的灯罩,气氛挺足。"

那个粉红灯罩的地方,琳和她的郎住了好几年的家,他去年还住着的家。

路过一个白色的教堂,胜男说:"看!圣母玛利亚!"

陈家琪扭头道:"看什么圣母玛利亚,你现在该看小泽玛利亚!"

梁少游无奈地一笑,轻轻揉着胜男乌黑硬如钢丝的头发,揉啊揉,似乎要将一辈子的那份都揉完似的。胜男有些心慌"你欺负新娘!"

梁少游拧拧胜男白皙而略带色斑的小脸,扬唇在那尖下巴上嵌入一个唇痕:"能多欺负几天就多欺负几天。"

陈家琪腾出一只开车的手,摸出一支烟,刚要悠悠点上,忽然想起有病人,又送了回去。

三人回到琳琅苑胜男住着的地方时,天色已黑,梁少游已乏得静静睡去,醒来时,频道恰好正在播林隆璇的老歌《桃花源》,梁少游睁开眼睛,看一眼屏幕,屏幕上没有似曾相识的婀娜和柔软,没有明润的眼,花瓣似的唇。屏幕上的林隆璇缱绻而少了那份浓而无望的思念。

  南国回来的春燕有没有衔着思念
  北方顽固的积雪还在等放晴的天
  爱本像湖面一轮满月

命运丢石头弄皱美好的画面
　　往日已经被岁月黑白成泼墨山水
　　我的回忆还流连最工笔那些细节
　　旧爱像烈火熄灭的烟
　　谁贴近凝望眼眶越热越落泪
　　苍白的生命唯一的鲜艳
　　你是我的桃花源
　　回不去的桃花源
　　就变成一种永远

　　时空仿佛又回到了十几年前，初遇时的佳人，初遇时的独舞：《桃花源》。那舞，招摇着，湿漉漉的江南水墨轻轻涤去所有的浮躁，让从小学时候便桃花眼乱飞、女朋友成堆的梁少游刹那间心如刀割，一股强烈想去温暖这个女孩子的欲望，比黑夜之火还要鲜艳。

　　你是我的桃花源，
　　回不去的桃花源
　　往日已经被岁月黑白成泼墨山水
　　我的回忆还流连最工笔那些细节
　　旧爱像烈火熄灭的烟
　　谁贴近凝望眼眶越热越落泪
　　苍白的生命唯一的鲜艳

　　胜男忙起身，张牙舞爪地说："姐夫，我也会跳！"
　　说着，胜男伸出手臂，双手展开，挽出一个莲花手，看得梁少游扑哧一乐。

第十四章 漫长的婚约

"丫头啊,你这是太极拳么?中指伸出来,对,手腕柔软些。"

"哈哈哈!"梁少游大笑,端详着胜男跳舞时宛若侠女的风范,好奇地问:"傻丫头大学时候不是学跆拳的么,这是谁教你的?老师有没有被你气疯啊?"

胜男转一个圈,推手,"姐夫我跳得有那么难看么!我看到你的电脑里有姐姐跳舞的视频,学了好多天呢!"

在他眼中,忽然有了另一个桃花源。

梁少游只觉得热血上涌,心脏明快跳动着,撑着身体坐起来,似乎病体已恢复了大半,胜男笨拙舞蹈着,时而像侠女,时而像企鹅,梁少游早已无力动弹的双腿似乎有了些力气,屋外虽是冬意盎然,卧室里却因暖气的热烈和人的热烈而春意溶溶。

胜男开始像练武功秘籍似的转圈。

"啊!"

左腿一不小心,踩到了桌角,人一滑,整个人张开双臂,结结实实扑进梁少游的怀里。

梁少游滚烫的呼吸打在胜男的脸上。

"你在发烧么?我去拿药。"

——因为癌细胞的侵蚀,梁少游下午时常发烧。

可是,胜男一边说着,却被那溶溶的目光粘住了。

深邃的眸子定定望着她,像优美一首晚唐诗。

胜男觉得怀抱越来越紧,越来越紧,紧得她像是笼罩在一团火云之中,那修长的臂,在她扎两条小辫子的时候抱起她扔过高,在她高考失落时拍过她的肩头,在她接近堕落的边缘时,像老鹰捉小鸡一样将她结结实实地逮进他的车里,那修长的臂,单手上篮、三分球的姿态让她毫不犹豫地模仿了许多年。英俊的凌查理球风如他般华丽,多了份凌厉和鬼气,却少了那份飞扬与飘逸,其他人里,胜男更是找不到能把篮球打得如此飞扬跋扈又犹如江上吟诗的飘逸感。

　　胜男情不自禁地紧闭双目,却感觉到自己的脸被那双大手捧起,紧接着,唇上热乎乎的,口腔里多了滑软香甜如棉花糖的东西。

第十五章　请允许我尘埃落定

胜男知道，梁少游在吻她。

不同于于凌查理的吻，那个吻，吻得她茫然，吻得她不知所措，这个吻，如同蜜汁般在她的口腔中回荡，火热的舌像是软体的海鲜划过口腔似的。

这个吻，吻得空气都要凝固了。

胜男只觉得天旋地转，好像时间也停止了一样，好似自己的这一生，只为这个吻而来。

不知吻了多久，梁少游好看的大手开始往下游走，划过胜男修长的脖颈，慢慢下移。

正在这时候，两人忽然听到一阵打劫式的砸门声。

不是陈家琪，他似乎还在客厅，照这样说，该来的人还是来了。

梁少游跟父亲的关系并不好，他从没来过这里，能找上来，真是有点难为他了。梁少游冷笑。

陈家琪坚定而响亮地敲门："有我在，你们老实呆在屋里，把门锁上！"

胜男急忙把卧室门锁的按钮按住。

敲门声还是不止，轰轰隆隆，如犬狂吠。

胜男站在床头，垂下眼皮，一阵阵的敲门声打雷似的，让她想起电视里的捉奸场面。

"别怕。"

梁少游握住胜男因惊吓而微抖的手，她的手汗涔涔湿热得像是刚出锅的包子，先前的余温未尽。

客厅内的陈家琪正在脱衣服，脱掉厚T恤，脱掉背心，光着膀子，结实得像个运动员。

"来了来了！这么晚，谁啊！"

陈家琪就这样赤裸着上身，半敞出一条门缝。

一个白发老头，一个发福的中年人，果然是梁少游的父亲和哥哥。

"你说是谁！我来找我那个鬼迷心窍的儿子！"老头子理直气壮："半夜不回医院也不回家，他不知道他自己身体不好？就让那个小狐狸精勾魂去了！非要做鬼也风流是不是！"

老头子的声音很大，胜男一听"小狐狸精"四字，气得小胸膛一起一伏，梁少游紧紧握着她的手。

陈家琪铆足劲顶着门，一脸不屑："我还以为你来收保护费呢，老爷子，你儿子早把房子给我了，他和男男今天新婚，你还以为他会回多少年前的旧房子？"

"那他们去哪了！"

老头子依依不饶。

"爸，你看我就说不可能在这里，咱们回去吧。"梁少钦笑说，一面要拽老爷子离开。

陈家琪道："我又不是他老二，他走哪儿我跟哪儿！今儿就我自己，十分钟之后，我家会来一堆美女，你找你儿子去别处去！"

陈家琪说着，将自己的IPAD打开，视频中，纠缠的男女喘息声不绝。

"你这孩子！你怎么这样！"老头子气得急忙把陈家琪推到一边：

"这！这有伤风化！"

陈家琪嬉笑，一双小眼睛神采奕奕，一只胳膊搭上老头子的肩膀："你半夜打扰别人嗨，你还说别人有伤风化，要不，你和我们一起玩？哈哈哈哈！"

梁少钦忙道："爸，算了，咱们回去吧，少游都那么大的人了，他的事咱们管不了。"

"胡说！老子管儿子！天经地义！今天我非得把那个小狐狸精揪出来！"老头子一个猛劲儿，冲进屋子里。

卧室里的空气僵滞着，胜男紧紧抱住梁少游的腰，大气不敢出。

梁少游慢慢褪身躺下，手抚胜男的头，胜男吓得箍着梁少游的肩膀，不肯放手。

梁少游觉得有个软而有弹性的东西贴在他的胸膛上，且一起一伏着，忍不住勾起唇角。

原来，她只是小，不是飞机场。

梁少游只穿了睡衣，这种奇妙的触感他体味得分明，不同于美琳给他强烈的魅惑，也不同于波霸们的那种肉欲横生感，这感觉，像是换牙时候顶得牙床痒痒的新牙，又像是春天里破土而出的小草新叶，萌生出的新，嫩，让梁少游内心欢畅。

"喂，老爷子你就是把这里翻个底朝天也找不到你儿子，要不，咱们一起嗨吧！"陈家琪抓起一只扫帚，开始跳钢管舞。

面对如此不堪入目的场景，老头子终于怒道："看老二交的这是什么朋友！真是的，少钦咱们走！"

陈家琪挥起肌肉发达的手臂，追上前去："喂，老爷子别走啊！"

梁老一干人等走远之后，陈家琪松口气，锁门，穿上衣服，苦笑。

卧室里，胜男松一口气，脑袋软软地耷拉在梁少游肩上，梁少游微笑："没事了。"

胜男已吓出一身汗，头发微湿，却又羞于脱下毛衣。

被子里的温度几乎已如盛夏。

梁少游的手轻轻滑至胜男的腰间,胜男顺从地任他将自己的毛衣除去,毛衣褪尽,上身便只剩下一件内衣。

分明的肋骨、锁骨,滑稽的内衣。

梁少游觉得有点好笑与不可思议,胜男的内衣是纯白色的,稍微有点起球,儿童穿的那种半截式,中间还有个HelloKitty的图案,戴蝴蝶结的小猫出现在内衣上,真是让他哭笑不得。

"男男,这就是你的新婚内衣?女人的内衣比什么都重要,懂么?"梁少游笑说。

胜男羞得不敢抬头,想起家琪的话,将手探入梁少游的睡裤,那处依旧柔软。

真的身体差到起不来么?

胜男咬唇,毫不犹豫地探下身。

梁少游却一把托住胜男的下巴。

"我不准。"梁少游拒绝道。

"为什么?"胜男努力捕捉着梁少游眼睛里的内容。

为什么,因为,男男,我爱你爱得心都疼了。

或者,很多人读不懂那眸子里的内容,可是,她懂,她知道,梁少游杳然的眸子里掩饰不住哀伤、愧疚。

卧室门外,一双恭听的耳朵从门上挪开。

陈家琪从裤袋里摸出电话,拨出去,面无表情:"喂,哥们儿,去三里屯,恩,老地方,你丫今天不去就是孙子!"

三里屯,是北京有名的酒吧聚居地,如今已改名上古里,大家却沿用了这个称呼。

午后暖洋洋的冬日之光透过泛着银色的窗帘见缝插针地折射进来,映得窗帘上他当年画的许多条小鱼十分绚烂。窗帘还是当年梁少游和美琳一起挑的，梁少游说，美琳说银色底子的窗帘高贵又神秘。

高贵又神秘的窗帘尽处，便是久违了的回忆墙。

屋顶飞下一块墙皮，落在被面上，梁少游这才发觉，身上盖着的被子是纯白的，红色的印着胜男学校的名字。

真是个傻丫头。

她的体香味道依旧残存于他的味蕊，傻丫头的每一寸肌肤留给他难以言传的美妙感受，紧致、娇羞、温婉、青春……依旧保留在他的身体中。

想不到，十年之后，同一间屋子，同一张床，相似的眉眼，再次成为他的桃花源。

梁少游眼前的景物渐渐明晰，手上紧紧的攥握感也明朗着，乌黑的发，清澈的眼，雪白的围裙，一双并不好看的大手抓着他的手，默默凝望，似乎已望了许久，望得她眼圈微红，一双手似乎也血液通联着，胶合为一只手。

"早啊，少游哥！你今天精神怎么样？"胜男小脸光亮着，似乎是刚得到爱情雨露的滋润，人也红润起来。

"不错啊，"梁少游慢慢坐起来："你呢，男男，新娘的感觉怎么样？"

胜男含羞一笑，紧紧地搂住他肋骨分明的腰肢，梁少游将她揽在怀中，用下巴蹭着她黝黑的发丝，良久。

待夕阳西下时，梁少游认真地说："收拾好了之后，跟我回去见你的公婆。"

胜男吃惊地望着梁少游。

"该给他们一个交代了。"梁少游坚定地说。

果然，进房门就看到了门神，都不给俩人留一个回旋的余地。

未等交代，就见梁老爷子迎上来，瞪一眼梁少游，一脸冰霜似的冷："还知道回来呢，怎么没累死你！赶紧躺会儿去！"

说完，却指着胜男："你，给我站这里，我有话说。"

胜男被老爷子一吓，看一眼梁少游，"是，您有话尽管吩咐。"

梁少游笑说："爸，我好累，先让男男帮我洗个澡按摩下吧，话不着急说。"

老爷子自然不吃梁少游这套："让你哥来。我要和她说话。"

梁少游眉头一簇："爸，你别吓坏她，当年美琳被你吓得直哭，还不够么？"

胜男一怔，定定地望着梁父，美琳生前一直都夸公婆的好，这是她没想到的。

"当然不够，你当时要是没娶她，现在能变成这样吗！"老爷子似乎有秋后算账的意思。

"和美琳无关。"梁少游努力压制着自己的愤怒，冲轮椅后的胜男一摆手，"胜男，咱们走。"

"给我站住！你这是什么态度！"梁老爷子挡在两人面前。

梁少游微笑，仰面注目着老爷子，语调却是不卑不亢："爸，您别生气，我作为丈夫，只不过保护下妻子而已，没有顶撞您的意思，我为我们昨天和今天的行为道歉，只是，米已成炊，我希望您能接受这个事实。"

老爷子呼哧呼哧喘息着，气得不轻，双眼红血丝鲜明着，一双颤抖着、树皮似的手捂着胸口，指着梁少游："你！你们！你们！……"

说话间，竟眼珠子一瞪，眼一斜，口一歪，捂着胸口倒了下去，胜男急忙去扶，却没来得及，梁少游情急之下，从轮椅上跌下来。

"爸！"

"伯父！"

两人大声叫着，惊动了厨房里的梁母和正在看股票的梁少钦，一阵手忙脚乱地打120，送医院，抢救，等待过程中，梁少游双手发凉，嘴唇发白，谁劝他去躺着休息，他都不肯。

"妈，我爸身体不是一直挺硬朗的么？"梁少游担心着。

"是啊，可是，他几天前看见你昏睡且瘦成那个样子，就开始头晕，他说他是晕车了，我们当时又都在担心你，也没管他……"梁母红肿着疏松的眼皮。

梁少游突然发现，母亲真的老了。

"那他以前没有查出过什么病来吗？"梁少游接着问。

"好像……上次查是血压稍微有点高，似乎最近降下来了……"

未等梁母说完，梁少游懊恼地扇了自己一耳光："你们怎么不告诉我？"

胜男亦是吓得心惊胆战，抓住梁少游扇耳光的手，沉默着。

梁母嘴唇紧抿，捏着衣角，满眼焦虑。

到凌晨一点半时，筋疲力尽、手术服湿透的医生却带来噩耗如是："对不起，病人是脑干大出血，我们尽力了。"

"爸！"

"爸！"

"老头子！"

几个亲人开始恸哭，胜男独自站在墙角，眼泪如泉。

一天之后，胜男扶持梁少游入睡时，梁少游刚躺下，只觉得枕头下硬邦邦的，摸下去，却发现了一封没贴邮票的信，拆开之后，熟悉的字迹赫然入眼。字体霸道依旧，蛮横如他发号施令了一辈子的生前。

老二：

很奇怪爸会给你写信吧？主要是因为咱爷俩很长时间没好好说说话了。

这次看见你病成这样，爸很难过，可为了你好，有些话我还是要和你说。

从你大四的时候开始，咱爷俩的意见就一直不和，你想来北京闯出个名堂，我非要你回家去税务局。其实，税务局没有什么不好的，虽然不能让你像现在这样风光，却不会彻底夺取你的健康。

咱爷俩的第二个矛盾就是你的婚姻大事。我不同意你娶卓美琳，咱俩又闹了矛盾。我的意见是，女人长得一定要拿得出手去，才配得上我们梁家和我梁世康优秀的儿子,只是,她太漂亮了,会给你们带来无穷的灾难,你不听我的劝告,娶了她,这也的确给你日后带来了无穷的灾难,你病倒的很大一部分原因是因为她,爸知道。

所以,爸说什么也不让你娶那个小丫头了。她显然符合爸对儿媳妇的所有标准:漂亮,单纯,善良,爱我儿子,可是,儿子,爸看过你的病历,也和你的医生谈过,他说你最好的情况是肿瘤切除之后,再活五年,儿子,你想过吗?五年后,胜男才二十八,她太年轻了,这五年内,你能保证发生什么情况吗?爸害怕有人看中她是个即将守寡的小媳妇而伤害我的儿子,更怕她坚持不下去,而离开你,到时候,受伤害最深的还是你,你懂么?

至于那个张颖,她虽然看好你有钱,可她也是真的中意你,而且她心高气傲,相对于你喜欢的小丫头,这些事要发生的机会比较小,而且,女人年纪大了才疼人,你知道不?

不过,你既然选择了那个小丫头,我相信你的眼光,你身体不好,爸希望你珍惜你宝贵的体力,也希望你养好身体,理论上你最好的情况是手术成功之后能再活五年,爸相信坚强的你会创造出奇迹,你不是一直不服从爸么,这次你也不服从医学一个,爸认为,五年之后,医学更昌明,你会长命百岁,你敢相信爸么?另外,我还有个大孙子,你得教育好他,文文必须像我梁家所有的男人一样优秀,这是你不可推卸的义务和责任。

一直以来,你都以为我最疼你大哥,从你眼神里,我看得出,你觉得爸是偏向的,爸想说,你彻底错了,小儿子,咱们青岛话没有这个说法,可是东北话里,又叫老儿子,你从小就各方面突出,爸说你,骂你,都是为了你幸福,你刚结婚,爸也不在这里碍事了,在这里你们也不痛快,让你妈在这里和你媳妇一起照顾你,你给我赶紧好起来。

爸梁世康

看完的时候，梁少游的泪打湿了信纸，这古老的通讯方式，却割不断这苦大的亲情。

梁少游只觉得，心、肝、胃，此时像被猛地注入了不知名的毒药，毒得他肠穿腹烂。

"少游哥，我们误会你爸了！"胜男抱着梁少游的胸膛，眼泪滂沱着，忽然，就觉得梁少游的身体剧烈颤抖起来。

只见他五官压抑着痛楚，已痛得面部像拉伸扭曲过，他的双目紧闭，上牙不停地敲击下牙，体温也迅速上升，皮肤已发烫得火炉一样。

"少游哥，你不要吓我！"

胜男紧紧抱住梁少游的后背，他的背后湿了一大片。

不得不再次回到刚送走一个亲人的医院，一阵人仰马翻的处理之后，总算安顿了下来，只不过，昏迷中，梁少游只听见父亲临走前的那句："你，你们……"

父亲的声音像一个漩涡回旋着，回旋着，旋得他脑袋和肝区几乎要炸裂了一般。

你，你太让我失望了，是么？

还是说，你们得好好过？

他一辈子没有和自己好好说话，或许是在说，你这个笨蛋终究还是没听话。

你，你们……

声音里尽是衰老，苍凉。

眼前血红一片，是血么？

梁少游迷迷糊糊地觉得自己被推进了医院，迷迷糊糊地插了一身管子，又昏昏沉沉睡去，两天后醒来，头晕得厉害。

眼前，尽是父亲的样子，父亲花白的头发，父亲横眉竖目的眼，父亲脸上的老年斑，父亲褪去大半的眉毛……

梁少游朦朦胧胧地记起父亲年轻时候的样子，依稀记起，比起大哥，自己的眉眼长得更像父亲。只不过，父子两人的性格同样的好胜，却有着截然不同的脾气，于是，两个男人的战争，打了一辈子。

"老二！你醒了！"

梁少游看见母亲满眼的开心，原来，自己还活着，让家人这么愉快。

傻丫头见自己醒了，也满眼的喜悦。

梁少游黯黯想起，自己上次在医院醒来时候，父亲横眉冷眼的样子。

可惜，以后再也见不到了。

胜男端过水杯，仔细用那张年轻的小嘴唇试了下温度，将吸管轻轻放入梁少游的口中。

可是，他喝完之后，当即情不自抑地吐了出来，吐完之后，这个身体孱弱不堪的男人，竟一点力气也没有了，一双眼睛无力而空洞地望着惨白得天堂似的天花板。

胜男心痛如刀绞。

"别想太多了，事情已经发生，我们好好过，好不好？"胜男的手轻轻扶上梁少游冰凉的脸，抓住梁少游没有输液的手。

梁少游想挤出一个微笑，却笑不出来。

梁母示意胜男不要多言，于是，病房便静成了一片死寂。

这次大出血，让梁少游刚刚恢复了一些的身体又虚弱了回去，身子甚至比先前发病的时候更单薄了些，白细胞的数量更少了。更让胜男心痛的是，因为小不出，只能导出，导出的液体几乎是鲜红色，看得胜男触目惊心。

医生允许吃饭之后，胜男和梁母在不油腻的情况下，变换着各种花样喂少游吃，梁少游倒是配合地张口，可是，本就只能吃几口，吐出的却比吃下去的多。

医生对胜男发出最后的通牒："他要这样下去的话，你们做好心理准备吧。"

梁少游却算好了日子，躺在病床上一动也无力动弹，然依旧念念不忘，硬是要回青岛参加父亲的葬礼。

第十六章 你是我的桃花源

胜男只得打电话给陈家琪，半小时之后，陈家琪趿着棉拖鞋匆匆赶到病房时，护士刚给梁少游插上胃管。因为吃不下东西去，梁少游现在进食只能借助于外物。

陈家琪气势汹汹地走到床前，居高临下地望着半张脸埋在氧气罩之下的梁少游，强压着心头的怒气："梁叔，你说要去青岛的吧？"

梁少游有气无力地点头。

陈家琪打量着梁少游的脸，惨白，气若游丝，看得他忍不住深呼吸一口。

"OK，我现在就带你去，胜男，他的衣服呢？"陈家琪一边说着，一边开始拔梁少游的氧气罩，输液针，胃管，像菜地里拔萝卜的农人似的，胃管里的液体滴滴洒落在病号服上，像是梁少游即将流逝的生命似的。

"家琪，你疯了！"胜男急忙拽住陈家琪的手，被陈家琪一把甩掉。

"都开始尿血了，他能干点啥就让他干点啥，他想干点啥就让他干点啥就是！你这个无知的女人！"

陈家琪说着，扶起梁少游瘫软成一泥的身体就开始给他穿戴。

"胜男，你就让他去，反正他去也是死在路上，在这里他也活不下去了,不如让他尽一下孝心,给他爸陪葬了,我早看出来了,他铁了心不管你和文文了。"陈家琪语调如同拉家常。

"家琪你别胡说,求你别这样!"胜男阻止着。

"头发长见识短的女人,你懂个屁!!"陈家琪说着,拎着胜男的胳膊就往外推。

胜男显然不是健硕的家琪的对手,强壮的家琪干脆双手一把将胜男推出病房,关在门外。

"家琪,你开门!"胜男开始砸门。

病房内,陈家琪终于给梁少游穿戴整齐,不费什么力气就将他打横抱起,像抱一个大号的布娃娃一般轻巧地放到轮椅上,梁少游却因为没有一丝力气,整个身体"嗖"地从轮椅下滑下来,面条似的栽倒在地上。

因为几天没有进食,加上刚拔掉氧气,梁少游有点呼吸困难,微喘起来。

陈家琪抓住梁少游的衣领,恨恨地说:"你看,你现在这样能去哪?"

梁少游无谓地一笑。

"啪!"

陈家琪不轻不重地挥手,梁少游苍白的脸上多了个艳红的五指山,人也咳嗽起来。

"早知道就不帮着让胜男嫁给你了,她把你当无价之宝,刚嫁给你几天,你就让她当小寡妇么?她才二十三岁,文文才八岁,你让她俩怎么办?谁教育文文?胜男带着一个孩子,有人欺负他们怎么办!"陈家琪怒吼着:"你妈刚经受丧夫之痛,你再让她白发人送黑发人,你想让她也倒下么!你爸爸说要你好好养身体,让你争取做手术成了多活几年,你一辈子没听他的话,现在他死了你非得和他拧着干是不是!"陈家琪一珠连炮的发问,让梁少游的眼睛里稍微有了点光泽。

"梁叔,我知道,你爸去世,按理说你该去参加葬礼,可是,你没看很多明星拍戏的时候都赶不回去参加父母的葬礼么,更何况你现在这样子!

第十六章 你是我的桃花源

相信你爸用他的命换来你的命,他是不会怪你的!"陈家琪继续大喊。

梁少游面无表情,无力地瘫坐在地上,似是在思索什么。

"梁叔,我这辈子最佩服的人就是你,你拿出你创业的那些本事来,拿出你豁了命也把我们都安顿好的勇气来,给我好好活下去,别让我把你看扁了!"陈家琪指着梁少游的鼻子。

老爷子的话开始在梁少游的耳边环绕,回旋:爸希望你珍惜你宝贵的体力,也希望你养好身体,理论上你最好的情况是手术成功之后能再活五年,爸相信坚强的你会创造出奇迹,你不是一直不服从爸么,这次你也不服从医学一个,爸认为,五年之后,医学更发达,你会长命百岁,你敢相信爸么?

可惜,只能去一字字回忆,父亲的声音,已永远成为历史。

一瞬间,梁少游的眼前,过去的事情如电影般在眼前回放:小学时候,自己回回考第一名,父亲每次贴自己奖状时的神情;初中时候,自己交一大堆女朋友,父亲三令五申,横眉竖眼拍桌子时的神情;高中毕业时,自己没有听从父亲安排时,父亲用指头使劲戳着玻璃茶几,玻璃茶几戳出大洞时的神情;大学毕业前,父子两人为了他今后的去向而谈不拢,老爷子一把抄起笤帚时的神情……他极力阻止自己结婚时,拦在路口一夫当关万夫莫开的神情。

"陈家琪!你开门啊!别胡闹!求求你开门啊!"

病房外,胜男焦急的敲门声敲得他心下扑通扑通的,梁少游突然就觉得内心一动。

爸,我相信你。

"想好了没?想死的话我这就送你去青岛,想好好活着的话,就好好吃饭!把心态调整好了!"陈家琪大声训斥着。

"家琪,开门!姐夫他病得那么严重你别折腾他了!求你了!"胜男焦急的声音阵阵传入梁少游的耳朵。

医生和护士也赶过来,一起在门外不停地敲着:"里面怎么回事?"

梁少游吃力地动动眉毛:"地上好凉。"

陈家琪没好气地说:"冻死你算了!"

梁少游虚弱地一笑:"现在着凉,怕真的只有死路一条了。"

声音很小,可是,陈家琪听得见。

陈家琪以为自己会意错了,激动地晃着梁少游的双肩:"梁叔,你说什么!你是说,你不回青岛了么!"

梁少游微微闭上眼睛。

"yeah!"

陈家琪兴奋地将梁少游放回病床上,三步两跳着将房门打开时,胜男紧张地望着梁少游,迅速扯过被子给他盖上:"少游哥!你没事吧!"

梁少游勉强一笑:"男男,我刚才有说我饿么?"

胜男一听,高兴地拼命点头:"保温瓶里边有三香鸡血汤,要吃么?"

可惜,吃了两口,梁少游就觉得饱了。

"再吃一口,那是错觉!"胜男努力劝说着。

陈家琪也在一旁加油:"好好吃东西,梁叔!你能管好那么大一个公司,吃这点饭不算什么!你单枪匹马来北漂的时候你怕过么!这次也一样!"

梁少游一闭眼,微微启唇。

胜男急忙再喂他几口。

结果,梁少游实在忍不住,全吐了出来。

家琪吓得脸都青了。

梁少游羸弱的笑容却在脸上绽开,像是自我解嘲,又像是安慰胜男和家琪似的哑着嗓子说:"看来还需要一个过程。"

梁少游为这个过程努力着。傍晚时,梁母带着文文来看他,他努力用自己微弱的力气冲母亲和儿子微笑,开始努力吃东西,慢慢的,呕吐终于止住了,虽然憔悴的脸上偶尔会投下阴影,面对一家老小时,他努力去笑,

第十六章 你是我的桃花源

笑得胜男想落泪。

肝癌患者普遍食欲减退，梁少游从此却不再拒绝胜男或是梁母送到唇边的饭勺，有时候实在吃不下去，强迫自己吞下去的样子，看得胜男每每不想强迫他，看到他好起来的样子，却不得不继续强迫他进食。

两个月过后，梁少游的身体渐渐好起来，白细胞的数量增多，脸上也稍微丰泽了些，精神好的时候，慢慢能自己扶着助步器或是墙走几步，胜男怕他摔伤，只让他有人的时候下床活动。医生为让病人心情放松，已批准他离开医院，回家之后，白细胞的数量依旧不够，除了饮食，胜男四处寻来的中药方子越来越苦。

这天，胜男又找来一个方子，药熬好之后，尝一口，苦得她当场吐了个干净，忍不住将文文的可乐灌下半瓶去，可是，端到他眼前，他硬是眉头都不皱地喝下整碗，喝完之后，双眼发红，脸都绿了。

"苦么？"胜男神秘地吐吐舌头。

梁少游恬然一笑，本是滑糯的声音也沙哑如锣："没事。"

胜男指着自己的嘴唇："不要奖励么？"

梁少游洒脱地将双臂枕在脑后，慵懒一笑："是你奖励我还是我奖励你？"

胜男一皱鼻子，对准梁少游的唇狠狠吻下去，梁少游的舌苔便布满了甜蜜的元素。

原来，胜男竟含了一颗奶糖送进他的嘴里。

"少游哥。"胜男收拾好病床前的药碗："这药那么苦，万一没有用的话，岂不是太亏了？"

梁少游宽和地笑道："那就试下一种。"说着，便去牵胜男粗糙了些许的手："连五年的生存机会我都没有勇气争取，就不是我梁少游了。"

说罢，轻轻在胜男的手上落下一吻，满眼坚定。

胜男在梁少游的唇上咬了一口。

梁少游不解："想吃肉了？"

胜男摇头："少游哥，说这话的时候很性感。"

梁少游大笑："等我身体好些之后，你会知道，老公性感的机会还有很多。"

"吃水果的时间到了！要补充维C！"胜男感觉到梁少游眼神里的暧昧，忍不住躲闪着，一面仔细拾起一个甜橙拨开来。胜男给梁少游吃橙子的时候从来都不切，她说，切过的橙子流下很多汁液，维C就流失了。

梁少游打量着正在剥橙子的胜男，她的头发已经能垂到肩上了，身穿一件厚白T恤，婚后还纯洁得像只小白兔，这纯，让梁少游忍不住摇头："离开她，我怎么舍得。"

梁少游的身体状况稳定下来，却一直没有再好转，偶尔会吐，肝痛的情况却少了许多，这个新年，梁母来北京与这一家三口一起度过，将新年送走，转眼间，春天已悄然来临。

这个春天异样的冷，小区的湖面虽已经冰逝，湖畔的柳梢头却没有新芽萌生，寒意料峭。

几乎每夕阳西下时，胜男都会扶梁少游在湖边小坐会儿，看夕阳，看寒风吹起泛起金晖的湖面，默契得像老夫老妻。

这天的冷风比较大，胜男借口自己要去药店抓药，独自出去了，正巧这天附近的药店少了一味玉簪根，她只得打车去远处。她本以为抓了药便能回去，付完款的时候，却见一个娇小的女人仔细小心地掀开店门的塑料门帘，仔细着脚下，注意着自己的腰部，小心而入，这个女人小腹微微隆起，像是三个多月身孕的样子。

胜男看一眼这个女人的长相，心几乎要跳出来了。

为什么，竟然忘记这件事了。胜男恨恨咬着自己的手指头，突然意识到，有些没有结束的事情，将仍然是一场噩梦。

这个女人大眼睛充满慧黠，面带微笑，胜男打量着她的腰肢，几近窒息。这是一个看上去清新的女子，在胜男现在看来，她却犹如一个张血盆大口的怪物。

可是，这个女人正走向自己，越来越近，越来越近，近到咫尺时，胜男忍不住叫出来："张颖！"

张颖点头，一脸祥和："小胜男，你好啊。"

胜男的身子抑制不住地颤抖着，手也在发抖，一双长腿抖得她更像是在寒风中站了许久似的，可是，这是在室内，暖气如春。

张颖不动声色地笑笑，继续抚摸自己的小腹。

胜男盯着张颖的小腹："孩子，都那么大了……"

张颖轻轻抚摸着小腹，看一眼胜男无名指上的戒指，酸笑道："少游他还好么？好好的一个大帅哥，病成那样，怪让人心疼的。"

胜男点头："好多了。可是，我们已经……"

"结婚了是吗？你的意思是，所以我不可以养宝宝么？"张颖笑问，问得胜男不知所措，竟抓抓耳朵，内疚起来。

"等我会儿，我抓完药，去我家坐会儿，我家离这不远。"

张颖说着，大大方方走到前台去抓了一堆黄芪、白术、甘草之类的中药，胜男自然知道这是做什么用的，心下暗暗羡慕起来。

张颖的家并不大，一室一厅，白洁、简单。卧室里挂了大眼睛、圆脸的宝宝的海报，像所有孕妇那般。

胜男坐下之后，便忐忑不安地打量着张颖心安理得的脸，惶恐地问："为什么要留下宝宝？"

张颖给胜男倒一杯奶茶，思索片刻："哦，很多理由呢。"

胜男十分好奇："譬如呢？"

张颖说："第一，当时梁少游身体每况愈下，宝宝只要存在，遗产里应该有他的份额；第二，这是我喜欢的男人的孩子，北京虽大，像梁少游这样的好男人还真不多，我也是孩子的妈妈，又怎么舍得杀掉他；第三，好男人太少，我想我也不会嫁人了，以后带着孩子自己过好了，反正如果少游知道的话，经济上不会亏待我们。"

"你为什么总以为姐夫他有钱？他现在治病需要钱，文文以后也需要钱！"胜男打断道，这个女人现实得可怕。

"哦，文文的老爸不是给他留下不少？畅销作家，还有书的影视版权……"张颖胜券在握道。

胜男咬唇："可是，孩子的身体真会好么！你这是害你的孩子！"

张颖十分疑惑："我每周去医院检查，孩子好好的。"

张颖继续说："既然孩子是健康的，为少游留下他唯一的血脉，有什么不好么？"

接下来，胜男也不知道张颖在说什么，只记得，自己昏头昏脑地上了出租车，灵魂被抽干了似的蜷缩在座位上，回到梁少游的住宅时，梁少游正搂着文文在客厅看动画片。

"胜男，回来了！外面冷么，来，喝杯热茶。"梁少游微笑着一面帮胜男炮制了一杯祁门红茶。

"我不冷。"

胜男摇头，强颜欢笑着，一声不响换了拖鞋，径直去厨房，用小天秤称了药材，板着脸在厨房开始熬药。

客厅里时不时传来父子两人的笑声和讨论动画的声音，胜男将药熬上之后，忍不住向客厅看了一眼，梁少游正在往文文嘴里喂草莓。

胜男看着看着，忍不住看得出神，看得失神。

"喂！胜男，过来吃水果！这只橙子很甜，给你留着呢！"

梁少游挥手招呼。

胜男被梁少游并不大的声音吓得一激灵，机械地坐在父子俩身边。一瓣橙子送到她唇边："张口。"

"嗯？"胜男没听清楚，见橙子到嘴边，顺应地吃下去，真的很甜，甜得她想这一刻的空气凝固掉。

文文扑到梁少游怀里："爸爸，我也要！啊——"

梁少游慈笑着，喂了一块给文文。

第十六章 你是我的桃花源

胜男怔怔地打量着偌大的客厅，忽然就觉得，这一切像是一场电影的剧本，可惜她不是导演，也不是主演，被动地演着自己不想扮演的角色，无法抗拒。

欢畅的八点钟音乐响起，《爱丽丝梦游仙境》的乐曲如溪水流淌，梁少游急忙赶文文去睡觉，剩下胜男和梁少游两人坐在沙发上看电视，正巧电视上演的是《美人心计》，吕后一脸心机的样子看得她浑身起鸡皮疙瘩。

梁少游早就发现胜男有些不对劲，轻唤一声："男男？"

胜男忽然就扑进梁少游怀里，偎在梁少游温暖的胸前，双目紧闭，感觉到有人抚摸着自己的头发，胜男的双臂拥得更紧了。

"傻孩子，你怎么了？"梁少游哄孩子似的笑问。

胜男也不开口，没有眼泪，鼻涕却流出来，拱在梁少游的睡衣上，梁少游觉得胸前湿热，开玩笑道："怎么了，不会是吃小孩子的醋了吧，哈哈哈！"

胜男一听，却像浑身被电袭了一般，一把推开梁少游："姐夫，你是不是很喜欢小孩子啊？"

梁少游努力捕捉着胜男眼睛里的语言，并未急着回答，拧一把胜男的小脸："有点累，刚才一直在等你，帮我洗个澡。"

胜男点头，进卧室的浴室开始放水，水温调好时，她给自己换上新睡衣，粉色的。

她这天，帮梁少游洗澡时，洗得特别仔细，轻柔，梁少游想自己搭把手，她都不肯。

"喂，男男，我又不是婴儿。"梁少游笑说。

"可是，洗澡太需要体力了，你的体力留着恢复身体，留着……"

胜男欲言又止，梁少游打趣道："留着做运动是么？"

胜男不语，洗完澡之后，梁少游未等反应过来之时，便见胜男脱掉睡衣、内衣，年轻的身体就这样毫无保留地展露在他面前。

以往，胜男是害羞的，两人新婚之夜之后，便再也没有过肌肤之亲，今天她这是怎么了……

梁少游牵过胜男的手,"喂,你不是说,我动手术之前不要么?"

胜男小嘴一撇:"你不要算了。"

梁少游语气淡定,口气却不容拒绝:"告诉我,你怎么了?"

胜男强颜笑道:"姐夫,我想要宝宝了。"

梁少游不动声色地问:"哦,是么?"

"是呀!你不想要么?文文要是有个伴,多好啊!"

胜男一边说着,拼命眨眼睛,睫毛已湿润,却努力不让自己的眼泪掉下来。

梁少游一言不发地望着她,捧着她煞白的小脸,这张小脸弹性而紧绷,年轻得让他觉得自己也宛如少年了。

胜男捏住梁少游削长的艺术家一样的手,放到嘴里轻咬,梁少游用另一只手握住她的腰肢,胜男顺着梁少游的力量,乖乖地坐到浴缸里,跨坐在梁少游的腿上,开始吻梁少游的唇。

梁少游一愣。

回应着,回应着,一对苦命的恋人被热气腾腾的水汽包围在法式热吻之中。

此时,她的双臂紧箍着梁少游的双肩,她绵软的前胸紧伏在梁少游的胸膛。梁少游怎么也没想到,胜男会是这般主动。

梁少游开始变被动为主导,双手掬胜男粉色晕点的乳在手中时,胜男努力压抑着自己神情中的快乐感,一把推开梁少游,愧疚地大哭起来。

胜男的目光躲闪着,像是犯了错的孩子,又像是打烂了精致陶瓷的小狗,耷拉着脑袋,诚惶诚恐着,靠着浴缸的身体颤抖着,畏惧着。胜男不是典型的白皙女孩,她最白皙的便是脸,可这丝毫不影响她身体的美好,她背后的骨骼委屈地抽动着,抖着,看得梁少游阵阵怜惜。

梁少游将她纤细的身子揽入怀中,两人无间熨帖着,只觉得那颗青春的心脏扑腾扑腾跳得像是逃命的小兔一样。

第十六章 你是我的桃花源

梁少游开始继续之前的行为，吻至她分明的肋骨，再往下时，胜男从水中站起，显然是在拒绝，梁少游从不勉强女人，耸肩，抓起浴缸附近的睡衣，起身，随意地套在身上。

"胜男，你看过《茶花女》么？"

胜男不知道梁少游想说什么，只得回答："看过。"

梁少游说："玛格丽特为了阿尔芒的妹妹的幸福，而选择离开阿尔芒，临行前的一举一动你还记得么？"

胜男摇头。

梁少游将睡衣递给胜男："她的各种行为，和你现在如出一辙。"

胜男吃惊地望着梁少游。

"不用奇怪，阿尔芒是个二十出头的傻小子，我梁少游不是。"梁少游一边说着，自己慢慢向卧室走去。灯光下，清瘦高大的背影像一棵树，一颗坚强而固执的树，虽不强壮，却犹如铁骨。

胜男只得穿好，跟上去。

梁少游懒懒地倚坐在床上，指着笔记本屏幕上的一个图片："胜男，你看，我准备把这个宠物店买下来。你对宠物店比较熟悉，我现在身体也好多了，有空的话，我们一起经营好不好？"

胜男不语。

梁少游指下桌上的包裹："这是我托人从北大带来的研究生教材，不管我以后怎么样，你必须读书。"

胜男继续低头。

梁少游抬眼："其实，你刚才问我喜不喜欢小孩子，我就知道你见过张颖了，对不对？"

胜男没有料到梁少游那么快就看穿了她。

"所以，你也想为我生个宝宝，却觉得自己这种行为太自私，为了我能和自己的孩子在一起，为了张颖的宝宝有爸爸，所以想离开，对不对？"

梁少游似是漫不经心地盯着银白色的笔记本一边说着，却道出了胜男内心最深处的想法。

"不对！你在想什么呀？"胜男笑着，矢口否认道："因为路上看到了可爱的小孩子……"胜男有些说不下去了。

梁少游从她的大眼睛里看到了不舍与留恋，强颜的欢笑，在她的表情上更像哭。

演技真烂。

"胜男，你以为当你离开，将来孩子再出生，我和他们就是一家三口了么？"

胜男不敢看梁少游："孩子……是无辜的。"

梁少游点头，轻描淡写道："出来之后，接他过来。"

胜男摇头："张颖才是孩子的亲妈。"

梁少游残酷地说："张颖保留这个孩子，说白了，最大的原因就是一个'钱'字，我们也并没有要求他们不见面。"

胜男像看外星生物似的盯着梁少游的脑袋，开始研究。她万万没想到，自己如此不能承受之重，居然是他不费吹之力的承受之轻。这，大约就是男人比女人强大之处吧。也许，女人这一生总该找这样一个伴侣，你是他的肋骨，你支撑起他的生命，他支撑起你的整个天空。

梁少游摆摆手："我的话，你有在听么？"

胜男眼神漾着不可思议的温柔："姐夫，为什么所有的事你都很轻易就会解决？"

梁少游若有所思地抬起头："知己知彼而已。"

胜男还是半信半疑："张颖真的会答应么？"

梁少游自信地一笑："等孩子出世之后，相信这是她最好的选择。"

胜男有些扫兴，却又开心起来，高兴地哼着歌，抢过梁少游的电脑，关机，"你该休息了姐夫，我看着你睡，快睡吧！"

梁少游也的确累了，合眼之后便沉沉睡去。

许是有的另一个初萌生命的牵系，以后的日子，梁少游的身体竟恢复得快起来,他时常会和胜男带一堆补品一起去探望张颖,有时也会抱着张颖日益长大的肚子,将自己的耳朵贴在上面,笑容一如抚摸文文脑袋时那般,却多了些坚定。

今年的桃花盛开得特别晚,大约晚了半个月之久,待到桃花盛时,梁少游的白细胞数目终于达标了。

进行介入,终于成为一个可能。

一个月三次的介入,每次进行完之后,他都会大病一场,疲惫虚弱得必须在医院耽搁几天,如此反复几个月之后,他的肝区肿瘤竟缩小了许多,手术问题便提上议程。

是继续做介入,被动延续短暂生命还是选择手术,赌博一场?

毫无疑问,梁少游选择的是手术,手术失败的话,只有一个死字,成功的话,理论上可以活五年,可是,如果被动接受介入、化疗的话,挨不过一年。

五年,梁母便不至于太过悲伤;五年,文文便可以升入初中;五年,张颖肚子里的小生命便可以喊着爸爸,两条小腿跑得飞快。五年之后,胜男就由黄毛丫头变成美丽的少妇了……家琪从美国学成归来,他还能给他提供尽己所能的帮助……

梁母和梁少钦一家三口从青岛赶过来,家琪从美国飞回来。

手术的前一天晚上,一家人聚在一起吃团圆饭的时候,梁少游特意将这个场景摄制了下来,胜男趴在梁少游的肩头看镜头,她的长发已垂至肩下,八分像美琳的生前,俨然由女生蜕变成美人了。

胜男夹一筷子新鲜百合到梁少游唇边。

梁少游病重的时候,不必说吃饭,他的一切都是她打理的,她已经做好了手术失败的准备,可是,她的他那么好,她觉得手术不会失败。她有这个把握。

梁少游张口,一边盯着摄像机上的镜头,将镜头转移至胜男这边,镜头上的胜男满目坚定、期待与和平。

第十七章 岁月的童话

梁少游不由吻上那双和平圣洁的眸子,将镜头满满地照在两人的脸上。
"嗷嗷嗷!"
文文拍手鼓掌,筷子被他的手肘拐到大理石地板上了。
梁少游沉沉地看一眼文文,将他鼓掌的样子也摄入镜头中。
梁少钦牵着女儿和老婆的手打招呼:"先给妈照一个,再往这边来!"
梁少游一一将这些幸福的人收入镜头,文文却说了一句让人闻之色变的话:"等多少年之后,我都会记得爸爸和全家以前这样幸福!"
"胡说!"
胜男一听,脸上的笑容消失,满脸通红:"以后也会这样幸福!"
桌上的气氛忽然就冷凝下来。
像是热烈的瀑布冰冻在了空中。
陈家琪正在狼吞虎咽地往嘴里塞胜男做的香菇白菜粉条,去美国这半年让他对以前看都不看一眼的白菜、西红柿炒鸡蛋都萌生出巨大的兴趣,听到这话时,他竟也双眼一直,无语了。
正在这时候,门铃的音乐响起。
梁少游淡淡地给母亲夹一筷子炒海参,又不紧不慢地给文文和胜男一人夹一筷子蛋黄焗虾仁,一言不发。

不该来的,还是来了。

不该来的人面带迷人的微笑,手扶笨重的腰肢,见到梁少游,十分深情地挥开双手,似是见了孩子的父亲,情不自禁地拥抱。

"美女,你好啊!"

陈家琪已经扑上去,把张颖搂得喘不过气来。

"这么晚,你肯定吃过了,走,咱们进去聊聊。"

梁少游放下筷子。

胜男啃着又甜又咸的鸭蛋黄皮,吃到嘴里竟酸溜溜的。

手上忽然多了一个热乎乎的东西——是梁少游热乎乎的大手。

原来,梁少游在示意胜男也一起。

胜男捏得梁少游的手紧紧的,走进会客书房时,依旧如此。

"坐,张颖。"梁少游礼貌示意。

张颖打量着两人,讪讪坐在沙发上,发觉自己头一次进梁少游的书房,竟深深惊艳了。

书房依旧是典雅的希腊风,白洁、简单,她早已见识过,并不觉得惊喜,可是——

书海浩瀚。

一排排的大部头气势如山来。

张颖的视力虽不好,却佩戴着黑色的美瞳隐形眼镜,书架上的书她看得分明:架上标着"中华书局"标志的本本,看得她倾心不已:《二十四史》《东周列国志》《汉书》《战国策》《金刚经》《山海经》各种古代小说……外国名著……她喜爱的卡尔维诺、米兰昆德拉、博尔赫斯都在其中,很多她读过的,也有很多她没读过的,她向往了多年的名著们,竟如此张扬地一一展耀在她面前。

张颖热血上涌,血液莫名沸腾。

多少年前,她也是文学女青年,买不起书,她在图书馆借来仔细地读,仔细地摘抄,想来,多少年之后,她的世俗竟让她脸红起来。

"你的书,真多。"张颖情不自禁地说。

"所以,宝宝会受到良好的教育。"梁少游回答得干脆,目的也明确。

张颖盯着梁少游的眼睛,她承认自己浅薄,可是,喜欢读书,让这位清瘦的美男子更添了几分魅力,她不得不承认,再看一眼和他手牵手的胜男,她的苦水从心头涌出。

"遗嘱上写得明明白白,你大可以放心得到你想要的。"

梁少游说。

张颖忽然觉得自己有点承受不住,匆匆告辞。

梁少游被推进手术室的那天,室外阳光明媚。

早上九点整,肝癌右肝叶癌肿切除术开始。

胜男顶着两个大黑眼圈,僵直地坐在手术室外的塑料椅子上,一言不发,拳头捏得紧紧的。昨晚她一夜未眠,梁少游临睡前的话在她的耳畔不断萦绕:"男男,嫁给我,你以后会后悔的,不过,我会尽力让你幸福。"

为什么会后悔?

胜男怎么也参不透,梁少游也不告诉她,只是紧紧搂着她,搂得她浑身是汗,睡着之后,他的胳膊松都松不开。

陈家琪坐在一旁,手心也出了一把粘糊糊的汗。

时间一秒一秒地在他的表盘上挪动。

忽然,他的手机响起来。

接通了,居然是凌查理。

陈家琪的心怦怦跳着,跳得他面部肌肉抽搐,眼皮直抖,慢慢走到走廊尽头,他故意装得若无其事:"喂,你这个不会笑的装酷男,找我又没什么好事吧?你丫有话快说,有屁快放!"

凌查理也不理他,语气反而有些沉重:"警方已收集到唐明君大量走私军火的有力证据,现在……"

"放屁!"

第十七章 岁月的童话

陈家琪大骂，手机狠狠地往地上一摔。

可是，手机的那头，不悦耳的声音还在继续。

陈家琪在楼梯口压抑地大吼一声，吼声如受伤的困兽，胜男听到了，急忙跑出去，却不见了家琪的身影。

手术还在继续。

梁母目不转睛地望着手术室，眼巴巴的，仿佛宁愿去替儿子遭这种罪似的，梁少钦先是紧盯着手术室的大门，后来，打一个呵欠，开始研究他的手机，似乎是在盯大盘。

"如果肿瘤直径小于 5 厘米且能手术切除，五年生存率可达 90%；如果大于 5 厘米，手术切除和五年生存率是 20%。"

胜男记得医生如是说。

梁少游的肿瘤是 $2.3 \times 2.7 \times 3.2 cm$。

胜男不断地在走廊里徘徊，头脑里各种思路却不停地碰撞着。

梁少钦被她走来走去看得心烦，一把拽住她，"来回走也怪累的，你坐着休息下。"

在众人都等得心都凉了的时候，时间刚过了一个小时。

此时，陈家琪正在警察局接受凌查理冰刀子一样冷冽的审讯，

此时，操刀医生满脸热汗，助手在给他不断擦拭。

"纱布！""镊子！"

此时，文文正在课堂上听课，却一个字也听不进去，竟打车跑到医院来。

此时，梁家人算上胜男，都有踩薄冰的感觉，觉得前方是一场大仗，赢了，便是五年，输了，梁少游便永远沉没于冰面之下，永不复生。

梁母将梁父生前的大框黑白照片摆在椅子上，开始双手合十祷告："老头子，保佑老二手术成功啊！你最疼他了！他才只有三十八岁……"

胜男也跟着梁母双手合十，祷告起来。

时间指在 10 点 10 分。

还剩下二小时五十分。

170分钟。

10点20分的时候,文文背着小书包赶到,在一个好心护士的引领下一路跑来,满头大汗。

终于挨到10点30分的时候,文文突然说想吃冰激凌,自己跑出去买了一个,胜男则坐在原处,双腿打颤,连厕所都不敢上,生怕出去一下就耽误了什么。

四个小时,竟如此漫长。

长得像是沧海变桑田,长得像河蚌已包裹出一粒明润的珍珠来,长得像,岩石已被滴穿。可是,时间还是没有被打发掉。

11点30分的时候,胜男让大家都去吃饭,自己在这边等候着,可是,梁母一动也不动:"我要陪着我们老二。"

梁少钦要带了文文去吃饭,胜男从口袋里掏出她自己也不知道是几张的粉色钞票,对梁少钦说:"你们好好吃饭。"梁少钦一把推回胜男的手:"我是文文的大伯,当然要照顾好他。"文文却摇头:"我要陪爸爸!我不饿!"

于是,众人又陷入无边的等待中。

本以为,下午13点整的时候,梁少游就会被推出手术室,带着众人都期待的喜讯,可是,手术依旧没有完结。

文文抬头,搂着胜男的肩膀:"为什么爸爸还没出来?"

胜男摸摸文文的小脸蛋:"因为好事多磨,手术会成功的!"

两人拥得紧紧的,抱紧了,才得知,两人都出了一身热汗。

文文十分怀疑地盯着胜男的眼睛:"胜男,真的会成功么?"

自打文文知道胜男和梁少游结婚之后,他不再喊胜男为姐姐,却也叫不出口"妈妈",所以干脆直呼其名。

胜男狠狠点头:"会的,爸爸舍不得文文和胜男啊。"

可是,13点20分的时候,手术依然没有结束。

胜男和梁母已堵在门口。

第十七章 岁月的童话

文文情不自禁地冲着手术室大叫："爸爸！加油！"

胜男刚捂住文文的嘴，却也忍不住大叫："少游哥！"

两人出人意料的行为吓得梁母急忙喝止，正在这时候，张颖姗姗来迟。

张颖随身带来的，还有一个外放的手机，手机里放的不是别的，却是婴儿的啼哭声。

梁少钦气得把他们统统拽过来："你们干什么！现在是医生做手术！"

"所以他才更要坚持下去！"

几个人正吵闹的时候，听吱呀一声，手术室的门开了。

"医生！怎么样！"胜男冲上前去，心提到了嗓子眼里。

医生摘下湿漉漉的口罩，长吐一口气："成功了。"

……

傍晚时，梁少游恹恹醒来，暮春的余辉映在他脸上，给那张脸添了些许红润。

梁母、胜男、文文和梁少钦早都围在他的床边，梁少游黯黯想起某一次，父亲焦急而霸道地围在他床头时候的场景，心下一沉。

"老二，你成功了！"梁母说话时，声音依旧是激动而颤抖的。

胜男在梁母的身后，轻轻点头。

梁少游款款一笑，笑容掩埋在呼吸罩之中，眼神却是柔和而喜悦的。

"爸爸加油！"文文高兴地跳着，砸得地梆梆响。

"叔叔加油！"梁少钦的女儿也围过来。

梁少游缓缓闭上眼睛，表示自己会努力，胜男握住梁少游冰凉的手，双手捧住，紧紧捂住，梁少游张开眼睛环顾一下四周，发现似乎少了一个人。

梁少游没有气力去问，却隐隐察觉出一丝不妙的感觉。

果然，之后的三天内，陈家琪一次也没有出现。倒是张颖，每天都挺着大肚子来医院，天天煲一锅用小火精心熬制一天的汤粥带来，不得不说，她煮的汤真是专业级别。

胜男帮他按摩时，梁少游忍不住问胜男："最近见过家琪么？"

胜男知道瞒不住梁少游，却依旧笑说："没有，他是不是刚从美国回来，找他的那帮老情人去了？"

梁少游不语。

沉默了近五分钟之后，胜男似乎察觉到梁少游心中的顾虑，掏出手机："我给凌查理打个电话，问问他知不知道。"

梁少游点头。

得到的结果，果然如他所料。

听凌查理说完之后，胜男鼻子酸得发麻，忍不住啃起了手指头。

一大清早，病房的敲门声清脆，敲门人像是学过礼仪课，让那敲门声听上去自信而响亮，像是自家人的敲门声似的。

"谁呀！"胜男脸不由得拉下来，来人充足的底气让她心慌。

不用问，就知道是谁，以往她都是早上十点之后才来，今天竟八点半的时候就来报道了。

胜男开门时，脸上的洗面奶沫子还残留在脸上。

"少游早啊，我来给你送早餐了，今天的鸽子汤味道不错呦！"张颖拎着一壶鸽子汤袅袅进入，其时，胜男刚服侍梁少游洗漱完，自己刚刷过牙正在洗脸，满脸满头发都是水。

张颖知道，自己闯入了人家夫妻的二人世界，眼瞅着胜男的睡衣邋里邋遢地沾着牙膏沫子，睡裤的裤腿一高一低，想起自己早起精心描抹了近一个小时，心中暗暗羡慕起来，羡慕得牙根痒痒的：这，才是一家人啊！

同睡一张床，同住一屋，他可以看到你最狼狈时刻的一家人。

张颖双眼呆了一下，笑望着她，努力保持住一脸略带僵硬的笑容："早啊，男妹妹！"

好难听的称呼。

似乎像在叫青楼的小倌，又像是古代大夫人喊丈夫的小妾。

胜男粗糙地擦一把满是水的丝毫不加修饰的脸，抬起头，掩饰不住不悦："你早啊。"

张颖远远透过洗手间的镜子看一眼，相对于自己精心雕琢后的粉面妆容，她深深地自认为，不修边幅的胜男从美貌上就逊了她一大截。张颖心下忽然就有一股无名火如潮涌上，熊熊炽燃着，燃得那一霎间，她几乎要理智丧失。她努力压抑着，压抑着，压抑出一张笑脸，笑得她心里想哭。

胜男显然也不爱看她，并不热情，张颖也为防止自己失去理智而转眼视线便盯在病床上，于是看到一张虽瘦却英俊到让自己误终身的男人。

"少游，你怎么样，今天好些了么？"

张颖用自认为最贤惠的笑容冲梁少游笑着，笑得她心力交瘁。

梁少游颔首微笑："还不错，胜男是个很细心的妻子。"

梁少游闻到了一阵香水味，他熟悉的香奈儿5号，几十年前玛丽莲梦露颠倒众生的那款，因为玫瑰、茉莉、铃兰等混合而成的香气浓烈，他觉得鼻子一阵不悦，觉得伤口也难受起来，谁说这种香水让男人着迷发狂的。梁少游年轻时候曾经买过CD的绿毒给美琳，相对于香得像一记耳光打在他脸上的玫瑰怨气，他更喜欢清新、轻盈而温柔的盛夏味道。

张颖强压下一脸的懊恼，笑着将保温瓶放下，双手握住梁少游的一只手，并且故作漫不经心地将那只手滑过她丰腴的胸："要做什么吗？"

梁少游摇头："你挺着大肚子呢，什么也不需要。我也快拆线了，以后不用天天来了。"

张颖便将捉住梁少游的手放在自己的小腹上，梁少游迅速抽手。

他爱自己的孩子，却已意识到事态发展的程度，尤其是自己手术成功之后，张颖明显表现出对他志在必得的兴趣。胜男或许只是单纯吃醋，他却已洞察得明晰。

胜男已洗漱完毕，走上前，伤感地去握梁少游刚从张颖手中挣脱出的手。

梁少游看一眼胜男失落的眼神，忽然就有三分心疼，七分愧疚，便笑说:"好啊。喂,张颖美女,医院里空气不好,为了孩子,你还是回去吧,男男,你送她去帮她打车。"

"好的,老公的话我都听!"胜男当即抓起外衣。

梁少游突然发现,女人在面对情敌的时候,智慧是无穷的,口才也会迅速提升。

情敌两人走在路上时,竟一句话也不交流,两人不认识一般,像所有看不惯对方的死对头,话不投机半句多。医院附近出租车很多,出门即是,胜男送走张颖,快步跑回医院病房,见病房里多了一个熟悉的背影,只不过,这个背影却不再像往常一般挺拔,整个人挨在床边,像是一只受伤的大狗。

"陈家琪!好几天不见,你也不开机,姐夫很担心你!"胜男又是关切,又是埋怨,倒一杯热水递到家琪手里。

胜男这才看清了陈家琪的脸,只见他满脸黑瘦之气,眼袋,黑眼圈,皮肤也少了光泽,似乎是为见梁少游而把胡子刮了个干净,人几天之内瘦了一圈却掩饰不住,原先的那个又白又强壮的嚣张少年,现在憔悴得像个在牢房里关了三四年的囚犯。

陈家琪忍不住问:"梁叔担心我,你不担心我么?"

梁少游拍拍家琪的肩膀,撑着身体坐起来,开刀的伤口牵动,他努力忍着,面不改色:"你听她的语气就知道不是。"

陈家琪双手捂住热气腾腾的杯子,像是心寒得浑身发冷,怎么也暖和不过来似的,看得梁少游和胜男一阵心疼。

"有什么打算?"梁少游握住陈家琪冰凉的手问。

陈家琪低头道:"没什么啊,过几天就开庭了,我妈虽然罪孽深重,我暂时不回美国了。最近正在给她联系好的律师,判个终身监禁也比死刑好。我没爸了,就剩下一个妈。"

梁少游松开手,平静,却不忍地说:"我记得《刑法》第125条说,非法制造、买卖、运输、邮寄、储存枪支、弹药、爆炸物的,处3年以上10

年以下有期徒刑；情节严重的，处10年以上有期徒刑、无期徒刑或者死刑。按照司法解释，认为制造、买卖、运输、邮寄、储存的行为之一，都能判三年，按照你妈妈的情节程度，你最好做好心理准备。"

"怎么，梁叔你也懂《刑法》？"陈家琪有些吃惊地问。

梁少游点头："读书的时候读过双学位。"

陈家琪苦笑，意识到梁少游说法的力度，狠咬着唇，门牙上鲜血粘糊糊地沾着，他摇晃着身体，冲着病床旁边的桌上帮唧就是一拳。

胜男急忙去阻拦，没拦住。

"别这样！家琪，你还有我们！"梁少游喝止着。

陈家琪站起身来，开始大骂："他大爷的！出了事都他妈的当污点证人，还有那个凌查理，妈的没事儿干跑去当什么卧底！就你他妈的是英雄啊！"

梁少游拽住他的胳膊："他是警察，那是他的职责……"

"我妈其他的罪名还不够么！"陈家琪使劲跺着地板。

"还有我那个舅舅，居然说我妈罪有应得，连律师的事都管不了！他是不是我妈的弟弟啊！他一天就想着什么晋职称！进职称，屁！"

陈家琪说着说着，竟爬在床沿咧开嘴大哭起来。

胜男拍着他的后背，说什么也不是，梁少游却没有阻止，父亲一样纵容他："让他哭，他去年到今年承受的东西太多了，也该发泄了。"

"最可恨的是我妈，她居然连见我都不见，捎信说不让我找好的律师，她说她判两次死刑都不够，让法庭随便怎么判刑吧！他妈的，梁叔我现在有你，五年之后呢！"陈家琪已气得话不择言。

"家琪！"胜男打断道："你在胡说什么！"

梁少游摆手："让他说。"

陈家琪却当真住口了，抹一把眼泪，强颜一笑："对不起，梁叔，我听说你手术成功了，本来想看看你，结果弄成这样，你不用操心，我妈她罪有应得。见不到她最后一面拉倒，反正家里有照片……"

说完之后，陈家琪接过胜男递过的面巾纸，胡乱擦着脸，一言不发，梁少游知道，除了这些之外，另外还有一件重大的事，可惜，他竟想自己承受了。

胜男抬头看一眼梁少游："其实，我想问，这事儿家琪没有卷进去吧……"

陈家琪抬起头："你知道么，胜男，这事她从来都没让我爸和我插半点手，因为她知道，她还要给我留后路！这就是我妈！"

陈家琪说完的时候，胜男突然动了恻隐之心，可是——她突然意识到，这个女人是害死自己姐姐的凶手，又是害姐夫生病的罪魁祸首，心里依旧疙瘩。

陈家琪走后，梁少游一言不发了一阵子，待到傍晚时候，他对正在给他按摩腿的胜男说："胜男，我是明天出院么？"

胜男点头："是啊，可是，下午有时候还在发烧啊，你想？"

梁少游郑重地说："那好，明天我想和家琪一起看望下康明君。"

胜男一愣，吃惊地望着梁少游："这个……"

"啊！你该不会是想帮她打官司吧！"胜男激动地满脸通红。

"当然不。但是，我得帮家琪见她一面。"梁少游道。

胜男点头，第二天，梁少游出院之后，当真和陈家琪一同去探监，如意料中，康明君一听是梁少游来见她，竟没有拒绝。

陈家琪一愣。

梁少游挥手："家琪，进去吧。"

陈家琪好奇地问："怎么，你不去见我妈了？"

梁少游摇头，陈家琪进入时，七年前的事情不由浮现如昨天。

"嫂子，你别这样。"一双蛇一样柔的手臂攀上梁少游的肩膀。

"少游兄弟，你何必一本正经呢？"

"我告辞了，嫂子，今天的事情我不会跟任何人说。"

"梁少游，你会后悔的！"

真是好笑。梁少游记得,《天龙八部》里,康敏因萧峰的漠视而做出一系列荒唐事,想不到,这事竟发生在自己身上了。

梁少游记得,她说过他会后悔,他当真后悔了,悔得他心痛,头痛,腿上钝痛,腰背酸溜溜的,人也猛烈咳嗽起来。

家琪探监出来时,恰好看到了地上的鲜血,红得他眼睛生疼。

"梁叔,你怎么了!"陈家琪急忙跑上前去,梁少游的手热得刚出锅似的,额头更是滚烫。

"糟了!"陈家琪大叫。

第十八章　新生

胜男开门的时候，梁少游像是久别一般，迎面来了一个大大的拥抱："hello，小男男！"

胜男被梁少游的骨骼咯得肩膀疼。

"爸爸！"文文见梁少游回来了，高兴地从沙发上跳起来。

"少游哥，见到陈家琪的妈妈了么？你们上午就出去了，怎么晚上才回来呀？"胜男见陈家琪一副丢了几百万似的表情，以为他没有见到康明君。

"怎么可能，可是你老公出马的，咳咳咳……"梁少游死撑着不让自己咳嗽，却失败了。

"啊？姐夫你怎么又咳嗽了？"胜男吓了一跳。梁少游戒烟之后，已经好久没咳嗽了。

梁少游瞪了陈家琪一眼，宠溺地刮一下胜男的鼻子，笑说："可能出去时间有点久，着凉了，没事。"

陈家琪心痛地望着梁少游，张口，却什么都没说。

胜男知道陈家琪心情不好，也没去理会，拽着梁少游的胳膊就往卧室里拖："那你快去休息吧！"

梁少游失声一笑："好。"

第十八章 新生

说着，任胜男把他按倒在床上，给他盖上被子，在胜男帮他脱鞋的时候，他一把拽过胜男，捧住胜男的脸，沉沉地吻着她的额头，再到她因为做了晚饭而略带油性味道的鼻梁，那是橄榄油的味道，自打胜男住进来之后，一直用橄榄油做菜，为了缓减他的病情，她花尽了一切心思。结果，不该是这样的。

胜男有些怀疑地配合着他，任他的舌不断撩拨着她的口腔，终于忍不住挣脱开："少游哥，你怎么了？"

梁少游幽深的眸子抑制不住的伤悲，仔细拨开胜男的长发，端详着他的男男：大眼睛，健康紧绷绷的皮肤散发着诱人的光泽，也散发着年轻人特有的朝气，颀长的脖颈，脖子上一丝皱纹也没有。

她才二十四岁，二十四岁的生日都没过。

"少游哥？"胜男在他面前晃着她的大手。

梁少游鼻子一酸，却勉力笑着："我在想，五年之后，我的男男该怎么办。"

胜男吓得紧搂梁少游的脖子："少游哥，你会长命百岁的！"

"咳咳咳……"

梁少游似是被胜男搂得太紧了，竟又咳嗽起来，一边咳着，迅速捂住自己的唇，"胜男啊，去拿几颗草莓，我有点渴。"

胜男急忙跑去客厅，趁这空挡，梁少游抓起床头的纸盒，抽出几张纸巾，将手和嘴上的血痕擦了个干净，在胜男回归之前，一顺手，将纸团扔到了床底。

胜男到客厅的时候，却见客厅除了家琪，又多了一个客人，和家琪的性质不同，这是一个不速之客。

不速之客正在和家琪攀谈，家琪爱理不理，文文不知什么时候已回到自己房间。

"他刚睡下。"胜男说。

此时，胜男带着一个可爱的海绵宝宝围裙，因为梁少游刚提起五年，她脸上无论如何也挤不出一丝笑容,她不知道,这副女主人的口气已将张颖激怒到了顶峰。

张颖后退几步,她试图告诉自己,她为的是钱,却彻底的失败了,她忘记了她和梁少游的孩子是怎么得来的,并十分不理解,为什么怀了梁少游骨肉的是她,而成为女主人的,却是卓胜男。

"住口!"张颖指着胜男的鼻子,声音嘶哑。

许是产前抑郁,许是妒忌心将她激怒到了巅峰,她一松手,手里的保温瓶跌落,在大理石地板上造成了巨大的声响,黑鱼汤在地板上流淌着,撒了一地。

张颖冲出梁少游家,胜男意识到事情的严重性,紧紧跟了上去。

"张颖姐!慢点走!当心宝宝!"胜男追在后头提醒道。

"当什么心!没有爸爸的孽种,死了算了!"张颖赌气,扶着腰小跑着。

"都七个月了,不要说这种话,他有爸爸,这是少游哥的骨肉啊!"胜男跑上前,伸开双臂拦住张颖,张颖身子笨重,被拦得死死的。

"而且,宝宝会有两个妈妈疼他!"胜男一脸美好地说。

"哈哈哈!"张颖大笑起来,笑得胜男浑身起鸡皮疙瘩。

"我在想,等宝宝长大之后,知道爸爸是被别人女人抢去的那一天,你该怎么面对他?"张颖笑得一脸苍凉。

胜男一怔,继而,继续挡得张颖严严实实:"那我不管!我只知道,这是少游哥唯一的孩子!既然当初让他活了下来,我们就必须保护他,让他在这个世界上延续少游哥的生命!"

张颖冷冷瞧着胜男,其时,天色渐暗,她却看得见胜男的水色眸子。

她记得有人说过,女人最爱这个男人的表现,便是为他生养后代,那么,女人甘愿为一个男人养育这个男人和别人的孩子,算是一种什么层次上的感情?

张颖被胜男身上的那股决绝之气镇住了,反问道:"值么?"

胜男微笑:"你是有学问的人,是研究生,你一定读过《红楼梦》,我

第十八章 新生

不如你懂，可是，我还记得里面林黛玉说过一句话，她对贾宝玉说，'我为的是我的心'，这句话我还是看得懂！"

张颖于是想起了自己读书的时候。那时候，她毫无疑问是众星捧月的，学校广播站站长，美女主播……那时候的她，十分吝啬自己的爱情，她的梦中情人，梦一样的优雅，迷人。后来，梁少游打破了她所有的梦，她却先想到他的公司、车子、房子……可是，她终于知道，眼前的这个女孩子不是。

"呵呵，"张颖轻笑，开始摸索自己的GUESS包。是GUESS，不是GUCCI。她所在的出版社不是大社，工资并不高，她所赚的外快亦有限。想自己的如花美貌却消费得如此不尴不尬，她无数次心如刀绞。她无数次期待自己嫁给梁少游之后的宽绰，直到胜男的出现。

张颖从包里掏出一盒女士烟，本为吓唬梁少游而买，现在她决定吓唬胜男了。她抽出一支，还未衔在嘴里，就被胜男一把夺过，整包烟亦被散在空中。

"你究竟是不是孩子的妈妈！少游哥本来肺就不太好，你是想宝宝一出生就有肺病么！"胜男的卡通拖鞋狠狠地踩在一颗颗崭新的烟上。

张颖一边打量着，深深微笑："不抽就不抽。我先回去了。"说完，扶着腰转身就走，一声命令式的怒吼让她心花怒放："不准欺负少游哥的孩子！"

张颖淡淡回答："知道了。"

胜男这才松一口气，一掉头，发现不远处的梧桐树下，有个高瘦的身子正扶着树，眼波如流萤。

"姐夫，不是让你休息么？"胜男问。

梁少游情不自已地将胜男揽在怀里："叫老公，不准再叫姐夫。"

胜男脸一红。

"咳咳咳……"

梁少游的咳嗽又猛然而袭，他松开胜男，捂住嘴，用另一只手牵住胜男越来越粗糙的手，回家。

餐厅的饭菜碗筷已摆好，为庆祝梁少游手术成功，梁母和胜男准备了许多肝癌病人术后的饭菜，鲫鱼汤、乌鸡汤、甲鱼、兔腿、银耳桂圆粥……

梁少游腿一软，跌坐在椅子上，忙了一天，虽然中途在医院昏迷了一阵，可他有些支持不住了。

陈家琪看梁少游一眼，咬咬牙，最终，忍住了自己想说的话，架起梁少游来对梁母说："他陪了我一天，太累了，让他回屋里吃吧！"

众人也都连声答应。

胜男只得盛几碗菜端到卧室，梁少游坐卧着，一直凝望着胜男，胜男喂他一口乌鸡汤的时候，他一把抓住胜男的手："男男，你在北京还有喜欢你的男人或者男孩子么？除了家琪和凌查理？"

胜男有点奇怪，却还是认真思考了："恩，大学毕业之后我就没和他们联系了，当初他们追不到我，就去追别人了，应该不算吧。"

梁少游有些失望："我的男男那么好，怎么可以没有人追求呢。"

胜男放下勺子，摸摸梁少游的额头，再摸摸自己的额头，有些不解："好像最多是低烧啊，怎么你却在说胡话？"

梁少游却不理会，抓住胜男的手放在自己的脸上："男男，家琪和凌查理你都不能嫁，一个太任性，另一个是个好男人，可他的工作太不安全，另外，以后也不要嫁我这样的男人，我这样的坏男人所有的女人都爱，这会给你带来不必要的麻烦。找老公不是拍电视剧，我的男男很漂亮，但一定要找个会过日子的……"

一口兔肉堵住了梁少游的嘴："吃饭！"

吱呀一声，卧室门开了，文文端着自己的小碗和小板凳进来："我要和爸爸一起吃饭！"

梁少游却说："文文，你想念上海和你的亲妈妈么？"

文文吃惊地站起来："爸爸，你要赶文文走么？"

第十八章 新生

胜男也吓得脸都绿了。

"我就要跟着爸爸！我要胜男！呜呜呜，我妈动不动就出去跳舞，她现在不要我了，我原来的爸爸也死了，我就要现在的爸爸！"文文开始咧着嘴哭起来。

梁少游一拍自己的脑袋，"嗨，我今天太累了，和你们开玩笑呢，吃饭。"说着，一把从胜男手中夺过碗，胜男像蜡烛一样插在卧室里，无言了。

这天晚上，吃过饭后，梁少游一直坐卧在床上，不是抱着电脑本或是Pad，却是拿着一本信纸，时不时咳嗽几声，胜男睡觉时，梁少游先是紧紧搂着胜男，再是转身背对着，身子轻抖着，胜男知道，他这是又在咳嗽了。

胜男摸索着爬起来，倒一杯参茶给他，认真地说："我学过医，我想我知道发生什么事情了。"

梁少游一愣，撑着胳膊坐起，按着胜男的枕头，发觉她的枕头湿了一大片，粘糊糊的。

"是隐性……细胞大面积大面积转移了吧，"胜男故意省略了"癌"字。

"其实，"胜男不忍地说："咳嗽的时候，我就发现不对了。告诉我，少游哥，我们还有多久？"

梁少游犹豫了一下，伸出两根手指头。

"两年！"胜男自欺欺人地说。

梁少游一狠心，冷道："两个月，最多。"

胜男这次却没哭，梁少游打开台灯时，发现她正用坚定的眼神看着自己，坚定得像对一个多年信念的期许似的。

"让我好好看看你。"梁少游轻轻抚摸着胜男湿而肿的小脸。

梁少游的幽深的眸子在微弱的灯光下，瞳孔放大着，胜男头一次从那眼神里看到如此不加掩饰的浓浓不舍与哀伤。

"记住你的样子，下辈子，我绝对不会再爱上你。"梁少游残忍地说。

"为什么？"胜男吓得心中一痛。

"不爱你，你就不必受那么多苦了。"梁少游吃吃一笑。

"少游哥，我会带大文文和宝宝。你放心。"胜男语气里满是坚定。

"不，"梁少游拒绝道："文文回上海！宝宝让张颖……"

梁少游硬是没忍心说出口。

"你让文文回上海怎么办？他妈妈不要他了，还有，宝宝都七个多月了，我们会等到他出生的！"

梁少游苦笑。自己唯一的骨血，自己深爱却爱惨了自己的女人，两个人的选择让他心痛得像是在砍掉两棵树，一颗只有幼芽，一棵却已在风中玉立，他仿佛看到两棵树正在殷殷冒着血。

"等到等不到我不知道，可是你一个那么年轻的女孩子带着两个孩子，我梁少游做不到！咳咳咳……"

两人正说着，梁少游压制不住，又猛咳起来，胜男从床头的抽屉里迅速掏出备着的止咳露，梁少游喝下去，缓了一阵之后，平复下来，接一面用手描摹着胜男脸部的线条，慢慢地说："男男，你是个好女孩，你单纯、善良、坚强、肯吃苦，会有很多男人喜欢你这样的女孩子，记住，以后不要爱一个人爱到这般田地了……"

"我想，我爱不上别人了。"胜男扑上去，紧紧箍住梁少游的腰。

梁少游轻拍胜男的后背："我死之后，也不要难过，找个好人嫁了。你还记得么，村上春树在《挪威的森林》里说过，死只是作为生的一部分存在，我只是换了一种存在方式而已，我的骨灰都有你身上的味道。无论你做什么，我都会以另一种沉默的方式支持你，祝福你，我期许的是你最大化的幸福。"

说着说着，梁少游忽然推开胜男，捂住嘴，鲜血先是顺着他的指缝间流下，接着，从他的指缝间涌出来，顷刻间，被子上已是鲜红的一大片……

天色蒙蒙亮的时候，梁少游再次回到离开仅仅一天的病房，因为大多数人住不起单人病房，他的房间尚是闲置着。只是，他已困在了深而久的梦中。

第十八章 新生

胜男一直守在他身边，却有另一头吊得她的心七上八下的，想起张颖掏出的香烟，她的心一阵阵地抽紧着。张颖会怎么着这个孩子？这个孩子，一定要活着……

终于挨到早上八点半，胜男让梁母守着，便匆匆赶至张颖家，此时，张颖尚未起床，被铃声吵醒，懒洋洋起身开门时，头一眼看到胜男的黑眼圈，尚且没反应过来，恶作剧地冷笑："有什么事快说，我已经和老中医约好了，今天去引产。"

"不！"胜男一听，竟扑通一声跪地上，"我求你，把孩子留下好不好？"

张颖被这跪吓得心下一软，嘴上还是硬得什么似的："孩子的爸爸与我有关系么？"

胜男一听，眼泪哗哗地掉下来："少游哥的癌细胞大面积转移了，最多还有两个月的生命，这是他唯一的也是最后的后代，我求你把他生下来好不好？求求你了！少游哥的遗嘱里不是也有一部分给宝宝的财产么，张颖姐，看在少游哥和钱的面子上……"

"笑话，他给你留了多少？给宝宝留了多少！"张颖冷问。

"如果你留下宝宝，少游哥给我的我会全部给你！"胜男激动地允诺着。

这下，张颖沉默了。

其实，她早已动恻隐之心，不过——或者，有钱真的不是坏事呢。

胜男以为张颖还在犹豫，站起身来："我可以给你立字据！"

张颖点头，微笑着去拿笔："好啊。"

"我已经写好了！"胜男从包里掏出一个信封，张颖迅速接过来时，却听到一阵急促的敲门声。

胜男急忙去开门，却见是家琪扶着梁少游而来。

"男男，你在做什么。"梁少游有气无力地阻止道。

家琪扶着飘飘忽忽的梁少游坐下，梁少游抬眼望着张颖："事到如今，孩子你想留想不留都随你的便，男男这边，你别想利用她对我的感情。"

"你！"张颖本来云端中的喜悦，被梁少游的话镇住了。

"那可是你的孩子啊！"张颖说着，一股热血从头顶一直窜到脚底。

"一个没有父亲，也没有亲妈疼爱的孩子，活在世上有什么意思。"梁少游笑道。

张颖万万没有料到梁少游会说这种话。

"好，那让宝贝现在就给你陪葬吧！"张颖情急之下，抄起桌上的豆浆机往自己的小腹上砸去，胜男手到的时候，豆浆机已落在她的肚子上。

"你个臭娘们，你在做什么！"陈家琪大骂。

张颖砸完之后，就觉得胎儿在疯狂地踢自己，像孙悟空跳进铁扇公主的肚子里乱挥金箍棒似的，疼得她浑身冒汗，一股鲜血也从她两腿间涌出。

"啊……"

梁少游急忙冲上去，想要抱起张颖，腿一软，跪倒在地，那一刹那的动作，看得胜男泪眼婆娑。

陈家琪一把抱起张颖，往楼下冲去，剩下胜男扶着梁少游在后面追上。梁少游的脚步急促着，按理说，他昨晚刚大出血过，这时候根本醒不来，也没有这些力气，胜男是学医的，她心下一清二楚。

"咳咳咳……"一股鲜血从梁少游的口腔里涌出，顺着他捂住唇的手指间汩汩流下，洒在胜男的肩头，腥咸的感觉像是海水潮涌。

两个大男人，加上胜男，都是头一次在妇产科的产房外出现。

张颖的大叫声先是从产房中传出，再是听不到声响，几个人全部手里捏了一把汗。

求求你，让孩子活下来，健康出生吧，这是他生命唯一的延续啊！

胜男在心中大喊，在产房外走来走去，甚至是最后几乎跳起来，梁少游也几乎是屏住呼吸，努力压制着时不时的咳嗽声，一双眼波像是挂在了产房的门上。

陈家琪等得不耐烦了，开始骂胜男："都是你，像是修女一样，梁叔身体好的时候，你早和他上床就好了！等她的孩子，真他妈的憋屈！"

第十八章 新生

梁少游瞪了陈家琪一眼,陈家琪马上闭嘴。

胜男时不时看一眼梁少游,他虚弱的身体此时被强大的精神支持着,像所有等待孩子降生的父亲一般,满眼焦急,急着等自己的双眼与自己的宝贝初遇的那一刻。

一个小时,一个小时零五分,一个小时零六分,一个小时零七分,一个小时零八分,一个小时零九分。

产房内传来一声微弱的啼哭声,像是一只小猫在叫一般,啾啾地,叫得三个人全部热泪盈眶。

"出世了。"梁少游失声叫道,跌跌撞撞地冲进产房,胜男也跟着进去。

七个半月大的早产儿,男孩,不到四斤,双目紧闭,满脸皱纹,看上去,倒像是一只没有毛的小狗一般。

"延延,"梁少游开心地轻唤,胜男这才知道,梁少游竟将名字也给孩子取好了。

"延延!"胜男也跟着叫起来。

忽然,梁少游腿一软,胜男急忙接住延延,梁少游跪倒在地那一刻,咳嗽声几乎像肺要裂掉一般,他的视线是红色的,红得在他眼中幻化成几个月前,新婚时粉红色的灯光。

鲜血,在产房的地上流淌成溪。

"少游哥!"胜男大叫一声,婴儿嘤嘤的啼哭声止住了,产房里所有的声响止住了,天地之间,仿佛只剩下她苍凉的呼声。

将梁少游送去急救时,梁少游的手一直紧紧牵着胜男的手,别人怎么拽也拽不开。医生只得让胜男进入急救室。

就这样,胜男抓住那双与自己的手紧紧密在一起的冰凉的大手,双目一刻也不离开,梁少游那双凄楚的眸子却越来越暗,手上的力度,却是有增无减。

"少游哥!"胜男努力唤着那虚弱的爱人。

手术之前,梁少游已停止了呼吸,眉心虽拧成一团,唇角却勾起一抹笑,像是在笑爱人一直在身边,又像对是新生儿的期许,直到多少年之后,胜男都以为,延延是为了见他的父亲而提前赶到的。

整理遗物的时候,男男看到了梁少游放在自己枕下的一封信,她以为梁少游会写很多,却只有一首诗,和一句话:

> 我生君未生,
> 君生我已老。
> 但恨此心同,
> 君生永不好。
>
> 男男,答应我,五年之内,把自己嫁出去。

可是,胜男觉得,自己这辈子再也遇不到这样完美的男人了,也不想再嫁,她应诺,将梁少游的那套生前自己新婚所在的房子和财产都转让给了张颖,带着文文和刚满月的延延在这个家里忙碌着,照顾婴儿,为文文煮饭,义无反顾,每每被延延吵得夜晚难安时,她总是乖乖爬起来给宝宝冲奶粉,一面缅怀着自己曾经被这样的男人爱过,心如潮涌。

胜男并不是一无所有,因为,梁少游早已将另一套房子过户在她名下,那套房子并不在北京的朝阳,而是在西边,西四环外,梁少游买那套80平的房子时,房价还未涨起,料他当时也没有想到这竟是给自己深爱的女孩最后的保障,可是,过户的时候,在房价飙风的今日,他料到了。

延延是早产儿,身体弱得像纸扎的一般,胜男经常是夜晚抱着他跑医院,有时候,文文也跟着她,俨然是延延的大哥哥了。

有一次延延退烧后,三个人在病房里一起吃西瓜,胜男往延延的小嘴里送,文文往胜男的口里送。母子三人像是有血缘关系一般。

待到延延睡过去之后,胜男就搂着文文在陪护的床上睡下,夜阑人静时,被延延的啼哭声吵醒,胜男抱着延延兜啊兜,给他冲了奶粉,小延延含着奶瓶咕嘟咕嘟喝着,月光下,胜男看到小家伙那双和某人依稀相似的大眼睛圆睁着，张开小嘴，冲自己微微一笑，胜男于是想起自己深爱着的那人生前沐春风似的笑容。

胜男情不自禁地吻了延延粉嫩的小脸蛋，以让他最舒服的姿态抱着他小而脆弱的身体，兜着延延在病房里转圈，像给他造了一个温暖的小摇篮，轻轻兜了半个小时之后，延延才满足地睡去，睡着的时候，依旧用小手抓着胜男温暖而粗糙的手指，不知是不是巧合，延延的小手指头抓着的，正是胜男带着蝴蝶婚戒的无名指，胜男见他终于睡去，松一口气，捧着那双玩偶娃娃一样可爱的小手，望一眼天边的月牙，低喃：少游哥，我好想你啊。

月牙不语，梁少游滑糯的声音却在她的耳边回荡。

"叫老公，不准再叫姐夫。"

"我的男男那么好，怎么可以没有人追求呢。"

"死只是作为生的一部分存在，我只是换了一种存在方式而已，我的骨灰都有你身上的味道。无论你做什么，我都会以另一种沉默的方式支持你，祝福你，我期许的是你最大化的幸福。"

梁少游的声音在她的耳畔荡漾着，荡漾着，漾成一股温暖的细泉，流遍她的身心每一个角落。

我亲爱的人，我会对得起你的爱。

胜男失声笑了，仔细端详着已然入梦的两个孩子，眼神更坚强，坚强得像是永不妥协的金刚。

番外：梦初见

不知不觉，那个人已经离开了一年多了，却像未曾真正离开一般，他的音容，他的笑貌，时常在胜男的脑海中栩栩浮现。他被癌细胞折磨得痛苦的样子，他宠溺自己的笑容，还有他说过的很多话，时常会在胜男耳畔响起，他临行前抓住自己手指，手指冰凉的温度，依旧残存在指间。

又一个春暖花开时节，明媚的上午，胜男抱着延延在假山处晒太阳，这天的太阳特别好，把延延粉红色的小帽子耀得透亮。粉红色的小帽子下面，那张粉白粉白的小脸明显是快乐的，小手指抓着胜男的手，在胜男的怀中弯起小嘴微笑，露出两颗白白的糯米小牙，可爱得像一团雪白的棉花糖。

不知道，少游哥小时候是不是这样可爱？

胜男端详着延延的眉眼：尚未长完全却修长的眉，一双黑曜石似的大眼睛，依稀已有了少游的样子。延延刚出生的时候是单眼皮，八个月大的时候，已经长出了一半，像只小金鱼，如今，他的双眼皮已经长全了，眼睛水汪汪的，像个可爱的小天使。

"阿嚏——"

春风吹来，小天使不耐寒凉，打了个喷嚏，胜男急忙抱着他往回返，小宝贝啊,你可千万别再感冒了,这个月已经第四次了。

回到家中,胜男便一手抱着延延,一手开始准备中午的午饭,中午,让他吃什么呢?昨晚包好放在冰箱里的蟹肉馄饨?还是鸡蛋羹?

胜男犹豫不决,要不?都让他吃一点?

胜男便把延延放在童车里,打两个鸡蛋兑水,开始搅打。等待鸡蛋搅打得差不多了烧上水,先煮馄饨,等馄饨熟了再蒸鸡蛋羹。

许是由于父亲的遗传,延延最喜欢吃的东西便是鸡蛋羹和海产品,尤其喜欢吃虾蟹,可是,又不敢给他吃太多,胜男便想着法子让他尝味道。

延延毕竟是个刚满一岁的婴儿,吃了几颗馄饨之后,便已吃饱,心满意足地笑了。

吃饱了,就睡吧,胜男将延延抱上她的双人床,轻轻拍打着,哄他入眠,为此,胜男特意学了许多儿歌。

"门前大桥下游过一群鸭……"

唱着唱着,胜男自己也迷迷糊糊地睡去,睡着了,就梦见了梁少游。

胜男梦见了自己扎两条小辫子的小时候。

那是胜男读小学二年级的暑假。

这个暑假,胜男被送去学美术了。屋里,老师唧唧喳喳,屋外,知了叫个不停。

知了,蛮好吃的。

胜男胡乱盘算着,根本不知道老师讲了什么。知了脊背上又香又嫩的肉馋得她咽下一次又一次口水。

"老师!我要上厕所!"

胜男理直气壮地喊。

"去吧去吧,"老师皱皱眉头:"真是懒驴上磨。"

"谢谢老师!"胜男撒腿就往外冲。

操场上有一大片的杨树,有几棵杨树并不是太高,胜男也经常晚上吃完饭就带一根长杆子来捕知了。胜男捕知了是个能手,在网里粘点面粉勾引这些吵闹不停的家伙，相当有用。

"再捉几个，就够妈妈炒一盘子了吧，姐姐和她的新男朋友晚上回来正好也尝尝。"胜男自言自语着，从隐秘的小树林里翻出自己的长杆，正要循声去找知了，却听见操场上一阵阵尖叫传来。

"哇！好帅啊！"

"加油啊帅哥！"

"帅哥，再进一个！"

胜男不满地瞪那帮人一眼，原来，他们的操场被一群高中生占领了。那帮高大的男生们在打篮球，高中女生们在打气，在花痴。

忽然，一阵尖叫声吵得小小的她耳朵疼。

"哇！灌篮啦！"

啥是灌篮？往篮筐里灌水么？胜男不解地扛着一根木头杆子就往人群里走过去。

老远，胜男就看到一帮男生傻呵呵地抢一个球，其中有个个子高、皮肤白，刘海剪得带刺的男生步子灵活，带着球一点都不费劲地穿过一个又一个男生，到篮下的时候，见到那个又高又胖得像猩猩的男人，他都不怕。

"啊！"

伴随着女生们的尖叫，那个长得特别好看的男生被那个猩猩打倒在地，男生倒下的同事，球却进了篮筐。

"你们犯规！"

胜男听到，那群女生们开始强烈抗议。

"饭？龟？"

她正迷茫着，两个男生已经将那个好看的男生从地上带起来，那个男生站在正中央，双臂一挥，一个球就投了进去。拍几下，两条胳膊再一挥，又一个球就投了进去。

胜男觉得，自己的脚被粘在原地了。

这是胜男第一次看球赛，她看不懂，却喜欢那个帅气的大哥哥进球。

直到比赛结束，她还扛着那根长条的木头杆子，盯着那个帅气的大哥哥。

那个大哥哥也察觉到那个小丫头的目光，看一眼她手里奇奇怪怪的长杆子，笑问："小妹妹，你这是用来捉知了的么？"

胜男点点头，继续盯着那个大哥哥看。

大哥哥走上前："大哥哥帮你捉知了，好不好？"

胜男响亮地回答："好！"

于是，胜男屁颠屁颠地跟着1米8多的男孩子身后，看着他给自己捉一只只好吃的知了，捉了1个小时，竟然有十来只了。

为什么知道是一个小时？因为四点的时候，胜男放学，小同学们都背着书包出来了，而她逃课的时候，正是下午三点。

大哥哥看一眼手表，觉得时候不早了，放下木杆，"小妹妹，改天哥哥再给你捉，哥哥有事，先走了。"

胜男顺手拿起自己串在狗尾草的一把知了，送给他："哥哥，谢谢你！"

大哥哥却不要。

胜男便将一堆知了带回家，一进家门，给自己开门的，恰恰是那个帅气的大哥哥。

"美琳，这是你妹妹？"大哥哥显然认出自己了，刮一下胜男的鼻子："男男，记得出门带帽子。"

胜男这才发现，因为夏天的缘故，自己已经晒成了黑猴子……

"哇哇哇——"

胜男睁开眼睛时，延延正用小手牵着自己粗糙的大手左右晃弄。可能是以为自己不理他吧，延延开始哇哇叫，见到胜男醒来，他一双黑曜石般的大眼睛又笑嘻嘻的了。

延延已经会走路了，摇摇晃晃地爬到胜男的腰上，嘻嘻哈哈地晃着胜男，像是在撒娇似的，胜男便起身，从小床里拿出一只小篮球，轻轻送到延延手中，延延咯咯笑着，再抛回胜男手里。

天呢。

我的延延什么时候已经学会传球了？

胜男心下一阵潮涌。

少游哥，你的宝贝会传球了，他长大之后，我也要让它像你一样，打一手好篮球。

胜男在心中默念着。